青禾
高校生活小说系列

青禾◎著

中国华侨出版社
北京

图书在版编目（CIP）数据

青禾高校生活小说系列 / 青禾著 .—北京：中国华侨出版社，2017.10
（漳州当代名家作品丛书；三）
ISBN 978-7-5113-7047-1

Ⅰ.①青… Ⅱ.①青… Ⅲ.①小说集—中国—当代 Ⅳ.① I247

中国版本图书馆 CIP 数据核字（2017）第 226101 号

青禾高校生活小说系列

著　　者 / 青　禾
责任编辑 / 泰　然
责任校对 / 王京燕
经　　销 / 新华书店
开　　本 / 670 毫米 × 960 毫米　1/16　印张 /15　字数 /200 千字
印　　刷 / 三河市华润印刷有限公司
版　　次 / 2022 年 2 月第 1 版第 3 次印刷
书　　号 / ISBN 978-7-5113-7047-1
定　　价 / 30.00 元

中国华侨出版社　北京市朝阳区静安里 26 号通成达大厦 3 层　邮编：100028
法律顾问：陈鹰律师事务所
编辑部：（010）64443056　64443979
发行部：（010）64443051　传真：（010）64439708
网　　址：www.oveaschin.com
E-mail：oveaschin@sina.com

目录

1. 云雾寻香 / 001
2. 这事不怪我 / 066
3. 纳米博 / 124
4. 高教授的私人生活 / 184
5. 宗教授的政治生涯 / 199
6. 夏教授的学术生涯 / 220

云雾寻香

/ 一 /

大学生文英站在 A 州大学的校门口,嘴里哼着一首老掉牙的歌,手里提着从家乡带来的茶叶。这茶叶有个很好听的名字,叫云雾寻香,是她家乡的特产,如今有点走红,一盒卖到 250 元。包装也很精致,像一本线装书,打开来是两个并排的盒子,盒子上是一幅国画,画的是深山问路,取"只在此山中,云深不知处"之意。

3 年前踏进校门的那一天,是外祖母精心为她选择的日子。外祖母认为人世间凡事都讲个缘分,人一辈子要能遇上几个贵人,就走好运。而贵人不是每天都会出现的,所以就得选好日子。

外祖母说,记得你的表姐夫吗?他就是你的第一个贵人。这世界上什么事都相互牵扯着,别以为远在天边,与你无关。就说你表姐夫吧,他住在城里,他死了老婆,这与你何干?可是,要是他不死老婆,就不会与你表姐结婚,要是他不和你表姐结婚就不会到我们村来,不到我们村来就不会碰见你,不碰见你也就不会对你的表姐提起你,他不提起,你的表姐也就不会想到让你到城里读书。不是吗?再想远一点，他原先的老婆是被汽车撞死的，要是那个司机不喝酒就不会把她撞死。而那个司机为什么喝酒，因为他的老婆偷人，要是他的老婆不偷人他就不会喝酒。他的老婆是怎么偷的人？偷的是什么人？说下去就更远了。你怎么能想到，一个与你没有任何关联的女人与别的男人偷情，竟然会改变你的命运？

在那个下着雨的夏日，文英不知道为什么这是她的好日子。她站在陌生的大门口，A州大学的门是弯的，很大很气派，远远看去像她们村天公庙对面的那片山势。老人们说，那里风水好，因为有了那山势，他们村明朝以后才出了许多秀才和一个进士。进士的家就在山弯下，如今大厝虽已倒塌，门前的石埕和石埕边的石旗杆和系马石，却仍然显示着昔日的辉煌。她站在校门下避雨，行李就放在她的脚边。感觉很好。

她听到有人喊，那位同学，你来一下。她不知道是在喊她，她只是转头看了一下，那是一个男人，那个男人有点怪，头发很长，胡子也很长。叫你哩。那个男人冲着她又喊了一声。她用手指了指自己，那男人笑了，不叫你叫谁？她就走过去。她这才发现，那个男人实际上正推着一辆自行车，后面垒着一堆钉白布的木头架，绳子没捆牢，松松垮垮，随时可能掉下来。帮我扶着，就这样。那男人说。她就在他的后面扶着，跟着他走进校门，过了一座桥，还拐了一个弯，在一座灰暗的楼前，他说到了，谢谢。她站住了，看着他把木架子搬上楼，他在楼梯口又对她说了声谢谢。

她突然想起她的行李，"哎呀"一声，扭头就跑。跑到校门口，她看到一个老头提着她的行李袋站在门房边。她怯生生地说，同志，不，先生，那包是你的吗？他说不，是别人的，我替他看着。她说是她让你看的？他又说不，是我自己要看的。他看了她一下，又说是你的？我看就是你的。她不好意思地说，是我的。

那老头把行李袋递给她，并对她笑了笑，说以后小心点。她不好意思地点了点头。她想起外祖母总是说她丢三落四的，一个神只顾一个香炉都顾不住，便又笑了一下。那老头也再笑一笑，走出校门。她站在门房边，想，这老头有点面善，想了好久，想不起像谁。她又想，他也许就是个贵人，要不，她的行李早丢了。她有些后悔，没向人家道个谢，也没问他的尊姓大名。但是，那个长胡子和长头发的人呢？他显然是学校里的老师，他算不算贵人呢？

正想着，有个男孩走到她的面前，很有礼貌地对她说，你好，你是来报到的新生吗？他长得很帅，帅得让她有点头晕，她红了脸说，是的。他笑着说，你来早了。这样吧，先到我们班女生那里挤一下，住宾馆很贵。说着，便帮她提起行李，走进校门。

时间过得真快，一晃3年，她现在是大四的学生了，外祖母也去世了。想想真玄，她这3年的生活，果真与那一天所遇见的3个男人密切相连。不知道是不是她命中的贵人。现在，又到了她命运转折的关键时刻，但没了外祖母，她没法挑好日子，按理她必须挑个好日子，因为她要找的这个人对于她的前途至关重要。

/ 二 /

3年前的那个男生向她走来，他现在在市人事局当干部，他要带她去见他们局长，他让她也跟他一样，考公务员，到政府机关工作。现在到政府机关最好，不用担心下岗。

这位男生姓罗名中中。罗中中，不一般，有意味。他的父母都是"文革"老三届，大起大落，特别是他父亲，大起时，当过造反派头头，三结合时进领导班子，是他们那个县的革委会副主任，大落时，蹲过3年监狱。他总结人生教训，决定让孩子过一个平常人的生活，所以取名中中，他的妹妹叫平平（上高中时，她自己改为萍萍）。他上大学时，父亲交代，木秀于林，风必摧之，记之切切，不可一时之忘也。

　　当他把他名字的故事告诉她时，她笑得很开心。他说，这没有什么不好的，是吗。她说，当然，谁不是平常人呢？你、我，我们的父母，还有这满街上走的人，都是平常人。明星大腕企业家和领导干部毕竟是少数，更何况，A州大学的培养目标就是造就一批有理想有文化有道德有纪律的社会主义劳动者，劳动者就是平常人。中中大喜过望，认为她很传统很优秀很知己。

　　3年来，中中待她特好，鞍前马后，无微不至，她想到的他做了，她还没想到的他也替她预备好了。比如她们班有人得了流感，他就买了康泰克放在口袋里，听到她咳嗽，他就会在第一时间把康泰克和开水端到她面前。又比如，每次出游，他都把该准备的东西全准备了，她口渴，他立即把矿泉水递过来，她流汗，他马上把面巾纸送上去。她想打电话，他立即把手机放在她的手上，并随时提供她所需要的电话号码。这一切都十分雄辩地证明他不但具备极好的服务意识，同时具备相当高的智商，这都是现代社会不可或缺的优秀品质。这么优秀的男生对她这么尽职，自然会遭到女生们的忌妒。她对女生们的忌妒感到不解，你们想要，把他拉走好了，我才不稀罕。女生们说，哇啊，乞丐有食还玩拐杖花！这是一句闽南话，意思是说，得了便宜还卖乖。

　　其实，文英说的是真话，有他，生活多一份快乐，没他，也一样过日子。有时她会想，怎么几天不见中中了。想归想，想想也就过去了。更何况，不出一日，他就会出现在她的眼前，而且没完没了地向她解释，他到哪里去了，为什么没有和她联系等等。想得最多的是第一年寒假回家，外祖母问起学校的生活时，她想起了他，想他的种种好处，因为有了他，她在那个陌生的城市才不会感到孤单。

他们走出校门，他招手拦了一辆的士，的士是墨绿色的，这座城市的的士全是这种墨绿，她一闭上眼睛就想起山村夏日的金龟子。金龟子满街跑，这个意念让她很开心。他们就钻进金龟子。

司机说，去哪？男生说，天街花园。文英想怎么会叫这样一个别别扭扭的名字呢？大概来自于郭沫若的"天上的街市"吧？他们局长住天街花园18栋806，是一套楼中楼。中中说我这一辈子要有这么一套房子，就心满意足了，当然前提是这房子的女主人是你。她说你没见过更好的房子？他说当然见过，电影电视里什么房子没见过，但那不现实。她说胸无大志。男生便开心地笑了起来。

A州是座小城，打的到城里的任何地方都不超过20元。他刚把手放在她的大腿上，司机说，到了。她胜利地朝他眨了一下眼睛。他无可奈何地收回那只不安分的手去掏钱包。在他付钱时，她已经钻出金龟子，站在花坛前看花。正是水仙花开的季节，有阵阵清香扑鼻而来。喷水池的水喷得很高，让人不得不感到有些高雅。她突然惊叫，茶叶。他提着茶叶站在她的身边，你就是这样，丢三落四的。她白了他一眼，"八"字还没一撇，就管起人来了。说着，她抢过茶叶径自朝前走。他说，这边这边，不是那边。她站住，不走了。

/ 三 /

在局长家的客厅里，局长说来就来吧还带什么东西。文英说，也不是什么好东西，是家乡产的一点茶叶。局长说，是云雾寻香啊，听说是好茶，很保健。中中说是的是的。局长说，可惜我不怎么喝。两个年轻人对看一下，一种叫尴尬的东西在四周游动。局长笑道，坐坐，别老站着。他们坐下来，局长刚要说话，文英的坤包里响起了手机声，局长脸上的笑容僵了一下。文英连忙伸手将手机关了。局长说，没事，你接吧。文英说，不接不接，真对不起啊，局长你说。

局长说，你笔试的成绩很好，关键就看面试了。去年我们把笔试前三名都刷了，为什么？很简单，我们要的是政府工作人员，不是学生。小罗去年是第几名？中中说第10名，总共35人，居中。是啊，局长说，是学生就会考试，我说的是笔试，而面试就不同了。面试考的是一个人的综合素质，首先是心理素质，有的人一上场就慌，所答非所问。不能慌，当然，上了考场，不是说不慌就不慌的。中中说，那是那是。她当过班干部，平时上台的机会多一点，不会慌。那不一定，局长说。文英说，局长，全靠你了，不要说在考场上，就是在这里，在您的客厅里，我就有点慌。

局长看着她，和蔼地笑了笑，在我这里倒不必慌，自己人，不是吗？小罗是我们局里的干部，你是他爱人，是我们的家属了，家属不是自己人吗？中中说，那是那是。

局长说，第一是不要慌，第二是要听清考题，审题要审清楚。文英从坤包里拿出一本小笔记本,打开来要记,就像在课堂里一样。她知道,所有的老师都喜欢学生认真做笔记。局长说,不用记不用记。她还是认真地记。

局长说了半个多小时,最后说,关键的关键是要能自圆其说,懂吗,只要言之有理,又能自圆其说,你就成功了。当然,能不能言之有理,能不能自圆其说,这就要靠平时的积累,冰冻三尺非一日之寒嘛。平时不烧香,临时抱佛脚是抱不出来的。今天就到这里,我还有一点事,下个星期再来,我把一些提纲的背景材料给你,小罗也一起来,就在我这里吃饭。

中中和文英受宠若惊,都说不用了不用了。局长就有些生气,说,又不是外人,客气什么,就这么定了。你带这么好的茶叶我不是收了吗?这孩子。最后的话说得中中和文英心里暖乎乎的。

出了局长家下了楼,文英说,你怎么对局长说我是你爱人?谁是你爱人?中中说不这样说带你去就没有理由。我们民族讲究名正言顺,师出无名,必败无疑。你倒有理了,她白了他一眼。他说算我瞎说。她说就是瞎说,过期作废。他说希望慢点考。她说看出来了吧?什么?心肝全是黑的。

文英从坤包里掏出手机,打开看,说,是招弟打的,就打过去,没人接。

招弟是她初中的同学。那时她们15岁。15岁的少女正是充满幻想的时候。有一天,她看到她的同桌李招弟鬼鬼祟祟地在本子上抄着什么,她也不点破,等她出去,才偷偷地翻开来看,原来是一首名叫"天意"的歌。歌词很招人:"谁在乎我心里有多苦,谁在意我的明天去何处,这条路究竟多少崎岖多少坎坷,我和你早已没有回头路。我的爱藏不住，任凭世间无情地摆布，我不怕痛，不怕输，只怕是再多努力也无助。如果说一切都是天意，一切都是命运，终究已注定，是否能再多爱一天，能再多看一眼，伤会少一点。如果说一切都是天意，一切都是命运，谁也逃不离，无情无爱此生又何必。如果说一切都是天意，一切都是命运，谁也逃不离，无情无爱此生我认命。"她就偷偷地抄下来，招弟唱她也跟着哼，就这样学会了，没人的时候，她就哼，哼得心里酸溜溜的，幸福得不得了。因为这首歌，她觉得自己不但是个活生生的人，而且是个多情多义的少女。她从此爱照镜子，镜子里的她十分靓丽也十分娇气。生活一下子变得有滋有味。

招弟的歌使她变成一个多情的少女，她和招弟的关系也越来越铁。

中中说，招弟也可怜。文英说，她想考研，又怕家里供不起，进退两难。中中说，这种事谁也帮不上。文英说，要帮就能帮得上。中中说我帮不上。文英说人家又没让你帮，你操什么心。中中说，她不是你的姐们儿吗，我不是不想帮，我是无能为力。文英说那你就省点力吧，我先走了。

说着，他们已经走出天街花园小区，文英刚提手，就有一只"金龟子"停在她的面前，她开了车门头也不回地钻进去。中中追上来说，晚上到我那里吃，给你赔不是。她关上车门说再联系吧。

中中就站在路边给她发了一个短信息。她在车里，打开短信息看，上面写着：晚上在家等你，老公。文英马上给他回了一个短信息：抱被子做你的桃花梦吧。中中接到这个短信息，一边笑一边又给她发一个短信息：花样翻新，与时俱进了，不来别后悔。文英刚刚放进去的手机又叫起来，知道是他的，不接。

文英回到学校找不到招弟，想了想，就到教授楼去找袁教授，她想他可能有办法。

/ 四 /

　　袁教授就是 3 年前为她看行李的那个老头。袁教授其实并不老，只是她不大会判断一个男人的年龄。一般来说，一个四五十岁的男人，在不谙世事的少女眼中，最初的印象就是个老头，但是，随着少女见的世面越多，这样的男人便变得越来越年轻、富有魅力。

　　那天之后，她很快就把那个为她看行李的老头忘了，直到有一天，老头坐在全校大会的主席台上，她才眼睛一亮，问坐在身边的招弟，坐在前排从左边算过来第三个是什么人？招弟说，那就是你们系的袁主任啊，让你去听他的课你不去，人家是博导，校学术委员会副主任，还是市里的政协副主席。她心里啊的一声。我们学校不是还没有博士点吗？招弟说，听说是一所名牌大学的兼职博导。他一个月赚的钱，比我们全村男人一年赚的还多。

　　啊啊，他就是袁教授。文英知道他们系主任是全国知名的白居易专家，也听说他只开大三大四的选修课，他上课，连外系的都去听，把个大梯教挤得满满的，招弟去听过，回来说，生动极了。招弟读的是管理系，对她们系的夏教授崇拜得要死，不到半个学期就说将来一定要考夏教授的研究生，听了袁教授的课，又说，我要是在中文系，就考你们袁教授的研究生。她说怎么又变了，她说，夏教授和袁教授不能相提并论，不在同一个档次。她也没把她的话当回事，因为招弟喜欢崇拜人，这山望着那山高。

　　现在她在台下往上看，越看越觉得袁教授其实并不老，当时怎么就把他看成老头呢？细回忆，细琢磨，心里一亮，冒出两个字：风度。对，就在这风度上。那天，或许是他的穿着没有把他应有的风度凸显出来，或许是她太匆忙，所以同样一张脸，让你感到很沧桑。如今，脸还是那张脸，风度却让脸年轻起来了。看他端杯子喝茶的样子，她突然有一种想为他沏一壶茶的冲动。

她会沏茶。外祖母一生勤俭，可喝茶从来不随便，有讲究，甚至有点奢侈。一定要用那只用了几百年的紫砂壶，一定要刚开的水，这水还一定要天公山上的天公泉，别的水不喝。这时，她就想像为外祖母沏茶一样地为他沏壶茶。然后看他喝茶的样子。她喜欢看人喝茶的样子。外祖母说，看人喝茶会看出一个人的命，茶相就是命相。

当天晚上，她就拉着招弟一起去听袁教授的课。她已经不记得课的内容了，整个晚上，她都为他的风度所倾倒，他的眼神，他的声音，他的手势，她出神地看着他，心里不住地叫着，啊啊啊，这才是教授。让当代大学生佩服的教授并不容易，有一句话很流行，我花钱，你消费，下了课，谁是谁？而她偏偏对他着迷。这也许是外祖母所谓的缘分吧。下课铃响，她拖着招弟往讲台挤，壮着胆说，袁老师，您还认得我吗？袁教授笑道，怎么不认得，我还替你看过行李呢。她一下子惊住了，摸着自己发烧的脸颊说不出话。

她知道，她并不是一个漂亮的姑娘，眼睛不大，皮肤不白，通身上下没有一点突出的地方。她问过中中，中中说，你是一个很金看的女孩子，闽南话"金看"就是耐看，越看越好看。后来，她在校园里看到一个女生，公认的校花，她向袁教授提起她，袁教授却说，她漂亮，但不美。言外之意是不是说她虽然不漂亮，可她美。她又照了无数次镜子，依然没有照出个所以然。看来要解读自己也非易事。

有人把少女比成一本书，要让别人来读。读者千千万万，真正读懂的却不多。所以，知音难求。这么想着，她便无端地心跳起来，遇到袁教授便不敢正视他，有时会远远地躲着他。远远地躲着他的时候便会这样想，他也许是随便说说而已，说出来了，便要说下去，以维护自己的威信。这样想着便又很想去接近他，想证明他的话的真实性。就这样，有时她常常去听他的课，有时一两个月没去。太久没去，他便会说，文英怎么好久不见了。说明他总是惦记着她。

　　她突然悟到这就是外祖母所说的缘分。

　　那天晚上，她便和招弟一起，带了一包她家自产的茶叶来到他的家。

　　袁教授住学校的教授楼，150平方米的大房子就住着老师和师母两人，听说他们有个儿子，如今在英国留学。还听说袁教授看不起美国，认为美国没有传统。袁教授看她带茶叶，笑道，你知道我喜欢喝茶？也不客气，就打开来，说，泡一泡试试。她就说，我来吧。她就沏茶。

　　袁教授家的茶具很讲究，水是现煮的，壶也是紫砂壶。袁教授看她沏茶，看出了神，对师母说，你看这孩子，那手多有灵气。她便有些不好意思地把沏好的茶双手端到老师面前说，您试试看。

　　她有些害怕，她家的茶叶虽香，可卖得不好，一斤只卖10元钱，那个收购茶叶的人总是说，这种茶谁要？要不是看在多年主顾的份儿上，就不来了。还说，今年收了明年还不知道来不来呢，现在竞争这么激烈，要不是有别的好茶垫底，靠你们这种烂茶叶，我吃什么？吃水都得用筷子来夹。说得她们家很没信心。烂归烂，他们家人情往来，送的也都是茶叶，因为她们家除了茶叶，再也拿不出可以送人的东西了。

她没想到袁教授喝茶的样子和外祖母那么像，先用手在杯子上轻轻一扇，呷了茶，吧吧嘴，又含一口在嘴里，微闭双眼，好一会儿才吞下去，吞下去之后，又用手在嘴上哈了一阵子。

袁教授说，这茶一斤多少钱买的？她更不好意思了，扭捏了好一阵子才说，是自家产的。袁教授说，好茶好茶，难得的好茶。又顺嘴吟道："杨家有女初长成，养在深闺人不识。天生丽质难自弃，一朝选在君王侧。回眸一笑百媚生，六宫粉黛无颜色。"

文英不禁脸红起来。师母在一边笑着说，老没正经。他说的是茶叶，好茶叶在他的眼中，就是一个美女。

于是袁教授哈哈大笑起来，说，"从来佳茗似佳人"，茶如美女，美女如茶，越品越有味。又来了不是，师母说，老没正经，知道的说你是性情中人，不知道的呢，不把你当日本鬼子才怪呢，整天花姑娘挂在嘴上。

她转过来对两个学生说，他是有嘴无心，要不是这毛病，不要说市政协副主席，凭他在学术界的地位，省里的副主席也当上了。

袁教授说，别听她的，我这人什么都好，就是这姓不好，老是让人想到卖国贼。

于是大家都笑了起来。笑过之后，袁教授一脸正经地说，好茶，是真正的好茶。

文英自己也倒一杯喝一口，没有家乡的好，说，要是用天公泉沏，那才真叫香。袁教授就点头说，世间的好茶都要配好水。文英就说以后她给他带天公泉水，袁教授就说好，说话算数啊。

接着袁教授又喝了一杯，说，真正的好茶，就是欠包装，好好包装，一斤最少可以卖 200 元。

200 元,她和招弟都叫起来。袁教授说,200 元,我不开玩笑。

那天晚上还说了一些别的话,她也就把一斤 200 元的事忘了,因为在她看来,袁教授只是说说而已,不当真。没想到袁教授把它当回事,并且在市政协会议上作为一个提案提出来。

市里提出来,县里便很重视,便请袁副主席去考察,袁副主席便带着省里的茶叶专家和文英回她的家乡,听说那位茶叶专家是袁教授中学的同学。半年之后,一座现代化茶厂屹立在文英家乡风水最好的那座天公庙边上。

于是选了好日子开订货会,省内外十几家茶业公司去了,市县乡领导也去了。品了茶,喝了酒,签了约,大家高兴,村里便请领导们题词,领导们都说还是袁教授来吧,袁教授又是领导又是专家,袁教授也不推辞,提起笔来就写,他写的是白居易的诗《夜闻贾常州、崔湖州茶山境会亭欢宴》:"遥闻境会茶山夜,珠翠歌钟俱绕身。盘下中分两州界,灯前各作一家春。青娥递舞应争妙,紫笋齐尝各斗新。自叹花时北窗下,蒲黄酒对病眠人。"

大家都说写得好。市长原来是北大中文系的高才生,说,由此可见唐代就有订货会,只是名称和运作方式不同而已。把它裱了,挂在大厅里。

一年后,云雾寻香打入国际市场,种了几百年的山茶成了该县新的经济增长点。当然,云雾寻香的出名靠的还是袁教授的名气,名人效应。袁教授在国内一家发行量上百万份的报纸上发表一篇题为《云雾寻香记》的随笔,之后,国内外有数十家报刊转载,云雾寻香由此扬名海内外。

至此，袁教授不但是文英的贵人，也是他们村的贵人了。村长想了许多办法，要报答这位给他们村带来金钱和幸福的大贵人，袁教授都不接受。他说我只出一张嘴，价值是本来就有的，是你们自己创造的幸福而不是我。于是，村里便想着要报答文英，对于他们这座远在深山的村子，有了文英才有袁教授。

　　文英说，村长要是真想为我办点事，那就把我外祖母的坟修一下吧。村长果然把她外祖母的坟墓修得跟小宫殿一般。暑假，袁教授到他们村来避暑，她就带他来到外祖母的墓前，向他讲外祖母关于缘分和贵人的理论。他听得很投入，听完居然朝墓行了三个鞠躬礼。

/ 五 /

　　文英到袁教授家时，师母正把菜端到桌上，说，文英来得正好，一起吃饭。又说，中中怎么没一起来？文英走过去，闻了闻桌上的菜，说我的脚真长，每次来，师母都做金针汤。

　　文英从小喜欢吃金针菇（闽南叫法，实际是晒干的黄花菜），在她家乡，山沟里泉水边到处都是，新鲜的采来，洗净，烧开了水一烫，又香又脆又败火，要是放一点精肉，那就是神仙菜了。没想到袁教授也喜欢吃，当然，袁教授家的金针汤，汤底不是肉就是鸡。有一次，袁教授一边喝汤一边小声地对她说，看来我们真有缘分，连喜欢的汤都一样。她便笑，笑得很开心，师母从厨房出来，说笑什么，这么开心。她说保密。师母便说，难得有人跟他这么投缘，要是袁园不去英国，我就把你娶进来当儿媳。文英说，当女儿也行。师母说，一言为定，不许反悔。以后，师母私下里便叫她孩子，亲热得要命。有了这一层关系，文英和袁教授也就随便了许多，说说笑笑是平常事，有时也敢撒撒娇，文英撒娇的时候，袁教授就抓住她的手，轻轻地抚摸着，不说话。每当这种时候，她的心中便有一种异样的感觉，这感觉永远与他第一次抚摸她时吟的一首诗融合在一起："湛湛玉泉水，悠悠浮云身。闲心对定水，清净两无尘。手把青筇杖，头带白纶巾。兴尽下山去，知我是谁人？"她说，我不是老师的筇杖啊。他说，我连自己是谁都搞不清楚。

　　吃了饭，师母收拾桌子的时候，文英就跟袁教授到了他的书房。文英说，老师，招弟的事，你得关心一下。他说她不是要考夏某人的研究生吗？

　　袁教授看不起夏教授，每次提到夏教授都以某人称之。在大学里，教授们互相瞧不起是常有的事。文科的看不起理科的，理科的看不起文科的，在本系内部也如此，搞理论的看不起搞应用的，搞应用的看不起搞理论的，搞古典的看不起搞现代的，搞现代的也不把搞古典的放在眼里。那就更不用说是那些新建的系，管理系的教授在一些传统学科教授眼里，那简直是糊弄，是骗人。夏教授原来是化学系的副教授，后来转而搞环境科学，进而搞旅游管理，还想当新增硕士点的硕士生导师。袁教授有理由看不起夏教授，因为他在一所非常知名的大学里兼任博士生导师，他的学术水平在国内同行是公认的。

　　文英说，当初招弟要是报中文就好了，在你的门下，硕博连读没问题。袁教授说，她倒是块读书的料子，就你不争气。

　　文英便撒娇，说，都说孩子要别人教才有出息，谁让你把我当女儿了，还怪我。袁教授便用异样的目光来看她，情不自禁地又要来抓她的手，她看了一下书房的门，他便叹了一口气，说，招弟的事，最好先留校，再考在职研究生，一举两得。留校得有个理由。她有对象了吗？

文英说，没有，她一门心思在书本上，样子也不招人喜欢。袁教授说，我想想办法，让我想想办法好吗？

正说着，师母走进来，说，文英什么事把大教授难住了。文英就把招弟的事说了。师母就说，计算机系的叶挺进很合适的，就是他的脚有点那个，不过，人家是硕士、讲师，计算机硕士与博士一样金贵。袁教授说，那倒也合适。

文英知道叶挺进这个人，有一次她和招弟在桥头上遇见他，上桥上坡不好骑车，他刚从自行车上下来推车，整个形象有点像逆水行舟，一浪高一浪低，招弟小声说，你知道他叫什么吗？叶挺进。她便笑出声来，那个样子，还挺进呢。

文英不说话，师母说，要是她看不上，也就算了。袁教授说，那就不说，不说也罢，再想办法吧。

文英说，叶老师一个月能挣多少钱？袁教授愣了一下，说，工资加岗位津贴，3000。

文英想，招弟家里穷，做梦想的都是钱，什么东西都用钱来衡量。招弟家也在她们的那片名为九里坪的山区，方圆百里，所有的山都围着一个盆地，那盆地便是她们的县城。上个世纪70年代，在她们那片山区，一个工分只有2分钱，也就是说，一个强劳力，一天只能挣2角钱，而招弟的那个村，只有1角7分钱。招弟是她们家的老大，她父亲为了让她招个弟弟，取名招弟，可她不争气，一连招了4个妹妹，越招家里越窘迫。招弟上大学是个奇迹，这奇迹来自她的舅舅。有一天，她舅舅到她家，把她看了好一阵子，说，这孩子将来有出息，让她读书，钱我出。说是出钱让她读书，也只是出个学费，其他的都得家里来承担。但有了舅舅的这一点学费，她的父母再怎么不情愿再怎么艰难也得让她读下去。现在，好不容易大学就要毕业了，家里指望着她赚钱回家，她却要赶时髦，考什么研究生，研究生能研究出钱来吗？再说，那个供她上学的舅舅在半年前死了。这半年，她得靠自己，一边读书，一边做家教，省吃俭用，年底还要寄钱回家。

文英说，我去说说看。说完了招弟的事，文英便告辞。在路上，文英很为招弟心酸，私下里狠狠地把钱臭骂了一顿。钱啊钱，你这人类的娼妓！

/ 六 /

文英在校门口上碰到于婷婷，于婷婷刚从黑色的"蓝鸟"里钻出来。她脚尖点地，向车内摆手说"拜拜"，转身看见文英，便有些夸张地张开双臂向她奔过来。于是两位女大学生像外国人一样地在校门口拥抱了一下，然后像幼儿园的小朋友一样手拉手走进校门。黑色"蓝鸟"在她们身后吱的一声调头而去。文英回头看了一下"蓝鸟"说，不是上次那位？于婷婷说，与时俱进，常换常新。

于婷婷是英语系的，也是应届毕业生。于婷婷就是袁教授说她漂亮而不美的那位校花，校花是非主流的说法，学校没有开展选美活动，听说有的大学已经在酝酿选美，但A州大学是地方高校，A州又是一座主流文化比较传统的小城，在开放时尚潮流先锋前卫诸方面往往比省城慢半拍。校花是男生私下的评价，她的信息来自中中。于婷婷很漂亮，漂亮得有点让人眩晕。中中说，什么叫艳若桃花？那就看看于婷婷吧。她说，去追啊，你。这话难免含些许醋意。中中郑重申明，这不是他的发明，他只是引用。要把追的权利让给发明这话的那个人。

发明这句话的是生物系学生会主席，叫何努力。听说他这话是在学校东区的那一片一望无际的桃花林里说的，一说出来就在全校传开，成为A大的一个经典。还听说，于婷婷因为这句话与何努力有一次专门的约会，约会的内容有好几种版本。最新的版本是，何努力向她表白爱情，而她说，你就不怕戴绿帽子？何努力的话也很前卫，没有戴绿帽子的胆识就不是一个男子汉。何努力因此而得了个绿色男子汉的称号，因此有人建议他转到环境科学系去。

文英与于婷婷的认识有点戏剧性。话还得从她到学校报到的第一天所遇到的第3个贵人说起。

文英那天帮着推车的那位留着长头发大胡子的人叫吴涛，是美术系的油画教师。吴涛毕业于浙江美院，是省内知名的现代派画家。吴涛是用他的声音把她吸引到他身边的，他的声音含有某种黏性。他们再一次碰面是在学校的第三食堂。学校有5个学生食堂，全都让人承包了，竞争很激烈，那段时间第三食堂正推出一款新套餐，叫"闽南341"，即闽南风味，每套3元，4菜1汤，饭随便吃。物美价廉，一时间应者如潮。人多了就排队，这也是校园文明的表现。有一次文英正在看哪队短一点，听到有人喊，过来，排在我前面，一看，正是那位头发长胡子也长的老师，她还是用手指了指自己，他还是说，不叫你叫谁。

他的声音很大，许多人都朝他们看。她看看长长的队伍，不好意思从中间插进去，他便放弃前面的位子，走过来排在她后面。她小声说，你不是老师吗，怎么跑到学生食堂吃饭？他说你这话有毛病。首先，你凭什么说我是老师？第二，谁规定这是学生食堂？第三，就是学生食堂为什么老师就不能来吃？

这话说得文英脸红起来，文英脸红起来他便笑，说，对不起，今天我请客。说了我请客之后又说，算了，这叫什么请客，我们到外面吃吧。说着就不由分说地把她拉出来，朝食堂外走去。文英便在众多可疑的目光中与他匆匆离去。

他们在校门口打的到了"来来来"酒家，一进门就有小姐冲着他叫飞飞，他就说，暗号照旧，小姐就把他们引入一间小套间，小套间的门楣上写着"嬉皮士"。

坐定之后他说，飞飞是我的笔名，说着便从口袋里掏出两张名片，说，看看，才不会有拐骗大学生之嫌。她笑了一下接过名片，一张写：自由人飞飞。另一张写：某省美术家协会常务理事，A州市美术家协会副主席，A州大学美术系油画教研室主任，讲师，吴涛。

原来他就是吴涛，她听中中说过他，是A大四怪之一，还有三怪分别是化学系的张元素，历史系的苏虚无和管理系的管红军。她发现，两张名片不但头衔不同连电话号码也不一样，心想，这人也真怪。

吴涛说，人都有两面性，两张名片就是我两面性的体现，飞飞是真我，人的我，自由的我；吴涛是非我，非我即我，社会的我，拿工资的我，为人师表的我，现实桎梏的人，坑蒙拐骗的我。这么说着文英便笑，觉得这人不像老师，倒像个熟人朋友。

这饭吃了两个多小时，从此有了许多交往。熟了，吴涛便为她画肖像，画得极有品位，文英把画挂在床头，招引许多又羡慕又忌妒的眼光，都说吴怪人是本省当红画家，轻易不画，这画最少值1000元，文英便很陶醉，半夜里偷笑了好几回。以后吴涛提出要画她的人体像，文英也就同意了，画了像吴涛要付钱，说是按时下模特的价格，一小时100元，文英就有些生气，说他把她不当朋友，吴涛便请她吃饭，还是来来来，还是嬉皮士。吴涛说两人没气氛，再请两位如何？文英就把中中和招弟也叫来。

酒过三巡，吴涛的手机响了，吴便对着手机大叫，来来来，老地方。于是又来了两个人，一男一女，男的，西装革履一表人才，女的，珠光宝气艳丽夺目。

吴涛介绍说，这位是菲菲小姐，国家队教练，菲菲小姐嗲声一笑，够损的你吴涛。吴涛说叫老师叫老师，别吴涛长吴涛短的，目无师长。菲菲说，老师老师你哪点像老师。吴涛说，不像老师正是我是老师之处。

文英想，这话听起来没道理，细想还有点道理。吴涛的率真还真给人一点什么，比某些教师的道貌岸然要亲切。某些老师看不出缺点，让人望而生畏。一个没有缺点的人想想都可怕。

文英想着吴涛，脸上却笑着说，又是一个飞飞。吴涛便说，这个菲不是那个飞，这是草上菲，那是天上飞，不可同日而语。他回头指着男士说，这位是九龙国际发展有限公司的宋总经理，我的老同学，7年前下海，如今资产上千万。

吴涛又把文英他们一一介绍，都说是他的学生。

这次酒喝得很快活，大家都喝多了，喝多了话就多。吴涛说，什么叫大学，大学就是把整个社会当校园的学校。整天关在校园里对社会一点都不懂算不得好学生，甚至算不了合格的学生。

说着，他就叫菲菲小姐站起来，你们看，他一边指着她一边说，她身上穿的是梦特娇，脚上蹬的是芭芭拉，再看她的包，卡登路，口红，资生堂，香水，罗曼，连内衣内裤都是黛芬妮。行了，菲菲说，你看见的？吴涛说，想看看不着呀。还有那手上的。假的假的，菲菲喊道。吴涛说，就算是假的，她这一身上下，就是分文不带，也值一两万元。

菲菲说，吴怪人，我说你损吧，你不认。宋总说，飞飞什么时候正经过？吴涛说，喝酒喝酒。

菲菲坐在文英身边，文英小声问，吴老师说你是国家队的教练，是体操吧，看你的身材，挺好的。菲菲便大笑，笑得把嘴里的东西都喷出来。

吴涛说，我说你们要不出社会，这大学白念了不是。

吴涛这么一说，就把文英和招弟的脸说红了，招弟还不时地在桌子底下踢文英的脚，意思是不要让他再说了。而菲菲小姐却若无其事地笑着，好像说的是别人。

吴涛说，你们不要不好意思，这也是一门学问，不信我考考你们，这类人的出现，有何必然性？如何治理？这是很学术很理论也很实际的问题。

菲菲说，吴涛，你再说我可走了。吴涛就说不说不说，喝酒。宋总说，我倒要见识一下你的高论。吴涛说，菲菲我可说了，这可不怪我。菲菲说，反正狗嘴里吐不出象牙。她转而对几个学生说，他说他的你们吃你们的，不听就是了。

吴涛说，其他原因我就不说了，让经济学家，社会学家去说，我只从人性的角度说。你们几个可以不听，但不听绝对是一种损失。与过去相比，这20年来，中国人的性活跃期大大地延长了，不管你承认不承认，不承认，就不是实事求是的态度。说与时俱进，这才是真正的与时俱进。就女孩子而言，第一次月经来潮的时间大大地提前了，以前是15岁,现在是12岁,男孩子第一次遗精也提前到13岁,如今吃得好,营养多,谁也没想到这个方面也出了新问题。老人也是,过去50多岁60岁便很少有性方面的需求,现在70岁的老人还想浪。这是一方面,另一方面,为了控制人口增长,国家把结婚的年龄推迟了,也就是把合法的性交往的时间推迟了。一个提早,一个推迟,这就在客观上造成一段相当长的性饥饿期。一大群人的一大段时间的性饥饿得不到合理解决,这是不人道的。

中中说,这么说,倒是可以乱来了。文英看了中中一眼,让他不要插嘴。菲菲说,你们不要听他胡说,这哪像个人类灵魂的工程师,简直是个教唆犯。

吴涛说,再说一句不说了。当然我只是从人性的角度来思考问题,在现实中,不但有传统问题道德问题法律问题还有所谓的社会治安问题。

招弟说,这样说还差不多,人是社会的人,不思考这些问题就不是人而是动物了。吴涛做大惊状,原来我们今天是个动物聚会啊。说得大家都笑了起来。

那次聚会之后的一个星期天上午,文英在校园里碰到菲菲,大吃一惊,脱口说你来找吴老师吗?菲菲说,我找你。文英便有些不自然。菲菲笑了起来,洪水猛兽了不是。我也是这里的学生,英语系的,我的真名叫于婷婷。

文英啊的一声,她早就听说过于婷婷,却不知道于婷婷就是菲菲。于婷婷说,我也有两面,不是吗?告诉你,我是我们系的高才生,不信你打听看看,哪位同学的英语口语比我好?哪位同学的社交能力攻关能力比我强?

文英想想，也是，她在各类教师技能的比赛中都得过第一，是学校文艺晚会的第一主持人，还是校内电视台很受欢迎的栏目主持人。于婷婷挽起她的手说，我们交个朋友吧。她把她带到校门口一家咖啡厅，两个人聊了一个上午。之后，她们果真成了莫逆之交。文英想，一个敢于把自己的内心秘密全部掏给你的人是值得信任的。

/ 七 /

她们手拉手走进校门。文英便把招弟的事情对于婷婷说了。

于婷婷说，不行，这不合算，不就是钱的事吗，钱的事有各种各样的解决办法，为什么要用这种办法，这太蠢了，把自己的一生都卖了。

文英说，她不是你。于婷婷说，她不是我，可她也是人，她爱他吗？我是说那个叶挺进。不爱对吧，我看连真正认识都谈不上。没有爱情的婚姻是不道德的。这可是我们伟大的导师说的。没有爱情的婚姻在我看来就是一种交易，有交易就有买方和卖方，不是卖又是什么？我反对。

文英想想，于婷婷的话也有道理，只是听起来别扭。

到了学生公寓，于婷婷说，你找她提这事的时候，也请你把我的意见一并说了，供她参考。说着她们便分手了，她说她还有一个约会，就是那个宋总经理，想请她到海南去玩，她也想去，顺便在那里去寻找机会，不是快毕业了吗？

分手之后文英到图书馆，果然在第三阅览厅找到了招弟，她正在查资料做毕业论文。文英小声说，出来一下，我有话和你说。招弟头也没抬说,有话就说鬼头鬼脑的做什么。文英大声说,那我就在这里说了。招弟站起来,用手掩住她的嘴,你疯了,走走快走。

她们在众目睽睽下走出阅览厅,招弟一边走一边埋怨说,你越来越像于婷婷了。文英说我没她的资本,要有,我也像像看。招弟在她的胳膊上拧了一下,你敢!

她们来到一处叫"风声雨声读书声"的亭子里,招弟说,有话快说,有屁快放。文英说,你怎么也和于婷婷似的。招弟说她就这点好,爽快。

文英就把袁教授和袁师母的意思说了。她还没有说到于婷婷的意见,就看到她泪流满面,吓得连连说,就当我没说,就当我没说还不行吗?

文英没想到,第二天一早招弟就对她说她同意了,为了读书,她可以牺牲。文英说你可要想好,真的要想好,这可是一辈子的事。招弟说,是一辈子的事。我想通了,在中国,几个家庭有爱情?还不都是凑合着过日子,别人能过,我为什么不能过?我有我的追求,我的事业,过得下去就过,过不下去就离。文英吃了一惊,说你还真想得出。接着就把于婷婷的观点也说了。招弟听后笑了笑,人真可怜。

文英啊的一声。招弟长叹一声,我们从山里出来,到底为了什么呢?还不如当初不读书。她这一说说得文英心里凄凄惨惨切切。

叶挺进那边一说就行。

原来,向叶挺进提出在毕业女生中找个对象的建议还不少,叶挺进偷偷看了几个都不满意,对于招弟,他还没有见面就表示同意,见了面更是非招弟不娶了。据分析,原因有三,叶挺进有自卑心理,怕人家看不上他,把婚姻作为一种留校的手段,过了河就拆桥,到头来竹篮打水一场空。招弟出身贫穷,地位的变化会使她有一种满足感,这种满足感必然有利于婚姻安全系数的提高，这是一；二，招弟是一个事业型女性，在感情上的要求不高，再加上她外表一般，对男性没有太大的吸引力，第三者插足的可能性可以降到最低点；第三，招弟在见面的时候给他留下了深刻的印象，她关注的是他的学业，两个人见了一个小时的面，有50分钟她是在听他说当前计算机科学发展的最新动态，有这样耐心听课的学生，当老师的自然满意。

于是叶挺进向学校打报告，请求将招弟作为教师家属照顾留校。系里考虑到叶老师的特殊情况，很快就同意了他的报告。

系主任刘为民教授签了字送到学校人事处，人事处说，留校是一件严肃的事，牵涉面大，政策性强，根据我们学校的情况，没有硕士学位是不行的。刘主任是个好人，很想促成这件事，就说，听说这位学生学业很优秀，就要考我们本校的研究生。

人事处说，哪个系的，刘主任说，听说是管理系的。人事处说，管理系？就夏时令那个人？让不让他招还没定哩。这样吧，也不让你为难，你把报告放着，以后再说。

刘主任就把情况向叶挺进反馈，当然说得比较艺术，让叶挺进找夏教授说一说，是不是真能让招弟考上来。叶挺进便让招弟去找夏教授，现在能不能保证考夏教授的研究生很关键。招弟觉得有道理，便约文英一起到夏教授家。

/ 八 /

招弟每次上夏教授家都约文英一起去，这样比较安全。倒不是夏教授对她有什么非分之想，而是夏教授的夫人，也就是夏师母这个人让人有点受不了,总是用一种防贼似的眼光盯着你,好像一不小心,你就会把夏教授偷走。第一次约文英的时候文英说,要不,让中中跟你去让她更放心。招弟说,不,这种女人,也要治治她,要让她既放心又不放心,让她有点事情做,不然也太便宜了她。听了这话文英便想,人真可怕,连招弟都这么狠。

夏教授的家也在教授楼,只是在西头的最底层,他评的教授比较晚,好楼层好方向都让别人挑走了。开门的是夏夫人,她看到她们先是一愣,接着便从嘴角挤出一点笑容,说进来吧。文英再次深切感受什么叫笑比哭更难看。

夏教授从书房里出来,说,是招弟啊,好久不来了,坐坐。夏夫人便不高兴,说,人家功课那么多,怎么可能常来,你说呢?这话是对招弟她们说的。文英说,是啊还是夏师母说的是,要是没有事,我们是不会来打扰夏老师的,夏老师那么忙。

夏教授说,没关系没关系,我也没忙什么。招弟,上次让你找的资料找到了吗?招弟便拿出她为他找的资料,夏师母便接过去,就在一边翻来翻去。

招弟拍了一下文英,文英想,她要找什么,该不会找情书吧。什么时候写一封情书放在他家的信箱里,准有好戏看。

夏教授说,别翻了,那些东西你看不懂。夏夫人红了脸说,看不懂也可以学嘛,这不,论佛教理论中的环保意识,每个字都懂,没有不懂的。文英说,其实师母完全可以当夏教授的助手。夏夫人没有听出其中的讽刺,说,还是文英通情达理。招弟看了一下夏教授,夏教授却闻若不闻,没当回事。

招弟说了她考研的事,请夏教授从中帮忙。夏教授表示很乐意帮忙，两个人就这个话题谈得很投机，夏教授更有些眉飞色舞。文英看夏夫人脸色不大好，就没话找话说，有一句没一句地与夏师母聊天，无非是她的儿子，她的房子，她的衣服，最后谈到她家桌子上的菊花，黄得十分灿烂和美好。

说完了事，她们便告辞。她们还没有走下楼，夏夫人就大声说，不许你招她做研究生。我还不知道研究生是怎么回事？要招你也只能给我招个男的。

现在的情况很无奈，研究生导师大都是男的，而研究生又大都是女的，导师常常和学生一起研究学问，研究研究便研究出许多新闻，这新闻别人听了一笑了之，夏夫人听了就睡不着觉。偏偏在她睡不着觉的时候，招弟来谈考研的事，这不是故意和她过不去吗？

夏教授坐在沙发上一声不吭。

招研究生的事，学校还没有最后定。是的，他们系的这个研究生点是他跑回来的，但跑回来不一定就让他带，他们系比他资历深资格老的教授有的是，系主任就是一个，还有两个副主任，有一个还是早期硕士。他又听说，在学校的学术委员会上，中文系的袁立中就对他说了不少挖苦的话，中心是对他的学术水平提出质疑。对于袁教授他没有更多的意见，也不敢有更多的意见，人家是博士生导师，知名度高。从学术的角度来看，自己也确实有让人挑剔的地方，对于环境科学，他是半路出家，在行内的地位也不巩固。更何况，当初评教授时，要不是袁教授高抬贵手，他过得去吗？关键时刻还是人家一句话，算了，让他上吧，对我们学校也有好处，多一个总比少一个好。一言九鼎啊。在省里，听说有人不同意，还是他说了话，人家是大评委，德高望重啊。想想也有点羞答答的，他听信了夫人的话，事先带了一包上好的茶叶上他家,结果被他拒之门外。实在是有辱斯文啊。

这女人,成事不足,败事有余。他不禁看了一下在一边唠唠叨叨的女人。不料这一眼煽出夏夫人更大的火气。她说,你招还是不招,说,今天非说清楚不可。

夏教授长叹一声,俗话说,恶妻孽子无法可治,果其然也。你死了哑巴了,怎么不说话,刚才不是那么会说,眉飞色舞的,谁看不出来?连她的那个同学都看不过去,没话找话来和我说。别以为你是什么东西我不知道,你肚子里几条蛔虫我都看得出来。夏教授说,你还有完没完啊。我没完,就是没完,她大声说。你就不能小点声,不怕人家笑话。你做都做出来了还怕人家知道。

夏教授站起来,在厅里走来走去,这算什么家这算什么家。夏夫人在一边冷笑道,你不招就还是个家,招了就不是个家。夏教授走进书房,把门关上。他走到电脑前,叭地把电脑关了,还写什么,还搞什么环境科学,连自家的环境都污染得如此不堪,还关心什么世界环境,笑话。

夏夫人看丈夫把书房的门关了,越想越不对,越想越有危机感,就决定回娘家找人想办法。娘家姐姐说,死也不能让他招,男的也不行,有男就有女,如今的女学生,一个个都妖精似的,听说有大学生当妓女的,你说妓女都敢当,导师不敢偷?到时把家招破了,你后悔就来不及了。她说,当导师工资高,岗位津贴也高,比一般教授多好几千。姐姐说,再高也不要,家破了,钱再多也不是你的。于是她下决心不让丈夫当上导师,当不成导师就招不了研究生,从娘家回来便直接找到人事处,在她的眼里,人事处管人,最大。

人事处长听了她的话,说这事不归他管,让她去找研究生处。研究生处处长不在，副处长听了她的话说，处长不在，要不，你直接找学校领导反映一下。

她真的就找到了学校的一位姓高的副校长。高副校长分管研究生工作，是博士兼教授，本身也带着几个研究生，也是几个都是女生，听说关于他的新闻也不少。他听了夏夫人的话，有些生气，又不好发作，说，夏教授能不能带研究生还是个问题，你的意见，学校会考虑的，你就放心回去吧。

夏夫人找校领导的事很快就被当成笑话在校内传开了。

笑话传到管理系，几个主任副主任开会时很开心。本来他们正为让不让夏时令当导师发愁，不让当，点是他跑回来的，情理上说不通，让他当，不说学术水平够不够的问题，导师的名额有限，他上，他们几个就得有人上不了。上不了倒无所谓，也不在乎多几个钱少几个钱，就是面子上过不去，主任副主任都当了，还上不了硕导，这不成了笑话？知识分子什么都可以不要，就是不能不要这张脸。真应该给夏夫人发奖金，她为他们解决了一个大难题。当然他们都没有把话说破，只是心情很好，会开得很顺当，解决了不少系里久拖不决的问题，比如同意某人去北大进修，同意某人放一个学期的学术假，同意某人到五台山出席一个研讨会等等，这些人得了好处还不知道是如何得的。世界真奇妙。

夏教授知道老婆到学校去闹事，很没面子，就对老婆说，这日子没法过下去了，你自己看着办吧。夏夫人说，你是想离婚，又不说，让我来说，你既达到目的，又占了理，你们这些知识分子，屁股几根毛，我都知道。

夏教授说离婚是你自己说的，我没说，也没这意思。我只是让你好好想想，你这样闹下去，我还有什么面子在学校里混，我没面子，你也没面子，说到底，你还是个教授夫人，教授夫人就要有教授夫人的样子。她被他这么一说说哭了，说，是你逼得我走投无路我才去找校长的，你要不是硬跟那个妖精在一起做什么研究生，我会出此下策吗？我就是想挽救这个家。

夏教授说，你怎么就不懂，一个教授不带研究生就让人家小看了，连学生都懂得，教授也分公母，被看成是母的，连副教授都不如。

夏夫人于是就有些后悔，但她也不认错，就说，也是你不对，平时不和我多说说，让我也懂得这个道理，一问学校的事，你就说不懂不要问，如今好了，水泼出去收不回来，你让我怎么办？

夏教授也想不出个十全的办法，只是不停地叹气，叹得她有些心疼起来，人说一日夫妻百日恩，何况是二十几年的夫妻，孩子都上大学了。于是她就骂招弟这个小妖精，这个挨枪货，这个夭寿鬼，要是没有她，要是她不来，事情就不会如此糟糕。

她一骂招弟夏教授就上火，人家女孩子多好，品学兼优，想考研是上进的表现，很合时代潮流。就说你自己不好怪人家没道理。夏教授这一说，夏夫人就又忌火中烧，说心疼了不是，她是你的什么人？这日子没法过了。就这样没完没了地吵，吵了几天，夏教授终于忍不住了，说离了离了。

夏教授这么一说夏夫人的心也就凉了，想这个家迟早是要破的，破了家她什么都没有，越想越吃亏，不说以前，就说当初为了他评教授写文章，她吃了多少苦，半夜里还起来为他煮点心，又冷又冻，感冒了好几回。为走人情，被人家袁教授拒之门外，就是不开门，受了多大的侮辱。越想越不值得。姐姐就教她，现在什么都是假的只有钱是真的，得把钱抓到手中，有了钱就有一切。于是她就把家里所有存折都拿回娘家藏了起来。

招弟不知底里，听到夏教授不带研究生的消息，大吃一惊，就和文英相约，再一次上夏教授家，没有想到在门口被夏师母骂了个狗血喷头。她们挨了骂出来，招弟说到"风声雨声读书声"去散散心吧。文英说，你今晚不是去家教吗？她说不去了。说得有些凄凉。文英就问为什么？她就说那孩子的父亲越来越有点那个了。文英也就不再问下去了。男主人"那个"是女学生家教常常遇到的问题。文英想，没了家教，留校对于她就更迫切了。

/ 九 /

天气越来越热，学校里的那十几棵木棉树不知什么时候已经开出一树火红热烈的英雄花，而且时不时有开过的花落下来，拳头大的花朵掉在水泥地上，啪的一声，很让人心惊肉跳。

离毕业的时间越来越近了，毕业班的学生大都像无头苍蝇，到处乱窜，为就业为找到好单位而奔忙。

整个学校上上下下也跟着热闹起来，烦躁起来。学生处忙着就业指导，提高学生就业率；人事处忙着招博士教授，改进教师队伍结构；教务处忙着考试、跑指标，保证教学质量扩大学校规模；研究生处忙着确定导师，招收研究生提高学校层次；组织部忙着吸收学生入党，考核选调生，为党政机关输送合格人才；基建处忙着盖学生公寓教学楼，国资处忙着购买仪器设备，后勤处忙买课桌椅买床铺，为学校发展提供有力的保障；宣传部忙着跑报社电视台，提高A大的知名度。

只有工会和纪检会的人没有什么事，但他们也不好意思闲着，没事找事，工会就开展活动，文艺晚会电影周体育比赛，单乒乓球比赛就搞了3场。纪检会就认真地把那一沓群众来信再看几遍，看看有没有值得调查的线索。

纪检会的老杜那天心情很好，看得也很认真，没看出什么问题，正有点失望之际，通讯员送来了新信件，拆开一看，人就像注射了兴奋剂，脸发热，眼发绿，一边看一边就啊啊啊地叫个不停：一封是"知情者"来信，说贵校有学生在外面卖淫，提供了几个很生动的细节，还附了一张照片，可惜照片拍得不好，看不清面孔。另一封"主持正义者"来信说，贵校一位知名人士，是个色狼，不但勾引女生，还以帮助学生家乡发展经济为名，从中收受贿赂达数十万之巨，是一个隐藏在高校的披着学术外衣的地地道道的腐败分子。信中虽然没有点名，但老杜一下子就想到中文系的袁立中，因为这所大学真正称得上知名人士的只有他，还因为他所支持的云雾寻香太出名了，老杜平时就想，没有好处袁立中干吗那么卖力？现在他的疑问终于有了合理的解释。要不，为什么说群众是真正的英雄？

老杜在部队是个正团级干部，转业到学校从干事干起，一直干到去年才给了他一个括弧，正科，心里一直不平衡，自从学校实行岗位津贴之后，更是吃不好睡不香，凭什么教授一个月几千元，而他才几百元！啊啊啊。他拿着群众来信的手都有点发抖了。他把信放在纪检书记的桌上，压抑不住心中的兴奋，我们有事干了，我们有事干了。

纪检书记看了信，觉得事关重大，不敢贸然行事，就去找书记，书记看了信，心里骂道，这个笨蛋，这种信压下来就是了，提到桌面上查也不是不查也不是，让他如何表态。就说，你们处理吧。纪检书记知道书记不高兴,就说那就放一放再说。书记说,那就按你们的意见先放放吧,目前主要是要搞好正常的审计,期末到了,不要让各系乱发钱,还是要留足发展基金。什么时候我们都要记住小平同志的教导,发展才是硬道理。

纪检书记把信拿回来,扔到桌上,一句话也不说,这种时候说什么都不合适,人家书记多有水平,明明他不让查,还说同意你们的意见,先放一放。老杜在门口探了一下头,看他黑着脸,也就不进去了,心想,我就知道不让查,官官相护。天下乌鸦一般黑。真查下去,怕连他们也脱不了干系,哼。

这是学校高层发生的事情,不要说当学生的不可能知道,就是系主任也不知道。你不知道的事即使与你相关,对于你也和没发生一样。

文英这几天也够忙的,毕业论文写一半怎么也写不下去,毕业论文的指导老师是袁教授,袁教授给她定了一个题目:文人与茶。这可是个硕士生的题目啊,文英暗暗叫苦,却又不敢说出来,都说严师出高徒,但她没那个水平。她记得外祖母说过,没那个屁股就不要吃那份泻药。外祖母的意思是,凡事不要强求,一切顺其自然。

现在她只好不停地往袁教授的家里跑,不停地请教。袁教授很耐心,几乎是手把手地教她,从整体思路到论文提纲,从论据收集到参考书目,可以说是无微不至了。师母也很周到,不是送水果就是送点心,让她心里很过意不去,每次她进来,她都要站起来说谢谢,师母就不高兴了,说,见外了不是,还说要当我的女儿哩。让她感动得差一点就把妈叫出来。

让文英想不到的是,最近几天一直找不到中中,他好像从这个地球上消失了。打手机,总是一句让人扫兴的话,对不起,你所打的手机正在通话中,请稍后再拨。难道他疯了,整天开着手机讲个没完。就在几天前,中中对她说,他可能要出差,到县里去走走。说这话的时候显得很兴奋。到县里自然好,好吃好住好玩回来还有好东西带,他说,虽说都是一些当地的土特产,真用钱买,一个月的工资也下不来。更重要的是,这一次出差,局长钦定由他负责。他说,有的到局里四五年也没有这样的机会,一般能负责的最少是副科长。他这一去,泥牛入海无消息。而让她感到不解的是,局长给她打电话,让她和中中晚上到他家,好像他并不知道中中已经被他派到县里去了。文英本能地感到这里有什么不对头,但事关前途,她又不想放弃机会,便硬着头皮去了天街花园。

/ 十 /

按门铃时,她没想到局长见到她的第一句话居然是,中中怎么没一起来,小两口吵架了?文英说,他不是出差了吗?局长说,是吗?出差也不说一声,真是的。文英便如坠五里云雾,分不清是谁说了假话,是中中,还是局长。这就叫社会,她这才感到,中中真是进了社会。她于是又想,社会真可怕,但她不进也不行,不进社会怎么会有工资拿,怎么养活自己。文英一刹那间想了这么多,也许连社会经验丰富的局长也没想到。

坐定之后,文英说,局长是让我来拿面试背景材料吗?真谢谢您,您这么忙,还把这小事惦记着。局长说,怎么是小事呢?文英说,和您主管的工作,和全市的人才工作比起来,自然是小事了。

局长说,你这就小看自己了,你也是人才,你也是我工作的一部分。我算什么人才啊,话虽这么说,文英心里不禁有点陶醉。局长说,大学本科毕业生不是人才是什么?再说,你是A大的高才生,我早就听袁教授提过你。

文英有些意外,袁教授怎么会在局长的面前提到她,是怎么提到她的,难道他也想请他帮忙,为她考公务员出力,如果真是这样,那就有希望了。这么想着,无形中就增加了对局长的亲切感。

局长把龙眼放到她的面前,她就拿起龙眼,有点夸张地说,这么早龙眼就出了?局长说,吃吃看,是不是那个味。她就剥一粒放在嘴里,还真是那个味。局长说,反季节的,从台湾来,喜欢就带点回去吃。她把龙眼核吐在手心用眼睛找地方放,局长拿个烟灰缸放在她的前面。她一边放龙眼核一边说,不用不用真的不用。局长就有点生气的样子,说,跟我还客气什么,你的茶叶我不是拿了吗?她也就不敢再说不要的话了。

她希望局长再说说袁教授,她很想知道在袁教授的眼里,她是个什么样的学生。可局长不再提袁教授,也不提材料,从龙眼说起,天南海北地扯。局长见多识广,语言风趣,许多事闻所未闻,文英就听得忘了时间。

在局长海阔天空神聊时,正对着她的52寸长虹背投彩电正放映一部外国大片,频频的接吻和拥抱的镜头让她很不自在。最让她尴尬的是,局长不知怎么的就讲到了某少数民族的婚俗,抢婚,闹洞房,许多男人压在新娘的身上,新郎很高兴地在一边看,因他的新婚妻子身上的男人压得越多,就越证明她很优秀。婚前的情人越多,他就越感到骄傲。而电视屏幕也像与他事先合计好了似的,爱情到了高潮。

局长突然就不说了,直勾勾地看着她,她心慌意乱地站起来,局长，我该走了。局长如梦方醒，很礼貌地说，不再坐一会儿吗？我说得太多了，应该听你说，你们大学生观念新见识广，是新世纪的新希望，应该听你说。局长坐在那里，没有起身送客的意思。

文英说，太晚了，学校宿舍要关门了，要上锁了，辅导员要点名了。快毕业了，不能违反纪律。我真的该走了。

局长笑了，你们学校的管理有问题，不能把学生当犯人来管，学生是我们的未来，怎么能像管犯人一样的，上锁，不人道。一个大学生还不如街上的乞丐，乞丐都有行动自由，你说是吗？改革开放都20年了，还不给学生以自由，简直是法西斯。我要对你们学校的书记说，非说不可。

她不知说什么好。局长又说，我跟他很熟，你不知道吧，中中也不知道，我没有对任何人说过，熟得很，他当县委书记时，我也是县委书记，就隔壁县，为了水的事，我们还到省里打过官司，哈哈，想起来真好笑。当时，我们都是省里最年轻的县委书记。想不到我原地踏步踏了10年，他却一步也没落下，时间到就上，如今是正厅级了。不说了，官场上的事让人扫兴。

他说这些话的时候仍然坐在沙发上，还架起二郎腿，一点也没有站起来送客的意思。

文英站也不是坐也不是走也不是不走也不是，很尴尬。局长说你真的要走了吗？那就走吧，你们书记也真是，把学生当犯人管，真可怜啊你们这些大学生。要不走你就坐吧，我看天塌不下来。

文英就鬼使神差地又坐了下来。好在电视里的床上戏已经完满结束，女主人公正披着一件白色的睡袍在厨房里煮咖啡。文英鼓起勇气说，局长，那材料。她还没说完，局长就用手拍了一下自己的前额说，你看我只顾着说话，把正事给忘了，我这就去拿，这就去拿，说着就起身朝房里走去。

文英探着身子看了一下，还是看不出局长走进去的是书房还是卧室，她想，应该是书房吧，总不会把材料放在卧室里。长虹里的戏再次进入高潮，女主人公的咖啡还没煮完，男主人公便从背后将她抱住，虽然也穿着睡衣，可给人的感觉是，除了外面的那一层，里面什么都没穿。女主人公转过身来，两人立即又抱成一团。

正在文英坐立不安时，局长在房里叫道，文英，你来一下，帮我找找。文英霍地跳了起来。对不起局长，我走了。

局长手拿材料来到客厅，文英已经消失得无影无踪了。局长一脸茫然状，他看了看电视，男女主人公还在餐桌边做爱，动作和声音都很夸张。他走过去将电视关了。

/ 十一 /

文英失魂落魄地回到学校，刚进校门就听到有人喊她，吓了一跳。喂，过来一下。她定睛一看，是吴涛，说，你想吓死我啊。吴涛说，你的脸色不好，做贼心虚了吧。文英说得了吧吴涛，你在这里做什么。吴涛说，别吴涛吴涛，于婷婷似的。于婷婷怎么啦，她可是我的朋友。吴涛认真地看了她一眼说，你真把她当朋友？文英说，朋友的朋友难道不是朋友？吴涛显得有点感动，说，说真的，你的脸色有点不好。文英不想告诉他刚才发生的事，就拿话支开，反问你在这里干吗。吴涛便又嘻嘻地笑着，说，你难道忘了，我是校卫队的义务巡逻员，你看，谁来了。

文英转头一看，着实吓了一跳，来的正是校纪检会的杜老师。

学校规模不断扩大，学生越来越多，几年间从几千人一下子涨一万多人，为安全与稳定计，学校组织义务巡逻队，吴涛报名参加，正好和纪检会的老杜编在一个组。吴涛巡逻一是为了好玩，二是为了了解生活。艺坛公认他是省内现代派画家的主要代表，他的观念有时让人琢磨不透，他说，最现代应该从最现实开始。他还说，现实的荒诞最现代。他和老杜都对那一片桃花林情有独钟，有一次，他们在桃花林的深处捡到几个安全套，老杜激动得浑身发抖，说，要是能当场捉到几个，狠狠地处分一下，那才过瘾。吴涛说，你是闽南人吗？老杜说，当然。吴涛说，闽南人不是有这样的风俗，那种事，看不得，一看就倒霉。该发财的财运跑了，该升官的乌纱帽飞了。老杜说，人家都说你很现代，想不到你还这么迷信。吴涛说，我这是为你着想。

文英和许多学生一样，看到纪检会的老杜有一种本能的恐惧，是被他的手电筒照怕了。所谓一朝被蛇咬，十年怕井绳。两年前的事她至今心有余悸。那是个仲夏之夜，她与中中在那片桃树林里接吻。他们相拥着坐在桃树的树干上，那桃树很矮，沿地面伸出一根长长粗粗的枝干，如凳如榻，上面绿叶团团，如伞如纬如帐，是情人们的天堂。他们那晚喝了点酒，中中很不老实，得寸进尺，舌头进来了，手也进来了，那感觉很不一般，可以用前所未有来概括，她不小心就叫了起来，又叫了起来。正在他们如醉如痴之际，一道电光从他们的身上扫过，接下来是一阵骚动和一声雷响。不是真雷，是人喊。干什么？她吓出一身冷汗，尽力把身子往回缩。可那束光偏偏在她的身上来回地转。中中很男子汉，他跳下来，用身子挡住那束光，说，是杜老师啊，你看见了，我们在亲嘴。哪个系的？老杜不依不饶。中中说，数学系的。

什么名字？林卫东。女的呢？江爱武。老杜把手电筒夹在腋下，拿出本子和笔，很认真地记下来。还说，现在可以走了，记住，明天把检查送到系里。那一次有惊无险，可文英从此与许多女生一样，患上了手电筒恐惧症。

果然，杜老师拿着手电筒，一晃一晃地走来。文英下意识地一闪，闪到吴涛身后。但是，并没有躲过老杜的眼光，他一侧身，伸直手臂，打开手电筒，光束正好射在文英的脸上。这不是那个江爱武吗？两年了，我终于逮住你了。那个林卫东呢？都是假名字。吴老师，那一次你没来，我说的就是她。吴涛上前一步，把老杜的手臂按下来，说，原来就是她啊。吴涛回头对文英说，小刘，你也真是的，怎么就干这种事呢，让你叔叔知道了，可没你的好果子吃。说着便拉住老杜，说，走走，边走边说，杜老师你不知道吗？她就是市里刘副书记的侄女。老杜有些意外，说，真的？我怎么没听说？不瞒你说，市里领导的亲属，凡在我们学校的，不管是学生还是教职工，我心里都有些数。这一下轮到吴涛有些吃惊了，说，是真是假我也是听说，但如今这世道，宁可信其有，不可信其无，你说呢？老杜想想，有理。

吴涛的声音很大，文英站在那里，云里雾里的，不清不楚，不明不白，也不管它了，反正没事就好。

文英在回学生公寓的路上碰到于婷婷。于婷婷挽起文英的胳膊说，你的脸色不大好。到了门口，文英拿出卡，于婷婷说，算了，还早，我们到桃花林去坐坐。文英说，他们又去巡逻了。于婷婷说，谁？文英便把刚刚在校门口遇见的事说了，于婷婷说，管它去，这个老杜，我什么时候给他一点颜色看看。文英下意识地看了一下四周，于婷婷说，走，这里不是说话的地方。她们就拐了出来。楼道上有一块电视屏幕,上面是一行红色的黑体字:为了您和学校的安全,请按时回校。于婷婷冲着方方正正的红字做了一个鬼脸。

月朦胧,树也朦胧。一对对学生在树下相拥而坐,也是一簇簇朦胧状。隐约之间,不分男女。她们挑了一处有石桌石椅的地方坐下,那地方不大朦胧,没人坐。于婷婷说,你今天有点不对头,还考那个破公务员?文英说不考了。接着便把今晚的遭遇说了。

于婷婷笑了起来,好在有惊无险,弄不好现在就在他的温柔乡里了。文英说,你还取笑我,我真是害怕。有什么好怕的,不就是那么回事吗?男人都这样。这还算好的,斯斯文文地说了那么多废话。换了别人,你想走都走不了。

于婷婷说,不能便宜了他。文英说,谁惹你了?于婷婷说,就是那个局长,欺侮你就是欺侮我。我不考了。不考也不能饶他。我要让他乖乖地把考题给你送来,是考题不是什么提纲,你信不信?

文英说,算了算了,就当我没说。还是说说你自己的吧,你不是要到深圳吗?哪家公司?于婷婷说,星星图书文化有限公司,香港人办的,月薪一万。不会吧,天文数字。公关部经理。我们那位主席呢?文英说的是生物系的何努力。

婷婷冷笑一声,他吗?你以为他来真的,逢场作戏罢了。你的那个中中,我看也靠不住,男人都靠不住。

没想到何努力此时却像从地里钻出来似的,忽地就出现在她们的面前,白衣白裤一身白西装。于婷婷跳起来,你想吓死人啊何努力,杀人可是要偿命的,这是法制社会。

何努力说,小姐受惊了,小生这一厢有礼了。于婷婷说去去,酸不溜丢的,偷听话,可耻。何努力说,谁偷听了,谁,你们说什么了?

我怎么没听见。于婷婷就笑了，说，文英你看看，这样的男人还靠得住吗？何努力便坐下来说，我找得你好苦，你还忍心挖苦人。

于婷婷说谁信，说不准和哪位小甜心刚刚从草地里滚出来，要不怎么就那么腻呢。何努力指天画地，天地良心，文英你看看，我这上上下下都是新换的全新的一点褶都没有。

文英站起来说，你们小两口谈吧，我走了。于婷婷说，文英你先别走，招弟怎么样了。文英说，你不说我倒忘了，有几天不见她了，也不知道成与不成。

何努力就说，没什么不成的，叶挺进是全校有名的驱逐舰，乘风破浪，无往不胜。于婷婷说，损不损啊你，你有没有一点同情心，你看人家笑话是不是，你给我滚，滚得越远越好。何努力说我不说了不行吗，就当我刚才没说不行吗？

于婷婷说，言为心声，我算看透你了何努力，人家身上的一点生理缺陷你都不能容忍你还能容得下什么？你会取笑人不是，你心里还有什么一起倒出来让我听听。何努力说我忏悔还不行，天地良心，我是有嘴无心，真是有嘴无心。于婷婷还是不依不饶。你是怎么知道的？知道什么？

何努力说招弟与叶老师的事，全校都知道了能怪我吗？如今不是信息社会吗，说不准早上网了。于婷婷扑哧一笑，这么说你是个正人君子，一点错也没有了。何努力站起来，双手作揖，多谢小姐夸奖，小生一定努力再努力，做个正人君子。文英说，我真走了，有招弟的消息我就告诉你。

文英走后，何努力坐下来，小声说，婷婷，你真的要到深圳？就不能再想想，给我一个机会？于婷婷说，不是我不给你机会，我们不是一路人。何努力叹了一口气，不说话。

于婷婷说你何苦呢，什么样的好姑娘找不到？找我一准坏了你的前程。听说你们辅导员已经警告过你，不许与我来往。何努力说，他管得着吗，公安局考核都考核过了，他还能怎么样？于婷婷说，你看你这人，人家过了河才拆桥，你还没过河就要拆桥了。

何努力说他不仁我不义，自古皆然。何况我也没把他怎么样。于婷婷说，你又能把他怎么样的？这你就不知道了，何努力说，他们这些人，黑。只要8毛钱，就能告倒一大片。

于婷婷说，这么说你的学生会主席也是花钱买来的？何努力跳了起来，天地良心，我是竞争竟来的。于婷婷说，所以不要把别人说得太黑。高校嘛毕竟是高校，不能与社会相提并论。

何努力又不说话了，低着头，可怜兮兮的。于婷婷便拉着他的手说，努力，我是真心喜欢你才拒绝你的，你要理解这一点。我是个坏女人，我不能误了你的前程。去公安局的事既然已经定了，你就去跑跑市局，找个好派出所，不要到山里去，去了说不定一辈子也调不出来。要不要我帮你找找市局于局长，不是那种关系你放心，我们是老乡，真正的老乡，同一个村的，论起辈分来，他还得叫我姑婆哩。她说着就笑了起来。

何努力却笑不起来，他的心里矛盾得很，他不是不知道这其中的利害，但他就是割舍不下她，她的影子无时无刻不在他的眼前晃动，一想到将要失去她他就心里发酸，整夜整夜地失眠。他并不计较她的行为，他爱的是她这个人。于婷婷说，好了好了，别女孩子似的，抬起头来，男子汉一样地说声再见。

他抬起头，她看到他一脸的泪水，她说你何苦来着，说着她自己哭了起来。他就把她揽到怀里，她就索性放任泪水像泉水一样地流出来，痛痛快快地哭一回，她已经好几年没有这样畅快地哭了。

/ 十二 /

文英刚走出桃花林，就遇到吴涛。文英说怎么没去巡逻，吴涛说他已经把姓杜的打发走了，今天不巡逻，专门等她，有事和她商量。文英回头看了一下桃花林。吴涛说，到我那里吧。文英就跟着他到了他的宿舍。

吴涛的宿舍还是和过去一样，一片狼藉。文英说，吴涛，你就不能收拾一下吗？说着，她就动手，利利索索地把厅里东西收拾了一下，等吴涛从厨房里煮完咖啡出来，该归位的东西都已全部归位了。吴涛把咖啡放在茶几上，说，你啊，还是过去那个样，没变。大学四年还能保持劳动人民本色的人不多。你没听说这样的话吗？半年土，一年洋，二年不认爹和娘。文英的脸红了一下，都什么呀，乱七八糟的。

吴涛这一房一厅的宿舍对于文英并不陌生。以前是为了画像，每次来，她都先把他的房间收拾一下，有时，该洗的衣服，她也顺手洗了。他说算了，反正她一走还是老样子。她说她不在她不管，可她在她就得收拾，她看不惯，猪窝一样。你就不能自己收拾一下吗？吴涛说，你没听说艺术家都是这个德行，叫不拘小节，叫潇洒。再说，我收拾了，你的优良品德就没处表现了。

文英说，我就想不通，为什么有那么多女孩子追艺术家，追到这猪窝里，可不是好玩的。吴涛说，你可说到点子上了，说说玩玩的不少，来真的，除了你，可真没有，一个也没有。文英说又来了不是，还老师哩,再说我就走了。吴涛说,难道我不比那个中中强?文英说,不说他行吗?

吴涛笑了起来,不在我面前说他,证明你心中有我。文英也笑了,说,这是什么逻辑啊。吴涛说,艺术家不讲逻辑。不讲逻辑可以,可不能不讲为人师表啊,文英一边说着,一边又跳起来,把一盒颜料收到柜子里。吴涛说,我就服你这一点,时不时地拿老师来唬我。我这是给你提个醒,免得你犯错误。吴涛说,喝咖啡喝咖啡,我今天可真想和你商量一件犯错误的事,不知你肯不肯帮忙。

文英停了搅咖啡的动作,说,吴老师,你别吓我,我今天晚上再也不经吓了。吴涛正襟危坐,说,我是认真的。文英看他那个样子,不敢再喝咖啡,说,你说吧吴老师,只要我做得到,再大的错误我都犯。

吴涛说,我听菲菲说,招弟想把自己卖给叶挺进?文英说,有这事,不能讲卖,太难听了。吴涛说,不,本质上就是卖。你别再说。她真的要卖的话,与其卖给叶挺进,不如卖给我。

文英跳了起来,好你个吴涛,你是想乘人之危啊,你,你不是人!吴涛说,你听我讲完再做评论。叶挺进是真买,我呢,假的。目的只有一个,就是救李招弟于水火之中。文英说,不会吧,你看上招弟哪一点了?她可不会给你收拾房子,她是事业型的,比你还事业。吴涛说,我能看上她哪一点,说实话,她就是全裸地坐在这里,也激不起我的一点热情。别往坏处想,我说的是创作热情。我真是想救她。

文英不说话了。吴涛也不说话。两个人就这么无声地把咖啡喝完。文英拿了杯子到厨房里去洗。洗完了杯子,又在水池边站了一会儿,才回去到厅里。

吴涛说,假戏真做,一切都是假的,只有她考研留校是真的。文英说,可名声不好啊,吴老师你不在乎,可招弟不会不在乎。吴涛说,这正是我要和你商量的。文英说这整个行为变得很不高尚,甚至说有点卑鄙。我怕招弟不会同意。吴涛冷笑道,原来就高尚了吗?她爱叶挺进吗?就是卑鄙,难道不值得吗?可以换回她下半辈子的自由和幸福。文英说,那你呢你为了什么?吴涛说,我只想做一回巴西人。

文英扑哧一声笑了。她记得有一次在网上看到一篇文章,是一个到巴西的中国人写的,说巴西人个个都是活雷锋,还举了许多例子,其中一个说,有一次他们的车陷进泥里,正束手无策之际,来了两辆过路的小车,"车里人全都不请自来地帮我们的忙。一个经验丰富的老活雷锋到附近山上搬来一堆石头垫在了前轮后面,另外几个活雷锋根本没招呼我们就自己蹲下去用双手刨土,刨了大半天,当前轮露出一半的时候,活雷锋们让我们试试能不能倒出来。这一招果然奏效,小车立马扭上了路。那两个车里的活雷锋们好像比我们还开心,把汽车音响开到最大,朝不同方向愉快地开走了"。当她把这篇文章介绍给吴涛时,吴涛不屑地哼了一声。没想到他记住了。这人就是这样。

吴涛看她笑了,说,我再次声明,我是认真的。文英说,我去试试看。不过成与不成我都敬重你。吴涛嘻嘻地笑了起来,我说了,虽然手段有点卑鄙,目的是绝对的高尚。而且还能顺手牵羊,赢得另一个少女的心。看他嬉皮笑脸的样子,不知怎么的,文英竟有些感动,心酸酸的,想哭。

/ 十三 /

在高副校长的办公室里,叶挺进对高副校长说,我不听研究研究的官话,今天要不给个明确的答复,我就不离开这间办公室。高副校长说,你看看你看看,还是个研究生,话怎么能这样说。叶挺进说,我是研究生没错,我研究的是计算机软件,高校长您千万不要把我高看了,我就这水平,我不是你们所说的知识分子,不是,我是个工匠,现代工匠。高副校长说现代工匠也得讲道理不是,这事学校有制度,也不是我一个人说了就算数。

叶挺进在高副校长的面前走了几个来回,说,我不知道学校有什么制度,也不懂得什么道理。他拍了拍自己的腿,这就是我的处境,我的道理。我找个对象容易吗?你说,一个人连最起码的人生乐趣都不能享受,还有什么道理可言?

高副校长看着他那畸形的腿,不再吭声了。叶挺进也不再挺进了,他安安静静地坐了下来。

办公室一时间变得十分安静。

突然,叶挺进放声大哭。高副校长的心震了一下,他走过去把办公室的门掩上。叶挺进哭够了,抱着脑袋不说话。高副校长说,小叶,我理解你的处境你的道理你的心情,你让我想想办法好吗?

叶挺进抬起头抹了抹脸说了声对不起了高校长,说着双手从沙发上撑起来,一晃一晃地朝门口走去。高副校长连忙走去为他开门,说,你放心我一定想办法,一定。

叶挺进走后，高副校长从抽屉里拿出他的报告。李招弟李招弟，高副校长轻轻地念着上面的名字，顺手打通了管理系的电话。不一会儿，管理系辅导员就屁颠屁颠地走进了他的办公室。他此时的走法具有一定的典型性，大凡有单位的年轻人突然被上司召见都是这种走法。

辅导员是个高高瘦瘦黑黑的小伙子。高副校长问哪个学校毕业的来多久了，他说复旦大学新闻系来3年了。高副校长又问老家在哪里，回答是新疆，又问南疆还是北疆，回答是北疆，吐鲁番。

高副校长便说，那个地方好啊，我去年开会去了。葡萄，还有西部歌王。说着便唱："达坂城的石路硬又平啊，西瓜大又甜呀，那里住的姑娘辫子长啊，两个眼睛真漂亮。"辅导员开心地笑起来，气氛一下子变得十分亲切。

辅导员说，高校长我们以前以为你很严肃，不敢和你说话。高副校长说，真是大老爷冤枉啊。不过也有点道理，你都来了3年，我还不认识你，官僚得可以。辅导员说这不能怪您，学校这么大老师这么多，哪能每个人都认得，再说您管的是教学科研，平时接触得少。高副校长说，也是也是，今后多沟通，也得向你们学一学思想政治方面的工作。辅导员不好意思起来，说，您是博士教授学这干吗。

高副校长说，三百六十行行行出状元嘛。今天请你来，就是想向你请教一下你们系一个学生的情况。辅导员说您要了解哪位学生的情况，不是吹，全系400个学生，我都能说出个大概。高副校长说，有个叫李招弟的同学。辅导员说李招弟是个好学生，综合积分全年段第6名，学习成绩第一名。高副校长问，这有什么区别吗？

辅导员解释说，是这样，综合积分是全面的考核，政治的思想的学习的校园活动的等等。高副校长点了点头，说我懂了，肯定是个书呆子，女书呆子。辅导员说，高校长说对了，除了读书，她很少参加班里系里的活动。她有个外号，叫房子。高副校长吃了一惊，房子？辅导员说，这是从五角形演变来的，五角形，顶头尖，两边斜，从侧面看像房子。五角，教室、宿舍、食堂、图书馆和她家教的地方，她就知道这5个地方，也只走这5个地方。高副校长说，人呢，我说的是长相。辅导员说，也是房子。高副校长笑了起来，太夸张吧。有点，辅导员说，不过大抵准确，神似。

　　高副校长摇了摇头，他有些同情起叶挺进，决定无论如何也得帮他这个忙。辅导员说，高校长是关心她考研的事吧？高副校长又吃了一惊，说你怎么知道？辅导员说，大家都知道，她家在山区，很穷，又是家里的老大，读到大学毕业已经是奇迹了，要考研除非找个单位搞委培。高副校长说，如果有可能，你们愿意推荐她吗？辅导员十分肯定地说，没问题，她是优秀毕业生。

/ 十四 /

　　文英再次看到中中是好几天以后的事了。中中到学校来找她，并带来了公务员考试的有关材料。他说，是局长让他带来的。文英想于婷婷说到做到，果然义气，果然神通非比寻常。她感到欣慰又感受到悲哀。她说，我以为你不来了呢。

　　中中指天指地，说他时时都想来，一踏上本城地面就往学校跑，一刻也没有停留。她说假话要说也要说得圆一点，直接来你的材料是如何到手的。他又指天指地，说到了办公室局长就把他叫去，给了他这材料让他马上送过来。

她说那还是局长让你来的不是你自己想来的，还说时时刻刻，如隔三秋，还是工作重要嘛。为了工作不受干扰，你关机不理我。真是好公务员啊。中中说天地良心，我不是有意关机，手机没电，又忘了带充电器。文英说，真那么巧？不是局长安排你去的吗？

中中说，是我不好，是副局长让我去的，本想说局长让去的显得庄重一些，想在你面前提高一下自己的地位，没想到引起误解。

文英想，也许真是自己多心了，那天局长对她做了什么吗？什么也没做，是她自己沉不住气，自己把自己吓跑的。要是自己有于婷婷的勇气，任凭风浪起，稳坐钓鱼台，看他如何表演，说不定什么事也不会发生。

中中说，我请你吃饭，给你赔不是。文英说，我又不是小孩子。中中就硬拉住她，请求给他一个机会。她也就心软了，跟他出了校门，他说上哪儿由她挑，她说北方饺子城吧好久没有吃过北方饺子，也省点钱。他心里很温暖，她为他着想不正说明她心里有他吗，嘴里却说别为我心疼钱，吃一顿吃不穷的，你不是喜欢来来来酒家吗，就到那里。

说到来来来，文英就想请吴涛一起来。中中就给吴涛打手机，吴涛笑道，我就在来来来，我请你们，快过来。手机里的声音很响，中中看着文英，文英也就点头同意了。挂了手机已经到了校门口，中中跑到路边拦了一辆"金龟子"。

文英看他拦车的样子有点可笑，便笑了。中中说，你笑什么？她说没什么，想着好笑就笑一下。中中便说，难怪局长说你学生气太重。文英便说，你们局长还说了我什么？中中说，也没说什么，说出社会就好了。这么说你在他的眼里已经好了。中中便笑了一下，走进社会，人不变也得变。文英说我看十有八九是变坏了。

中中说，话不能这么说，是变成熟了。文英便用陌生的目光看他，他已经不是原来的中中了。有些东西生的和熟的是有区别的，比如水果，到锅里一煮，还是水果吗？谁喜欢进了锅的水果呢？这么想着却又笑了。中中说，你又笑什么？文英不提她对他的陌生感，只把水果的生与熟说了。中中说，熟水果也不是都不好，苹果酱不好吗？炖梨还能治咳嗽呢。文英想，也是。

到了来来来，就上嬉皮士，吴涛在那里等着。吴涛不是一个人，是和招弟在一起。文英有点吃惊。她和招弟说过吴涛的想法，招弟感到十分意外，她对吴涛并没有什么好感，自然也不想接受他的恩赐，在她看来，这是一种恩赐。她把招弟的想法告诉了吴涛，她以为吴涛会放弃，没想到他还在努力。她也没想到招弟会出来和他一起吃饭。

吴涛说坐坐，我们已经吃得差不多了，再叫几个菜。不知为什么，文英一下子没了胃口，说，就这样吧，吃不完浪费。吴涛也不坚持，说喝酒喝酒，中中在人事局，别的不敢说，这喝酒应该大有长进了吧。说着就给他们倒酒。

这时，文英注意到，吴涛已经喝得差不多了。招弟一直没有说话，只用幽幽的目光看着他们，文英心里一沉，难道招弟真答应了吴涛，叶挺进那里怎么办，袁教授那里又如何解释？中中看了一眼招弟，什么也没说，就喝起酒来了。文英小声问招弟，怎么来了？招弟说，是我请吴老师来的。吴涛大声说，我怎么能让她请，我请我请。招弟看了一下中中，端起酒杯说，不管怎么说，吴老师，我得谢谢你。说着自己先喝了。中中看了一下文英，说，吴老师，我也敬你一杯。吴涛说，你敬我什么？中中说，你是老师，当学生的敬老师不用理由。吴涛看了一下文英，知道她没有把事情告诉他，很满意。说，好，有你们这样的学生，我喝。喝了酒，吴涛说，今天怎么啦，都玩深沉的，千万别这样，我说个笑话如何。文英说，可要来点传统的，别把我们招弟吓着了。吴涛就说笑话，还是不正不经的。狗改不了吃屎。

离开来来来，中中说，今天吴涛和招弟唱的是哪一出戏？文英王顾左右而言他，说还是到北方饺子馆吧，我实际上没吃什么东西。中中心中掠过一阵不快，还是说，肯德基吧，那里的气氛好一些。他们就上了肯德基，一人要了一份。

中中说，你还没打定主意参加面试吗？还是考公务员好。文英哎呀一声，她把材料落在嬉皮士了。中中说在我包里。文英松了一口气说，你看我这记性。她说你看我这记性时神态十分可爱，中中就情不自禁地伸过手去抓她的手，她就让他抓。

两个人就这么抓着手吃。文英想，这样也不错。中中说，考吧文英，我们在一起，永远在一起。文英不知怎么的就有些感动，泪花便在眼帘上一闪一闪，中中就把她的手抓得紧紧的。文英突然想起袁教授，袁教授从不这么紧紧地捏着，他只是轻轻地抚摸着，有时还小声地吟咏白居易的诗，满床明月满帘霜，被冷灯残拂卧床。燕子楼中霜月夜，秋来只为一人长。

她突然悟到一点什么，男人与男人是不同的，占有与欣赏是有区别的。但是，在袁教授抚摸她的时候，她有一种冲动，一种以身相许的冲动。这也许就是女为悦己者容吧。而此时，文英居然没有这种冲动，她为自己感到不安。感到不安的她不知不觉地动了一下，中中说，别动。他的眼睛里荡漾着无限的柔情。

一支幽幽的歌声在她的心中响起，她愣了一下，是她喜欢了十几年的那首《天意》:"谁在乎我心里有多苦,谁在意我的明天去何处……如果说一切都是天意,一切都是命运,谁也逃不离,无情无爱此生又何必……"

文英的心里酸溜溜的,凄凄楚楚地说,我考,考考看。哈,我是世界上最幸福的人。中中大叫。大厅里所有人的脸,男人女人成人小孩,大大小小,老老少少,都向他们瞪眼睛,张嘴巴。一个染了金发的女孩因为嘴巴张得太大,一只鸡腿从她的嘴上掉了下来。文英红了脸把头埋到桌面下。

中中的手机在这时响了起来,惊心动魄。中中欢快地说,谁呀?文英听到招弟的声音说,文英还和你在一起吗?文英便抢过手机说,招弟我是文英,怎么不打我的手机打他的。招弟说你的打不通,文英摸进坤包,把手机拿出来,没电了。招弟说,你什么时候回来?文英说我马上回去你等着。文英把手机还给中中说,我得回去。中中看了一下手机上的时间说,我也要上班了。抓紧复习,一定要考出水准。文英看他的样子,有些不忍,说,晚上等我,我再把吴涛和招弟的事和你说。中中欢天喜地地抓过她的手,吻了一下。文英看到那个染了金发的女孩故意把眼光挪到大街上。

文英回到学校,招弟在门口等她。招弟说,你说吴涛是真想帮我还是想玩一下新游戏,拿我开心?文英说你怎么会这样想?招弟说,如今这世界,真的太少了,而且他平时又是那个德行,让人不放心。文英说,依我看,他是真想帮你。招弟用眼睛再次发问,文英十分肯定地说,他是真心的。你对他还不够了解,他是个外表浪荡,内心十分认真的人。她们来到桃花林,找个僻静处坐下。招弟说,有一件事我一直想问,没敢问,怕伤了你的心。文英说,你和我十几年的同学,从中学到大学，从山里到山外，你还信不过我？有什么事尽管问。招弟说，你和吴涛，你们，我是说，他给你画人体像，你们，我是说他……她还没说完，文英就知道她想问什么。她的脸红了一下，说我知道你想问什么，我以我的人格担保，我们之间什么事也没发生过。招弟抓住她的手，一边掉眼泪一边说，对不起，我只是想知道吴涛是个什么样的人，我不想伤害你。文英的心里酸溜溜的，她知道招弟的心里很苦，如今社会这么复杂，为了自己，她不得不防啊。她想起吴涛说过招弟的一句话，这个招弟，比你更狡猾。此时，她完全原谅了她的这种狡猾。文英说，吴涛是真心想帮你，没有恶意，一点也没有。当然，这得看你愿意不愿意。招弟说，我不能双脚踏双船，我虽然对叶挺进没有感觉，但我看得出，他是真心想和我过一辈子的。文英说，那你为什么还在乎吴涛的真与假？招弟说，我也不知道。文英突然来了灵感，说，你不会爱上吴涛了吧？招弟掩脸大哭。天啊，文英说，什么时候开始的？招弟说，你千万别告诉他。

/ 十五 /

夏教授没想到能当上硕导，说起来也是他的运气，时来运转。

研究生处催着各系报硕导名单，说学校学术委员会要开会了。管理系硕导名单报了上来，全是主任、副主任，没有夏教授的名字。研究生处把名单报到高副校长那里，高副校长看着名单说，怎么没有夏时令？研究生处长说，大概是因为他老婆闹得太凶了吧。

高副校长说，不能因为他老婆一闹就把他刷了，好像她说的全是真的，岂有此理。研究生处便要管理系补报，说，你们报的全是领导，说不过去吧，再说，点是人家跑下来的，没功劳也有苦劳嘛。管理系只好再开会，把夏教授的名字补上来。

开学术委员会的时候，高副校长说，现在有一种不正常的现象，把严肃的学术问题和谣言扯在一起，听说有人到处传，导师与研究生如何如何。有的教授家属还闹到学校来，不让她丈夫招女学生，无理取闹。我们能听她的吗？我们能让一个无知的家庭妇女来干扰我们的学术工作吗？不能，坚决不能。

高副校长是学术委员会的主任，按惯例主任说完副主任说，副主任就是袁立中，大家都看着袁教授。袁教授把抱在手中的茶杯放下，他开会总是自带杯子和茶叶，原来他只喝铁观音，现在他非云雾寻香不喝。他放下杯子又拿起杯子。从学术上的要求看，夏时令带研究生的确有点勉强，但综合考虑之后，他还是倾向于让他当，只有他上，招弟考硕的事才有保证。但他不想太早表态，倾向性太露，会引起人们不必要的猜疑。

高副校长看他没有马上说的意思，便向他微微地笑了一下，这种微笑很微妙，可以理解为邀请，也可理解为对他的矜持表示赞赏。袁教授现在对领导的微笑做第一种理解，他先报以同样的微笑，然后说，我同意高校长的意见，此风不可长，泼妇之风不可长。一所高校什么事情最严肃？要是在最严肃的问题上容忍泼妇之风，那就是学术的死亡。

这话没有新意，但也只能这么说。

接下去是计算机系主任刘为民刘教授发言，他想得更多的是叶挺进的嘱咐，他以热烈的言语支持两位主任的看法，并对那种谣言和谣言的制造者表示极大的愤慨，最后还稍稍地不点名地批评了管理系的做法，他说，其实谣言本身并不可悲，可悲的是我们有些人居然把谣言当事实，为谣言所左右。

管理系主任赵本三赵教授也是学术委员会的委员，他很不自然地动了一下身子，但什么话也没说。两位领导的话他没有意见，可恨的是刘某人，他分明是在报上次会议的一箭之仇。上次会议，他无意中伤了他，而且伤得不轻。学校规定教授两年最少要在核心期刊上发表一篇论文，有的教授有，有的教授没有，这本来也很正常，核心期刊难上，科研也有它自身的规律，上不上与之没有必然的联系。但有的教授的文章是在核心期刊的增刊上发表，到底算不算，文件上没有明确，要由学术委员会来认定。他那天不知怎么的就那么冲，大概跟自己最近在全国性期刊上发表了一篇论文有点关系，过后想想，自己确实有那么一点浅薄。他说，不能算，增刊怎么能算呢，增刊不是水平的体现，增刊无非是两种情况，一是交了钱的，二是开了会的，既然来开会，不管好坏都上，皆大欢喜。他没想到刘为民发的就是增刊。他不但让他在会上很没面子，而且让他损失了几千元，因为没了核心期刊的文章，不但没了论文的奖励，还不能拿百分之百的教授岗位津贴。这样的仇，人家自然是要报的。

接下去几乎所有的委员都发言，都表态，最后投票。投票的结果是夏教授当上了硕士生导师。

学校的文件还没有出来，全校都知道了夏教授因祸得福，顺利地当上了硕导，叶挺进第一个跑到夏教授家，还带了两瓶五粮液，向他表示祝贺。

夏教授说惭愧惭愧，都是因为大家的爱护，特别是你们刘主任，请你转告他，我会永远记住的。叶挺进说，我们刘主任说了，夏教授省里熟，明年我们系上硕士点，还要多多仰仗夏教授帮忙。夏教授说，请刘主任放心，从今以后，计算机的事就是我的事，一家人不说两家话。

叶挺进说，招弟的事，也请夏教授多多关照。夏教授说，招弟是个好学生，就是你不交代，我也会尽力的，只要她分数上了线，百分之百的没问题。叶挺进说，拜托拜托了。夏教授指着五粮液说，都是自家人你还这么客气就见外了。叶挺进说，就算我寄在这里，什么时候我来一起喝。夏教授说，一言为定，隔几天让你嫂子炒几个菜，我们一醉方休。

叶挺进刚走，夏教授的夫人就从房里冲出来，抓起五粮液，从窗口扔了出去，我让你得意，让你腐败，这个家，我不要了。五粮液落地的声音和夏夫人的话，叶挺进都听到了，他却连头也不回，一晃一晃地向前挺进，嘴里还哼着歌，这歌是一首以前的流行歌，叫《杜十娘》，他很欣赏那既温柔又凄凉又无奈的调子，这调子陪他度过许多无聊的夜晚，特别是在那炎热的夏夜，这调子还诱发了他温柔的想象，他在想象中冲动，由冲动而兴奋，由兴奋而挺进，由挺进而大叫，并在大叫之后幸福地进入了梦乡。

/ 十六 /

吴涛约文英到七星公园。那里名曰公园，实际上是一片竹林。竹林里有7口古井，听说和理学大师朱熹有点关系，那时朱文公在A州当过一年的知事，也就是现在的市长，留下许多传说，其中有一个就是关于七星井的，说是朱文公用这井水研墨，一时文思滚滚，一口气写完他的《四书集注》。所以这井在A州人的眼中一直十分神圣。可如今吴涛就坐在井沿上，竹叶垂到他的头上，远远看去像与他的头发和胡子连在了一起。

文英在他的对面站着。吴涛说，你怎么不坐？说着便挪了挪屁股，给她让位子。文英说，我外祖母说，女孩子不能坐井沿，一坐，那井水就不能吃了。吴涛说，现在谁还吃这井水？你是怕犯了神明吧？文英说，总是不大好。吴涛站起来，你不坐我也不坐，我们到对面找个地方坐吧。他们就在井对面找了块干净的草地坐下来。

文英说，吴老师找我有事？吴涛说没事就不能聊聊，你们快毕业了，以后想聊也没有机会了。文英说我的论文还没写完哩。吴涛说，那就不耽误你的正事。我只是想告诉你，那天，招弟拒绝了我。文英说，她是不想给你添麻烦。不，吴涛说，她是不相信我。吴涛的神色有些黯然，文英想安慰他却找不到适当的话，她当然不能告诉他，招弟爱上了他。

吴涛无可奈何地笑了一下，又说，那就让她去吧。你呢？你的那个中中怎么样了？

文英笑了起来，说，吴老师，你是上帝还是佛祖，你想拯救世界，你想普度众生？吴涛说，我知道你会这么说，可我是真为你担心，你们不合适，早散早好。文英说过日子还行。吴涛说，这么早就想过中国人的日子？可悲不可悲你。

文英愣愣地，一句话也说不出来。

那天晚上，她到中中那里，本来两个人都高高兴兴的，吃饭聊天，边吃边聊，还喝了点酒，文英便把吴涛想帮招弟的事说了。中中说，吴涛不安好心。文英吃了一惊，你怎么这么说话，他是一片真心。

中中说，就你傻，相信这种话。世界上没有真心。知道这句话吗？人是社会的人。这才是真理，绝对的真理。社会是什么？社会是一张网。这张网是由人与人之间的关系织成的。人的本质是自私的，人与人之间的关系就是互相利用的关系。所以，人只有功利之心，没有所谓的真心。

中中侃侃而谈。她很少听他说这么多话，也很少看他这么激动。他给她的印象更多的是唯唯诺诺、温柔虔诚，总是对她说是的是的。她原以为他没有什么思想，却没想到他的思想相当深刻，深刻得让人不寒而栗。因为喝了酒，中中根本就没有注意到她的情绪变化，还一个劲地说。一个人做事总是有目的的，没有目的的事是没人做的，除了傻瓜。什么是傻瓜你知道吗？智力不健全。

文英说，你们局长帮我们是不是也有他的目的？中中说，当然。中中回答的干脆又让文英吃了一惊，他有什么目的？

中中又给自己倒了一杯酒，说，据我分析，不外有三种：一，他与副局长有矛盾，他们各自拉人，他想把我拉进自己的圈子，当然，我不会那么傻，谁的圈子我都不进。第二，我知道他的一些事情，他想封住我的嘴。当然，不到万不得已时，我是不会把他的那一点事情说出去的。你说现在当官的，哪个没有一点说不出去的事情？何况他有后台，在省里，硬得很。第三，他喜欢漂亮的女孩子。

文英又是一惊，用手指着自己的脸，我？漂亮？中中说，是的，你，我说过，你很耐看，用现代的表述语言，叫很有气质。文英说，你明知是老虎偏把我往虎口里送，好啊你个中中，知人知面不知心，我今天总算看透了你。

中中不慌不忙地说，他有他的目的，我有我的办法，我相信你，你不是羊。文英想起那晚在局长家的遭遇，要不是她跑得快，说不准还真成了一只大肥羊。不禁出了一身冷汗。你有什么办法？文英说。中中哈哈一笑，你一考进去，我们就结婚。文英霍地站了起来，中中你做梦吧。说着，便离开了他的宿舍。

吴涛说，你不就是想留在城里吗，留在城里不一定用这种办法。

文英说，吴老师，你别再说了，再说我真的生气了。

吴涛可怜兮兮地说，我只是为你着想。

/ 十七 /

研究生考试报名开始之后，招弟就去报了名，报名之后，她又从叶挺进那里得到保证，只要考上，就能留校，一切都十分顺当。虽然她失眠了好几个晚上，但她很快就想通了，为了改变自己的命运，没有什么不可以割舍的，包括所谓的爱情，更何况那不是爱情，充其量也只是她的单相思而已。是的，她的骨子里是农民，没有那么多浪漫的想法。一切从实际出发。她狠狠地把吴涛从心中抹去，专心于自己的学业。这期间，招弟读书更努力，读书太努力，人便明显地瘦了下来，叶挺进见了心疼，说，你太节俭了，食堂也没什么好东西，干脆到我这里来，我给你补补身子。招弟自己也感到身子有点撑不住，也就同意了。于是除了早餐，中午和晚上都到叶挺进那里去吃。叶挺进便叫他妈来，专门为他们做饭。

叶挺进在学校附近有一套房子，三房一厅，走路不用10分钟，一切都很方便。开始招弟有些不习惯，过几天也就习惯了，这里毕竟条件好，叶挺进的母亲也是知冷知热的，把她当小姐供着，于是她便很知足。从来都是她关心别人，关心父母，妹妹，没人关心她。

有天晚上，叶挺进的母亲在桌上摆了许多菜，她说，今天来客人了？叶挺进母亲说，哪有什么客人，是给你过生日，来来来，先把这碗猪蹄面吃了。正说着，叶挺进也回来了，手里提着一块生日蛋糕。

她便有些糊涂，说今天真是我的生日吗？叶挺进说，你读书读昏了，今天是你的生日，她想了想，正是。便说你怎么知道今天是我的生日，我自己都忘了。叶挺进的母亲说，什么事都能忘，就是不能忘了自己的生日，不能亏待了自己。

这话没什么新意，招弟却十分感动。于是就坐下来吃饭，先把那小碗猪蹄面吃了，这风俗和她们老家是一样的。舅舅过生日时，她父亲让她送过猪蹄和面线。叶挺进就坐在一边看她吃，她吃了猪蹄面之后，3个人就坐下来点蜡烛切蛋糕，叶挺进就让她许个愿，她就许了考上研究生今后上博士的愿。

许了愿之后就吃蛋糕，吃了蛋糕就喝酒，就吃菜，3个人喝了一瓶红葡萄酒，喝得大家的脸红红的。叶挺进说了许多话，他的话很风趣，逗得她不停地笑。她一笑，叶挺进就兴奋地手舞足蹈，一晃一晃地又说又笑，她就觉得他其实也不怎么难看，甚至有点可爱。

不知不觉中就到了11点钟。她想回去的时候才发现，不知什么时候外面起了风下了雨。叶挺进的母亲就说，别回学校了，反正这里有房间。招弟想，回去也进不去，也就不反对。叶挺进的母亲就去为她铺床，她看着她把新被单铺在床上，便有一种很温馨的感觉。叶挺进的母亲铺完床她就躺下去，并对她说了声，你也睡吧，忙了一天，也累了。叶挺进的母亲于是就很感动地对儿子说，有这样的媳妇，我知足了。

半夜里叶挺进进了招弟的房间。从招弟的房间里出来，他又兴奋又悲哀。我干了什么？我还是老师吗？我不是老师，我是偷奸犯。我太堕落了。不就是要一个老婆吗？不就是为了那一片草丛，那一片沼泽吗？他于是就在客厅哭，哭得很伤心。他的母亲听到他的哭声，就出来安慰他，说，这不能怪你，老师也是人，何况你已经30多了。

招弟做了个梦，梦见自己光着身子坐在吴涛的对面，让他画画，画着画着，吴涛便丢了画笔，把她抱到床上。她在从来未有的快乐中沉沉入睡。第二天醒来，招弟下意识地摸摸自己的身子，吃了一惊，难道她真的和吴涛在一起了？可她很快就清醒了，昨晚的一切浮现出来。不是吴涛，是叶挺进。

她想起于婷婷的话，不值，太不值了。这么想着，眼泪就无声地流了出来。起床时，叶挺进的母亲已经为她准备好牛奶和面包，她红着脸说，他呢？她说上课去了。

她便坐下来默默地吃面包喝牛奶。吃着吃着便想起吴涛，想他长长的胡子，长长的头发，想他说话时吊儿郎当的神态，心里就酸溜溜的，想哭。叶挺进的母亲走到她的身后，轻轻地抚着她的肩膀说，孩子，以后就住到家里来，别到学校里受罪。

她无声地点了点头。

/ 十八 /

夏天很快就到了，学校也放假了。

放假时学校人事处接到省人事厅的一个通知，让学校组织专家去旅游，袁教授便报名到云雾山庄。云雾山庄就是文英的家乡，如今云雾寻香已经发展成一个联合公司，在万亩茶园里盖了小别墅，成了本市的一处旅游点。袁教授的房间对面是小瀑布，终日不停的水声给房间增添了几分宁静。午睡之后，袁教授泼墨挥毫，画了一幅山水，并在上面题了一首诗。

诗刚写完，就听得一阵欢快的脚步声，他知道，文英来了。

文英没有去参加面试，最后回到自己家乡的中学当教师。关键的时候是文英的表姐夫说了话，表姐夫如今是这个县的县委书记，他对文英说，山区需要教师，一个人只有到人家最需要他的地方，他的价值才能充分地体现出来。她征求袁老师和袁师母的意见，袁师母有些舍不得，袁老师却说，也好，我以后退休了，就到你们那里买块地，盖座草房，结庐而居，其乐无穷。

当她把自己的决定告诉吴涛时，吴涛说，你们都走了，这学校我也不想待了。她问他准备去哪里，他说到深圳去，跟于婷婷走，他们答应给我办个人画展，在深圳展后就到美国去展，如果可能的话，再到日本和台湾，再说吧。文英说，看样子你不大高兴？

吴涛说，高兴得起来吗？我一直想主宰自己，一到了真正由自己做主的时候，就又有许多胆怯，许多惶惑，许多凄凉。她说，你也不必想得太多。

吴涛说，说别人的时候都很强大，一到了自己，个个都患得患失，我原以为自己是个例外，其实不然。这个发现让我很无奈。你有机会就到深圳去看我，我想把你的那幅画拿出去展，可以吗？文英知道他说的是那幅人身画，便红着脸点了点头。

文英走的时候中中没有去送她，他们在公务员考试的笔试前分手了。不过，她回来后倒是收到中中的一封信，中中在信里希望她明年再考公务员，他说，有了一些社会经验之后来考，成功率会更高。她给他回了一封信，表示感谢，并邀请他在适当的时候到山里来走走，顺便带点云雾寻香给他们局长。中中没有再回信，也许比较忙，或许他已经有了其他的目的和目标。文英不想多想。

　　文英叫了声袁老师，便坐在书桌边看他的画和诗。她说，袁老师自己的画为什么配的是白居易的诗？袁教授说，我这辈子是离不开白居易了，没什么出息。文英就认真地读老师写在画上的《琴茶》："兀兀寄形群动内，陶陶任性一生间。自抛官后春多醉，不读书来老更闲。琴里知闻唯渌水，茶中故旧是蒙山。穷通行止长相伴，谁道吾今无往还。"读后说，袁老师我来改一下这首诗行吗？袁教授说，当然行。文英就吟道：兀兀本在群动中，陶陶更寄一书间。不醉春风醉山岚，再读白诗再思量。琴里知闻唯云雾，茶中故旧是寻香。穷通行止随缘去，乐得尘世当神仙。

　　袁教授啊的一声，说，行啊文英。文英便娇羞地说，老师过奖了。她的声音很细，很柔，像一缕初春的月光，像一滴清晨的露水。袁教授说，我真想像白居易一样，到山上来种茶，"药圃茶园为产业，野麋林鹤是交游"。文英说，老师，这不是你的位子，人家白居易是失意才上的庐山。袁教授说，失意与得意是相对而言的。他的语气很忧伤。她走过去，坐在他的身边，他拉起她的手，轻轻地抚摸起来。

　　山风习习。空气中荡漾着阵阵似有似无的茶香。

　　袁教授微微地叹了一口气，说，你记得我的那一篇《云雾寻香记》吗？文英说，怎么不记得呢？

　　自从文英给他带了天公山泉水，他便一心想上山来看泉尝水，那年暑假，他终于和她一起上山，她就在泉边用泉水给他沏了一壶茶。

那天公泉说来也奇，在山顶，一片茂密的树林拥抱着一块巨大的石头，在光秃秃的石头中间凹一块洗脸盆大的洞，里面长年盛着满满的一盆清水。就这盆水，永远舀不完。看不见泉眼，也不知道泉水从哪里涌出来，就是舀不尽，365天，天天如此。用天公泉水沏的茶就是不一样，奇香。闻起来香，入嘴略带苦涩，而茶刚过喉，便有一股甘甜从喉底升起，满嘴生津，奇妙无比。

他就写了那篇名扬四海的随笔。因为那个寻字，许多外国人想到这里来，用天公山的泉水沏天公山的茶，享受天公山的奇山奇水奇茶奇香。文英的表姐夫抓住这个寻字，把文章做大，盖起了这片云雾山庄，让外地人外省人外国人来寻，来住来玩来喝茶来旅游来度假来消费来促进经济繁荣。

文英说，那寻字写得多好啊。袁教授说，可是我一直没有找到自己。文英说，怎么会呢？

袁教授说，学校是寻找的地方。表面上寻找的是知识，实际上寻找的是位子，学生寻找未来在社会的位子，老师自以为有了位子，帮学生们找，忙得不亦乐乎，其实，他们并不知自己在哪里。

文英说，老师，快别这么说，怪凄凉的。

文英说着就想到了夏教授。夏教授因祸得福当了硕导之后不久，又公开辞去硕导，搞得招弟差一点读不成研究生。文英说，夏教授真的不带研究生了吗？袁教授说，是的，他倒想开了，没想到真正觉悟的会是他。文英说，你和他可不一样。袁教授说，你太高看我了。本来嘛。文英说，又有一点撒娇的味道。

两人都沉默了一会儿。空气中有一种奇妙的情绪在飘浮，令人不安，又令人激动。文英站起来说，我给你沏一壶茶吧。于是他们就面对面地坐下来喝茶。文英说,我喜欢看你喝茶。又说,外祖母说,看喝茶就能看出一个人的样子。袁教授说,我是什么样子?失魂落魄的样子,文英笑着,你不是找不到自己吗?

文英从袁教授那里出来时已经是黄昏了,西山的晚霞十分灿烂地向她微笑着。

她跑到外祖母的坟前,在那里站了很久。

❷
这事不怪我

/ 一 /

世界上有很多人,也有很多事,很多事把很多人牵扯在一起,怪谁都没用。比如,上个世纪90年代,泰国发生一场金融风波,按理远在中国东南小城的居民不会有什么感觉,可我姨父却因此损失了好几万元。那时,我姨父正为台湾一家出版公司写长篇历史小说,契约上说好了给新台币,金融风暴使台币一贬再贬,台币换成人民币一下子少了好几万,我姨父谁也不怪,幽默一句算我对台湾同胞做贡献了事。

说到我们A州大学,学生一万多,一天有多少事,有人得奖有人入党有人写诗有人学雷锋有人评三好生有人QQ有人发短信有人看足球有人亲嘴有人失恋有人怀孕有人堕胎有人丢东西有人被车撞了有人得了肝病有人打架有人给男生发安全套有人到女生宿舍推销安尔乐,等等,等等,可以说无奇不有,辅导员经风雨见世面,见怪不怪,没事一般。

可昨天晚上发生了一件事,大家都说,这事怪我。我们宿舍青青这么说兰兰这么说,辅导员是个温文尔雅的绅士,平时对我总是微笑

（私下里我也十分喜欢他），他也红着脸朝我大声嚷嚷，你啊你，你就不能少说一句吗？更不用说我们数学系的党总支书记了，事情发生后，他跑到我们宿舍，阴沉着一张乌龟脸对我说，这事你无论如何也脱不了干系。没想到这事还惊动学校领导，分管学生工作的何书记（听说她是副的，但我们都叫她何书记。凭良心说，她是个好人）把我叫到她的办公室（她的办公室真大真气派），她了解了当时发生的情况之后说，这事你有责任。我说，我有什么责任？是她自己跳下去的，当时我还在洗澡间。她说，你怎么这么冷漠？她快要死了。我说，真是她自己跳下去的，我们宿舍的青青和兰兰都看见了。她说，你难道连一点内疚一点不安都没有？我说，这事不怪我，真的不能怪我。她叹了一口气，说，你回去好好想想。我说，我没什么好想的。她跳下去是她自己的事，她是成年人了，她有自己的思维自己的判断自己的选择，是她要对自己负责而不是我。

　　她无话可说。她是个很会说话的人，每次给我们做报告，都在两个课时以上，一二三四之下还有ABCD，而且喜欢引经据典，讲三个代表要从孔夫子讲到孙中山毛泽东再讲到江泽民，今天她却无话可说。当然，不管她怎么说，我就是那句话，这事不怪我。这是我的真心话。都说说真话办不成大事，但我从来不想办大事，所以没有说假话的习惯。我想我应该得到表扬，央视不是有一个栏目叫实话实说吗？

　　其实事情就那么简单。那天晚上，我从教室出来，又跟中文系的一个男生（我不想说出他的名字，以免受到牵连）去了一趟竹林，我本不去的，明天就要期中考试了，可他太固执，他说不去不行，不去他睡不着，睡不着明天就考不好。我这人心软，去了。再说了，恻隐之心人皆有之。我不去也不大像个人。本来想去一会儿就回宿舍，可竹林深处，没有灯光，黑暗中，这里一对，那里一双。匆忙中我差一点踩到人家一条腿。朦胧中，哼唧之声，娇喘之息，此起彼伏，气氛有点暧昧，有点挑逗，有点时尚，不由你不动心。也就多待了一会儿。

我回到宿舍刚好是规定关门熄灯的时间，我在黑暗中洗了一下澡，弄出了一点声响，这是很正常的，谁回来晚了不弄出一点声响？青青和兰兰一声不吭，她们是通情达理的，就像我一样，她们回来晚了，我也不吭声，假装睡着了。而她，我的那个叫小小的室友，却不依不饶。她每次都是这样，只能别人顺着她，不能别人扭着她，她是谁？她谁也不是。她说，你就不能小点声吗？我推了推洗澡间的门，努力把声响降到最低点。我刚洗一半，她又大声喊叫，姓罗的，你让不让人睡觉。我怎么不让你睡觉了？我不应她，把水开得更大一些，我的本意是想快一点洗完，省得与她啰唆，可水太烫，我不由自主地叫了起来。水气弥漫，仿佛间我又看到了刚才的那一幕，是的，我差一点踩到的那条腿和另一条腿是缠在一起的。不知怎么的，我的腿也被拉开了，我不由自主地叫了起来，啊啊，我一边叫着，一边使劲地搓着自己的身子。就在我如痴如醉飘飘欲仙之际，洗澡间的门被撞开了，小小站在门口，说，你让不让人活？腿不见了，所有的腿，别人的我的，全不见了。白色的雾气中露出了小小那张变得有点狰狞的面孔，我大吃一惊，说，怎么啦？她说，你不让我活，我也不让你好过。我火了，说，去死吧你。她说，你可别后悔。我说，去吧，去死吧。我把门狠狠地关上。这时，我听到青青和兰兰惊慌失措地叫道，小小，快别这样小小。我以为她又想来撞我的门，或是要摔什么东西，这个人喜欢摔东西。我才不怕。我还是洗我的身子，只可恨我再也找不回刚才的感觉了。我听见青青喊，小小，别这样，别干傻事。兰兰也跟着叫起来，小小快下来,那不是闹着玩的,求你了。小小说,我要让她后悔一辈子。

一刹那间,我预感到有什么事情要发生,我愣了一下,心慌慌的,手忙脚乱地擦拭着身子,青青闯进来,上气不接下气地说,她真的跳下去了。

我的心反倒冷静了下来,这算什么事?你做了事想赖我?没门。我穿了衣服走出来,看到兰兰瘫软在门边。我跨过兰兰,走到走廊边,青青跟出来说,她爬上去,从这里,她疯了,她不要命了。我探出头去,模模糊糊地看到小小趴在楼下的水泥地上。我不由自主地抖了一下,青青就在我的身边哭了起来。

这时,整座楼一下子变得乱哄哄的,好像世界末日就要到来。

我听到有人喊,快给毛老师打电话。毛老师就是那个总是对我微笑的辅导员。不一会儿就传来一阵警车声,我想公安局来了,要把我抓走了。我下意识地拉了一下自己的衣服,我还没穿外衣哩,我想起小时候看电影江姐,她走出牢门时就拉了拉自己的衣角,我觉得这个细节很真实很人性很生动很鲜活。女孩子任何时候都得注意自己的形象。但我错了,来的是医院的救护车。

我探头看着白衣白帽的医生和护士把小小抬上车。青青紧紧地拉住我的手。她不知是害怕还是担心。我觉得她很可笑,回头看了一下兰兰,她还坐在地上,我走过去,摸摸她的头,浑身软软的,我说,兰兰,你吓晕了吧。青青跑过来,说,快快,给她一点水喝。这时,宿舍里的灯亮了。明晃晃的,把兰兰的脸照得死人一般的白。

这就是那天晚上发生的事,这事本来很简单,很正常,一个女生与一个男生约会,回来晚了在洗澡间弄出了一点声响。虽然这事发生在考试前夕,但还属于十分正常的范围,不是吗?更何况整个过程我都十分理智十分克制。本来我洗完澡可以在床上睡一个舒舒服服的好觉，第二天考个好成绩。全让小小搞砸了。

我在心里骂道，李小小，这狗娘养的！我发现我在关键时刻也会用粗话骂人，我想起我姨父曾夸过我，说别看我们巧巧文文弱弱的，关键时刻还有点男子汉气概。我对自己很满意。我不但有点男子汉，还有点幽默（听说这是现代人必备的品格）。因为我叫李小小用的是闽南话，闽南话李小小听起来像说一团乱七八糟的麻，怎么也理不清。而这狗娘养的却是十足的北方骂。这正合我的身份，我的祖籍在山东聊城，离梁山泊不远，生长在闽南，这里出产水仙花。

/ 二 /

第二天的实变函数，青青兰兰和我，我们全考砸了。兰兰一回来就哭，我倒想得开，砸了就砸了最多补考，反正补考也不是第一次。兰兰是三好生标兵，她还要奖学金，一等奖学金。人不能要得太多，她的毛病就是要得太多，什么都要，成绩要最好，积分要第一，奖学金要头等，还写了入党申请书，所以她活得很累。等她哭得差不多了我说，兰兰，凭你的实力，随便考都不会太差。她说都怨你。我说你怎么这样说话，整个过程你们都看到了，能怪我吗？她说，你明知她有毛病，又用话去刺激她，这在心理学上叫诱导，你懂吗？我说为什么要懂？我说去死她就去死，她那么听话？她又不是我女儿我又不是她妈。我叫你去死你去吗？青青说，好了好了，都过去了，我们不要再用这事来烦自己了，还有好几门课没考哩。兰兰说，怎么就过去了？才刚开始。不信，你们走着瞧。兰兰说着拿书走了出去。

2. 这事不怪我

兰兰一定又到图书馆去了。她说过，宿舍就是宿舍，不是读书的地方。临走，她说，你当时要顺着她就没事了，哪怕说一句软话也好，天下太平。青青躺在床上看《概率统计》，这是明天要考的，也是她最怕的一门课。她与兰兰不同，胸无大志，只想门门60分，混个文凭，找个轻松体面的工作，再嫁个温柔体贴的好丈夫，平平安安，舒舒服服过一辈子。她说，巧巧，你说小小会不会死？我们要不要去看看她？我说，管她哩。兰兰不是说学校不让看吗？学校平时教育我们要互相关心互相爱护，前一阵管理系一个男生得了白血病，何书记号召我们献爱心，大家捐钱，轮流去医院看他，这事还登了报纸上了电视。我们何书记很上镜头，乍一看有点像倪萍。当然这次不是病，是事故。所以不让看。

青青说，也真是的，怎么说跳就跳，生活还没开始哩。我说，她是怎么爬上栏杆的？不是睡得好好的，说起来就起来，有病。青青说，我也没看清，迷迷糊糊的，就听到她撞你的门。你没听说她过去就有这毛病，动不动要死要活的。读中学的时候，有一次差3分和她们班的数学老师急，老师说了句不好听的话，她就跳，从二楼往下跳，那次跳断了一条腿，你没听说吗？我说没听说，我真的没听说。我要听说了就不会说那句话。那个老师说什么啦？青青说不知道。我说，她有病，这事不怪我。

青青说，也是，这事不怪你。但不怪你也不行，你毕竟说了去死吧，你当时要不说就好了。再说，她跳楼，学校有责任，他们得找一个理由来推卸这个责任，所以就找到你了，你就是理由。我说我成替罪羊了我。也可以这么说。青青说着，爬起来看着我，又说我是有嘴无心，你别往心里去。我说你放心我不是小小。青青说，你看小小的被子都没叠哩，就这么走了，鬼催似的。我看看小小的床铺，被子掀开一半，这不是她平时的风格，她每次起床，都要把被子掖好，哪怕是起夜。我有一次就看到她半夜跪在床上拉被头，说你干吗，她说上卫生间。看来她昨晚确实气急败坏了，她急不可耐地跳下去，冲到洗澡间，我现在有一点点可怜她了。青青愣愣地坐在床上，她们同是上铺，我和兰兰睡下铺，青青在兰兰上面，小小在我上面。

我说青青你没事吧。青青说，没事，你说我们要不要把她的床铺整理一下？我说，那就整理一下。我就从我的床爬上去，和青青一起把小小的床铺整理了一下。青青说，万一她回来了，跟我们急怎么办？她从来不让人家动她的东西。我想也是，就住了手，跳下来。青青看我害怕的样子，反而在小小的床上笑了起来，说，她怕是回不来了，从6楼跳下去能回来吗？哎呀，她叫了起来，我说怎么啦，她从小小的枕头下摸出一把剪刀，她把剪刀放枕头下干什么？我们对看了一下，出了一身冷汗。

我想，昨晚，要是她拿着剪刀冲到洗澡间来，我怎么办？我十分庆幸我昨晚说的是你去死吧，要是我说的是，你能把我怎么样，说不定她就用这剪刀把我给捅了。要真那样，如今躺在医院的就不是她而是我了。

青青说，我想起来了，她这是自卫，她说过，要是有谁敢碰她，她就和他拼了。我还以为她是说着玩的，原来她什么都当真。我说，她那个样子，还有哪个男孩子敢碰她？青青说，你这就错了，追她的男生可不少。谁？青青说你是真不知道还是装傻？我们班长就是她的崇拜者。

我的脑子里一片空白。在空空旷旷的一片白色中，一颗黑色的脑袋在空与白当中晃来晃去。我明白了,那就是我们班长那颗智慧的头颅。在我的印象中,他没有眼睛没有鼻子没有嘴巴,只有一颗挤满数学细胞的与身材很不相称的大脑袋,他没有感情,从不笑,说话的声音是沙哑的。那一年我们可怜的班长,以一分之差从清华脱落,阴差阳错掉到我们 A 大。他无疑是个数学天才,很可能是陈景润第二,我们系的教授们争着让他考自己的研究生,他却对谁都没有明确表态,很明显,他瞧不起 A 大,他是想考回清华。我姨父说,天才就是超常,就人的本质而言,天才与疯子就只有一分之差。这一分不是数量是距离。我突然想起惺惺惜惺惺,疯子爱疯子,自己便笑了起来。青青说,你笑什么?我把自己的想法说了,青青也跟着发疯似的笑了起来。

　　这时兰兰气急败坏地回到宿舍,红着脸大声叫,你们笑什么,有什么好笑的。我们于是就住了嘴。青青说,到点了吗?我摇了摇头,兰兰不到点是不回来的。兰兰说,简直不让人活了。我们问到底怎么啦。她说这日子没法过。

　　原来她到图书馆,人们便用异样的目光来看她,指着她窃窃私语,声音越来越放肆,最后干脆就跑过来围住她,问昨晚到底发生了什么?她说我什么都不知道,当时我睡着了,我是到人们都知道了之后才知道的。人们都说不可能,你和她一个宿舍,而且当时刚熄灯,你一定还没睡着,你一定什么都知道,从头到尾,一清二楚,我们知道你不说是害怕,我们会替你保密你不用怕。一个政法系的男生说,你是目击证人,你说不说都逃不了干系,从专业的角度来看,你越不说,越证明你与之有关。一个中文系的女生说,别以为你不说我们就不知道,是因为那个,那种事,不是吗?兰兰一头雾水,什么事?就是那种事,她和一个男生正在做那种事,黑灯瞎火,你们回来了,拉开灯,看到了,她又羞又恼，就跳下去。那男生说，不可能，据说，她是穿了衣服的。那女生说，干那事就一定不穿衣服吗？少见多怪。于是大家就小小有没有穿衣服争了半天，一定要兰兰做出裁决。兰兰就跑回来了。

　　兰兰说，明天还考，我到哪里去复习好？我说到竹林去，那里幽静得很。兰兰说，听说那里谈恋爱的不少。她说得没错，那的确是谈恋爱而不是读书的地方。校报上有首诗，题目就是竹林："风从她的衣裙里发生／吹落一片竹叶，飘零／我坐望星空／爱穿过竹林，广阔无垠。"我说这正是对你考验的最好机会，专不专心，有没有定力，就看你敢不敢去，去了明天又考得如何。兰兰说，我去试试。说着便又抓起书包走了。青青说，看来昨晚的事已经有好几个版本了。我说管它哩，说法越多越热闹不是。青青说，我们有义务澄清事实的真相。我说，真相有什么意义？青青说，你说那些学历史的，多没劲？昨晚的事都说不清了，几百年几千年前的事能说得清吗？还是我们学数学的实在，1+1=2，没有什么好争议的。我突然想起我姨父的话，他说，一切历史都是当代史。他说这是他的感悟，但不是他的发明。那时候，他正为台湾的出版公司写历史小说，读许多史书，正史野史一大堆。用现代观念解释历史，很出新意很来钱。他们要用什么观念来解释昨晚发生的事情呢？看来，我得回去一趟，这是历史问题，也是现实问题，说不定还有社会问题法律问题。

　　我说我得回去一趟。青青说，明天还考哩。我不理她，我说回去一趟实际上并不是对她说，是自言自语。我有时会把心里想的事自言自语地说出来，我姨父说我的这种习惯和我的外婆有点像，我外婆肯定已经不在世了。她得了老年痴呆症离家出走，不知所终，活不见人死不见尸，已经3年了。青青看我走出去，在我后面又说，明天还考哩你来得及回来吗？我没应她。她的声音显得有些慌乱。但我不考我回家不关她的事她慌什么？我觉得好笑。

/ 三 /

出了宿舍楼我就发现有些不对头：有人在跟踪我。开头我还以为是我太敏感了。昨晚的事把我搞得有些烦。但是，当我走到校门口时，我就证实了我的想法，是有人在跟踪我。我们的辅导员在校门口等着我。一定是青青搞的鬼。

我很喜欢我们的辅导员，嘴上说，毛老师你怎么在这里？而心里却说，毛彬我知道你想干什么，说心里话，只要你不让我回我就不回，我听你的。他说，罗巧巧上哪儿去啊？他像平时一样地对我微笑，他的微笑对我极有杀伤力。我说回家呀，他说不是明天还考吗？考完再回去吧。我说好啊，我听你的。他便和我一起往回走。我说，等我吗？他有些尴尬地笑了笑，说巧巧就是巧巧，机灵，什么事都瞒不过你，我是等你，可不是专门等你，我是等我们系所有想走出校门的男生和女生。我说你不能干涉人身自由。他说我这是为你们好，一出校门，哪有心思复习，不复习怎么能考出好成绩，不考出好成绩如何对得起江东父老？我于是又有些失落。要是青青打的电话，毛老师亲自来，证明他还在乎我。我说，毛老师还问我昨晚的事吗？他说，现在的任务是复习考试。

毛彬把我送到宿舍楼前，说我就不上去了，你好好复习吧。说实在的，我有些依依不舍，与他在一起走路的感觉不一般，比和中文系的那个男生好多了。那是一种醉感，心摇摇，脚飘飘。我说你真的走了？你走我也跟着走。他微微一笑说，要聊天我们以后有的是时间。说着他就转身走了，让我一个人站在台阶上心跳了好久。

　　青青看我回来，很随意地说了一句，回来啦，便埋头看书，做出专心温书的样子。我又有些糊涂，她这样子又有些心里有鬼。毛彬专门等我不是不可能，他接了青青的电话，他很在意我。这样想着，我又有些心猿意马。我对自己有点鄙视，我们总是说男生吃着碗里的看着锅里的。我们女生不也是这样吗？也许这是人的天性，不一定是男生还是女生所特有的毛病。什么东西只要你拥有了就不那么珍惜，总是想要更好的，这山望着那山高。

/ 四 /

　　一个星期考下来，大汗淋漓，焦头烂额，筋疲力尽。
　　这期间我收到几条短信息，全是黄色的。
　　我读一条笑一阵，黄是黄了点，还有些意思，叫源于生活高于生活。这话在中文系很经典，类似我们的1+1=2。最近总是有人给我发短信，来路不明，我开头以为是中文系的那个男生，他死不承认。出了小小的事之后，那男生再也没找过我，是怕受到牵连吧。我当然也不会找他，没劲。感情这东西，怪，有的藕断丝连，有的说断就断。断了与中文系男生的来往，我便越在乎越牵扯毛彬，想，会不会是毛彬毛老师？这人就是这样，神秘莫测，越想越有可能。因为发短信的人对我很了解，也很善解人意。这是专做思想政治工作人的拿手好戏。我回了个短信，说你能不能来点正经的，主流的，催人向上、与时俱进的，达不到何书记的水平，也不能辱没了为人师表的形象。这是试探的意思。我立即就收到回信，说前面的全是别人的，转发而已，这一条是自己的：一切顺利。

我扫了一眼，太俗，太没劲，太不主流，太缺乏创意了。不像是毛彬的风格。接下来发生的事情我又悟到这是他对我的关心和提醒。他为什么不明说？又一转念，他不能明说，当老师的能给学生发黄色短信吗？他是想逗我乐，分散我的注意力。他知道我遇到了前所未有的麻烦。一片苦心。我于是有些感动，不管是不是他，先回个短信报平安：我没事。

我真的没事，我能行，不就是那天晚上的事吗？说一千道一万，我还是那句话，这事不怪我。他们想让我内疚，让我承担责任，没门。是的，我说过去死吧。那是气话，人生在世谁不说一两句气话，在那种情况下谁都会生气，生气了就说气话，既然是气话，就是没有道理的话，就是不经过慎重考虑严密思考科学论证的话，谁和这样的话较真谁就是傻子，谁就是神经不正常。我不和她计较，她毕竟已经遭到不幸，和她没法计较，她说过她要让我后悔一辈子，她的动机本身就有问题。我才不后悔哩，我后悔了内疚了不安了睡不着觉了就上了她的当了。

是的，她正在医院里抢救，她可能死，可能终身瘫痪，但这不关我的事，是她自作自受。

他们，包括何书记和章书记都对我的表现表示不可理解，都说我冷漠，冷血动物，特别是章书记，也就是我们系那位总是阴沉着一张乌龟脸的总支书记，对我更有些恨铁不成钢和苦口婆心。他说，蝼蚁尚且偷生，何况是人。俗话说，好死不如歹活。活着，作为一个人，是多好的事啊。

我想起他的一个外号，叫"活得像个人"，有点现代气息。听说几年前他到县里挂职当副县长，人家问他有什么感觉？他说，到了地方，才觉得活得像个人。我不禁扑哧一声笑出来。原来在学校里，他并没有人的感觉。自己没有做人的感觉却要赶时髦，和我们大讲以人为本，可见他活得很累。一个活得很累的人来讲人生的美好，是不是有点黑色幽默。

他说你笑什么？这是个很严肃的问题。我说我没笑，我不能承认我笑，这种时候是不能笑的。他认真地看了我一下，说，我怎么就觉得你笑了呢？我便做出很冤枉很委屈很无辜的样子，他苦笑了一下，认了。

我想这是女生优越于男生之处，章书记绝不允许男生装出冤枉委屈无辜的样子来糊弄党组织。章书记接着刚刚断掉的话头说，活着是美好的，没有重大的不可克服的不可抗拒的原因，谁会去自杀呢？我说不见得，林黛玉活得好好的，不是也自杀了吗？他大吃一惊。他从没听说过林黛玉是自杀的，但他老人家显然没有亲自读过《红楼梦》，不敢和我正面理论，只从侧面迂回，说林黛玉怎么会是自杀的呢，没道理。我说，她是慢性自杀。章书记，她有病她不按时吃药，她胡思乱想不认真睡觉，长期失眠，不死才怪哩。章书记，人想死是不用理由的。

他听我这么说，气得乌龟脸发青，说你这是在推卸责任。你们之间一定发生过什么，所以你的话才会对她造成那么大的刺激，逼得她非走那条路不可。我说，我们能发生什么？章书记说，比如恋爱上什么的。我笑了起来，同性恋吗？我们 A 大还没那么新潮。他说，不是同性恋，她不可能爱上你你也不可能爱上她，这是我们充分调查了的。

我冷笑一声说，你们还调查了什么呢？章书记说，那就看你的态度了，比如说，你们同时爱上一个什么人，或者一个什么人同时爱上你们俩。

这是我没有想过的问题。难道她爱上了中文系的那个男生？他不像是那种脚踩两只船的男生，虽然他整天赶时髦写一些半死不活的诗歌和酸溜溜的散文，总是在诗文中表现出被许多女孩子缠得喘不过气来的无奈，但小小看不起他他也看不上小小，这我知道。总不至于她以为我看上了我们那个大脑壳班长吧。恶心。难道她爱上了我们斯斯文文的辅导员毛彬？这就难说了。知人知面不知心。可这又和我有什么关系？难道她看出我暗中喜欢上毛彬？一时想不开，就把我的一句气话当真，这也太没道理了吧，按一般的逻辑，应该是她让我去死才对啊。

我有点茫然地看着我们的系书记章老师。作为领导者，他实在有过人之处。他和雷锋同志一样，干一行爱一行专一行，以当时的标准，称得上又红又专。总体来说，他做人还是低调的，只在一次全系学生大会上，为了教育我们，他讲起自己的经历，有点言传身教的意思。动机很纯正。他是老知青，1969年响应毛主席号召，回乡当农民，由于虚心接受贫下中再教育，很快就入党并当上他们那个大队的党支部书记（听说那个时候的大队管好几个村）。后来毛主席说了"大学还是要办的"，他就被推荐上了A州大学，成为他们那个县第一个工农兵学员。毕业后他作为优秀毕业生留校，当过辅导员，总务处行政科长，然后是政法系副书记。后来响应上面有关干部交流的号召，到一个县里挂职当副县长，他本来想留在地方工作，他认为地方更锻炼人，将来能更好地为人民服务。可是学校不同意，硬把他拉回来，放到数学与信息科学系。他的名片是这样写的：全国高等院校思想政治工作研究会会员、某省高校思想政治工作研究会理事、《高校思想政治工作动态》特约评论员、中共A州大学学生工作领导小组成员、A州大学数学与信息科学系党总支书记（正处级）。

　　章书记很亲切地微笑着。他认为他击中了我的要害，他等待着我的检讨。我的检讨会使他们的工作实现突破性的进展。

　　我说，章书记，你们能不能再仔细调查一下，我想我们是完全不同的两个人，我们不可能同时爱上一个人，也没人会同时爱上我们。

　　章书记很不高兴，说，你不想说也没关系，我们今天就谈到这里。你也不必对别人再提起。这是对你的爱护，懂吗？我说我懂，连章书记的这一片苦心都不懂，我还是个人吗？他有些尴尬地笑了笑，走了。

/ 五 /

　　章书记走后，我越想越不对，我得把事情搞清楚，不能蒙受不白之冤。我于是到毛彬的宿舍里找到了毛彬，我对他说，毛老师我想找你谈谈。他微笑地说，好啊。我说这里不方便（我说的是真话，他的宿舍常有人来），我们找个地方，这事很重要。毛彬看了一下手表说，要不我们到来来来，我请你吃饭。我听说过来来来。来来来是个有点档次却又不是太有档次的酒家，很适合工薪阶层消费。我们一前一后走出校园，在校门口打的，很快就到了来来来。一进来来来，便有一位小姐冲着毛彬笑道，毛老师来了，还是老地方吗？毛彬说还是老地方。于是她就把我们带到一个叫去去去的包厢，我一看就笑，来来去去的，是让人来还是让人去？毛彬说，这你就不懂了，有来有去才叫生意兴隆。进了包厢，毛彬很随意地做了个手势，又象征性地挪了一下靠背椅。很西方很优雅，我一时不知所措，愣愣地站在那里。他微笑地说，请坐。我说不，老师先坐。他说今天这里没有老师只有朋友，女士优先，请。听到朋友两字，我突然很感动，也很害怕，联想到那些来路不明又有点那个的短信，脸上更是热烘烘的。他仍然微笑地看着我，我身不由己地在他扶着的椅子上坐下来，他转过去坐在我的对面。这时，小姐拿着一本蓝本子走上前，毛彬示意她把本子送给我，我连忙摇手说我不会。毛彬说，试试看。我只好接过小姐手上的菜单。但我眼睛花花的，什么也没看清。毛彬说，要不我来吧。说着他就把菜单拿过去，对着小姐点了几样菜，并说了句快点。小姐说马上就来。他真是个绅士，从不让女生为难。

　　主食是北方饺子，还有几样菜，小姐上菜时说了菜名的，很好听，可我听过就忘了。还有一瓶酒，是时兴的长城干红。毛彬说，先吃饺子再喝酒。饺子比学校食堂的好吃得多，我一下子吃了十几个。吃了饺子，毛彬端起高脚杯说，来，我们干一杯，祝你一切顺利。我想起那条来路不明的短信，也是一切顺利，感动得差一点说，原来那短信真是你发的。但我是个谨慎自爱的女孩。我说毛老师我最近常常收到一些来路不明的短信。我还没有说完，毛彬就说，既然是来路不明，就不用去管它。我急了，脱口说我以为那是你发的。他说是吗？都说些什么？我怎么不知道？别再想那件事才不会把自己搞得太紧张，风声鹤唳，疑神疑鬼的。放松，绝对地放松。他这么一说，我又怀疑起自己来了。短信的事也就不说了。我说我没想到会出这么一件事，真的，这事不能怪我。他说，我知道，这事与你无关，看我睁大眼睛，他再次强调说，这事不怪你。我说你真这么想？你那天为什么也冲着我嚷嚷？他说那天他不能不这样说，但他一直认为，一个人想死，与另一个人是没有关系的。一个人想死是她自己的事。

我的手不由自主地抖起来,我太激动了。知我者,毛彬也。毛彬说,现在我们喝酒,不提那件事,好吗?我一口气把一杯酒喝了,样子很听话。他又给我倒了一杯,说,我一直把你当朋友,一直没有机会说。我脱口说,我也是,只是不敢说。他说,我们现在都说了,这就好,不是吗。我想,那些短信一定是他发的了。他既然不想说破,也好。留点神秘,留点浪漫,留点肆无忌惮的想象空间,更有诗意。说到诗意,我又想起中文系的那个喜欢写诗的男生,虽说断了,还是有点羞愧。

我说,毛老师,人家说你考了研究生,是真的吗?他有点无奈地说,考是考了,不知能不能考上。我说,当辅导员不好吗?他说好什么,没底。我又说,听人说你和小小好,是真的吗?毛彬说,谁说的,胡扯。我怎么会喜欢她呢?我说,没人说,是我想的。

毛彬看着我的眼睛说,不对,一定有人说,是章书记说的吧?我大吃一惊,说你怎么知道?他说,我想就是他。我说他也没明说,是我从他的话语中揣摩出来的。我把章书记的原话重述了一下,他问你怎么说,我又把我的原话说了一遍。他说,你说得好,你是个聪明的女孩。

我很少受到姨父之外的长辈和师长的夸奖,心里有些得意,说,我只是实事求是地说罢了。毛彬一脸严肃,说他是在暗示,设圈套让你钻。我说这对他有什么好处?他说也许对他没什么好处,但对我却是天大的坏事。

我说,你真的一点也不喜欢小小吗?就没有一点,一点点,零点零一点点,或者一刹那间喜欢上她。他说你在乎这个吗?我说,我在乎。他说,她是个很特别的女孩。我说,在你们男生,不,男人的眼里,她可爱吗？他说，一点也不，她很特别，很有吸引力。他还说据我所知，很多男生都把她当梦中情人，是梦中的情人，不是我们通常说的那种梦中情人，那种梦中情人是在现实中想追求的情人，理想的情人，而她，只能是梦中的，现实中没有一个人想去追，也没有一个人敢去追她。她很可怕，谁都不敢惹她。我说我们班长不是在追她吗？毛彬没有正面回答，只说那个人不是正常人，他只属于数学，没有七情六欲。我说，毛老师你是说，男生们都知道她会自杀是吗？他笑而不答。我大声喊，我太冤了毛老师。

毛彬说，喝酒，我们喝酒，就我们两个人。

我忘了我们是怎么结束的。我醒来时，已经躺在我自己的床上了。我问青青，他呢？青青说谁？谁让你喝成这个样子？我说，谁也没让我喝，是我自己去喝的。我不糊涂，我清醒得很，既然毛彬不让人知道我与他喝酒，我就不能出卖他。但我一定要问他，他是怎么把我送回来而又不被人发现的。他是个西方绅士，又是个东方高人。但是，他这样一个高人会不会在暗中爱上小小而又让人没有感觉哩？章书记是不是感觉到了一点什么，想把他牵扯到小小的自杀问题上去呢？要不毛彬怎么会说那样的话，如果是的话，章书记也不可轻看。我得小心。人生无处不是陷阱。

青青说，你不必太当回事，你看把自己醉成什么样子。我说我不当回事，别人却要当一回事，让我不清静。我这样说主要是为喝酒找理由，并不怎么当真。兰兰从上面爬下来，手在鼻子前扇了扇，说你喝多了，你是听说小小的父母亲和弟弟来了才去喝酒的吧？每次考试之后，兰兰都会变成另外一个人，很随和，很关爱别人。显然，她考得很好，小小的事对她并没有什么影响。我没听说，我摇了摇头，我真的一点也不知道。她又说，他们想来找我们，当然主要是找你，学校硬是把他们挡住了。青青看了一眼兰兰说，找我们做什么？巧巧说得对，这事与我们无关。兰兰说，我想也是，她现在不自杀，将来也会自杀的，她就是这样的人。青青说，我想也是。

我吃了一惊，大家都这么想，我怎么没看出来。我不由自主地看了一眼小小的抽屉。我知道那里藏着一个日记本，她每天都偷偷摸摸、鬼鬼祟祟地在上面写什么，一看到我们进来，便急急忙忙锁进抽屉里。几乎是同时，青青兰兰和我一样，也不由自主地看了一眼小小的抽屉，合谋似的，我们都有同样的一个愿望，可我们都不说话。

/ 六 /

这时，章书记和毛彬一起走进我们宿舍。我特地看了一下毛彬，他看上去一点感觉也没有。但我知道他是装出来的，我现在才明白，他是一个天才的演员。不是说人生就是一出戏吗。我也许是个本色演员。章书记吸了吸鼻子说，喝酒了？青青为我掩盖，说考完了，放松一下。章书记看了我一眼，又看了毛彬一眼，说，小小的父母和弟弟来了，等一下，准确地说是9点半，他们想到宿舍来收拾一下她的东西，学校的意见，让你们回避一下。

他说这话时脸部没有半点表情。我们3个对看了一下，什么也没说。不过我的心尖跳了一下，小小是不是已经死了？毛彬说，你们把自己的东西集中一下，不要和她的混在一起，省得拿错了。青青说，她的东西从不和别人放在一起，我们也不动她的东西。章书记拿眼睛看了一下小小的床铺。青青知道他的意思，说，被子是我叠的，那样子不好看。不是每天都检查吗？听说每天检查宿舍评星级是章书记在政法系的一个发明，他还写过这方面的论文在全省高校政工年会上宣读。章书记什么也没说。我想说她有一本日记，也许对你们有用处，想想又没开口。多一事不如少一事。兰兰问要我们回避多久，章书记说要不了多久，我们会和他们一起来的，你们放心。我们便一人拿一本书，默默地走出了自己的宿舍。

我在走出宿舍时竟有一种依依不舍的感觉。平时进进出出无数次，一点感觉都没有。这种依依不舍的感觉怪怪的，摇摇晃晃，酸酸的。我明白了，这是我们第一次在非正常的情况下离开自己的窝。小小那天晚上冲出宿舍时，难道没有一种异样的感觉？

青青说我们上哪儿？我说随便。兰兰说，我还是上图书馆吧。青青说，我们去竹林，说不准能看上几出好戏。我们来到竹林，果然成双成对，你拥我抱，景色相当秀丽。我们对看了一下，青青小声说，看看能不能找到几对认识的。我说积点德吧，给人家留点面子吧。于是我们就找了一个相对清静阳光充足的地方坐下来。青青拿的是金庸，很快就进入江湖。我看的是日本小说《美丽与悲哀》。我受姨父的影响，染上一点喜欢文学的毛病。当然我不是真喜欢，比如这本小说，我只是冲着它的题目才借的。而我看小说，很少从头到尾认真读，都是随便翻，挑着读，挑爱情的场面读。可是一翻开这本小说，我就被深深地吸引住了。这书有人认真读过，在上面画了许多杠杠。这是我们当学生的好习惯，画上杠杠的大抵是重点，要记住，考试时用得着。我顺着有杠杠的地方读下去：

头发乌黑不足月的婴儿影子，在二十三年后的岚山，让大木历历如在目前一般看到了，待它隐藏在冬天枯木中，沉在碧绿的深渊里。

冬天傍晚时分,该会催人起人世无常的感慨吧。但在那一刹那间,大木感到了自己在音子的心中。钟声一响又长了一年,多催人寂寞的感觉呀。像我,居然好活到了今天……大木想起音子曾用安眠药自杀的事。比起抱过的音子的身体来,倒是在生死线上揉过的音子的大腿,反而明明白白地浮在眼前,先生,那垒石比起先生或我的寿命,是太长了。活着就同无主孤魂一般不是?音子会因被迫离开大木而企图自杀,但不能如愿以偿,那时如果死得了,短促的生命是纯洁的吧。把剃刀伸进庆子的脖子,庆子便会死亡:音子突然这样想。那时万一杀了庆子,自己当然也非死不可的吧。差一点杀了对方,自己也跟着自杀了……

我再也不敢读下去了,这些杠杠是谁画的?会不会是小小画的?有可能。是的,我好像在宿舍里看过这本书,说不定我是在无意中受了她的诱惑才去借这本书的。我对青青说,喂,青青,你看过这本书吗?青青低着头说,人在江湖,身不由己。我说,有病啊你。她抬起头来说,什么?我说走火入魔了你。她不好意思地笑了笑,难得轻松一下。我把《美丽与悲哀》递去过,这本书你见过吗?她说没有。我说真没有?你再想想。她说好像见过,记不得在哪里了。我说再想想。她说,也许是在宿舍里吧,不是你借的吗?我说是以前,不是现在。我把书翻开,把其中用蓝笔画出来的句子念给她听,她说谁画的,接着她又说,不会是小小画的吧?我说我也是这么想的。

于是恐怖向我们袭来,阴阴的。好在竹林上阳光灿烂,竹林下生机盎然。

我说你再仔细想想,以前是不是在我们宿舍见到过这本书,青青说,是的,越想越觉得见过,我们再问问兰兰如何?我们便急匆匆到图书馆，在第三阅览厅找到兰兰，兰兰说，这封面好像见过，但记不清是不是在宿舍里。

我想，我应该到图书馆查一查借书记录，如果小小借过这本书，我敢肯定，她早就有自杀的意识了。她想死，这是谁也拦不住的。我这么想着，也不告诉青青兰兰，独自一人到图书馆。图书馆的老师不让查。这当然难不倒我，我绕了个圈子，找了个在图书馆当管理员的老乡，还是查了一下。结果让我很失望，小小从没借过这本书。借过这书的大多是中文系的，看到那个男生的名字我一点也不吃惊。让我吃惊的是，我们的章书记和毛彬都借过。我在吃惊之余，脑子里闪过这样的念头：也许是他们把书转借给了小小，杠杠还是小小画的。这不是不可能。

/ 七 /

星期三晚上，兰兰早早就出去了，她不是去图书馆，而是去家教，她家在乡下，学费交得很吃力，平时吃饭和费用全靠她自己挣。青青看兰兰走出去，对我说，她谋生去了，看来我也得找个谋生的地方。我说你的钱这么快就花完了，你不是说这个学期可以搞定吗？青青虽然父亲下岗，但母亲在县工商局当会计，还供得起她上大学。她说，本来没问题的，只是出事前不久，小小向我借了1000元。这下你惨了，我说，死无对证，找谁要去？青青说，你可不敢对别人说，说了，人家会想，她的死是不是与我有关，是不是因为我向她讨钱讨急了。我说别担心对谁我都不会说。说这话时我的脑子来了个急转弯，她既然不想让人知道为什么告诉我？是不是她想向我借钱？与其让她开口不如主动出击，便说，要不要从我这先拿去救救急，要多少尽管说。青青也不客气，说，先拿400吧，找到家教再还你。我把钱给她，说先用着吧。

　　兰兰回来时，青青说，兰兰，你做家教有经验，能不能帮我也介绍一家。我想兰兰会推一阵子，她这人就这样，事不关己，都是高高挂起的。没想到她答应得很干脆。

　　我把钱给了青青，自己也没钱了。不是我们家缺钱，我们家不缺钱，是我自己没钱。在钱的管理问题上，我们家很不现代化。别人一千两千三千都在卡里，不管是建行农行中行工商行什么行都有，而我的钱在姨妈那里，由姨妈管着，什么时候我缺钱了，就找姨妈要。我不知道父母亲给姨妈多少钱，姨妈也从来不问我拿钱做什么。

　　我们家在离A州300公里的一座县城里，听说爷爷当过那个县的县委书记，父亲现在也是县委书记。前一些年，也就是父亲刚当上县委组织部副部长的时候，同学们都说我父亲是太子党。我说，什么太子党，我爷爷早死了，他们说，死了也是太子党。真是的，没了皇帝哪来太子，再说了，一个小小的县城，挨得上吗？但人家就是要说，听说这种说法还是进口的，很时髦，不让说还不行。这几年没人说了，也许是说累了，也许是角色转换了，如果我毕业回去，那就是公主党了。当然，我是不会回去的。我母亲是县司法局副局长，听说去年局长退休时，几个副局长谁上，母亲的口碑最好，呼声最高，就是父亲不让上。母亲对姨妈说，看来我得到市里，在他的阴影里，永无出头之日。说归说，母亲还是把那个副局长当得有滋有味的，因为不管谁当局长，在局里，说话算数的还是母亲。

　　我决定找姨妈拿钱。姨妈家在江锦花园。姨妈在A市老干局工作，主任科员。我一直弄不清姨夫的工作单位在哪里，他整天在家里写东西，日子过得很悠闲。我有一个表哥，在北京大学读物理，属于硕、博连读的那一种。听说这种人将来大都要到国外去发展，所以我对他没有什么好感，在这个问题上我比较爱国。我进门时姨妈刚吃过饭，姨父还在喝酒。姨父餐餐喝酒，一餐3杯，雷打不动。这是他创作灵感的源泉。姨妈说他将来一定会死在酒上，不是肝癌就是心肌梗塞。我开门时（我有姨妈家的门钥匙）就听姨妈说，巧巧来了。我关门换鞋子时姨妈说，巧巧吃过了吗？我说吃了。姨父说巧巧陪姨父喝一杯。我说好。姨妈给我拿酒杯时说，我妹妹要知道你把她培养成酒鬼一定饶不了你。我说将来进社会搞公关，酒是第一要学习的，不如现在就适应。她用手指在我的额头上点了一下，意思是我强词夺理。我很放肆地笑了起来。我喜欢到姨妈家，在姨妈家比在家里更自由。可以乱说，可以撒娇，有时姨妈搂住我的时候我会以为是妈妈，她俩长得很像，连声音都像。姨妈说她把表哥生错了换个女孩就好了，我说找个好表嫂就弥补过来了。她说再好的儿媳都不能这样搂着。我说那就不搂呗。她说，搂着贴心。

　　姨妈给我倒了一杯酒鬼酒，姨父只喝这种酒，听说改革开放以前他只喝四特酒，不喝其他酒，改革开放后，一个北京的朋友给他带了一瓶酒鬼酒，他从此改喝酒鬼。那个朋友也是个作家，名气很大，我们在报纸上经常可以看到他的名字。姨妈说，喝四特时还有点救，毕竟只是有点特别，一到酒鬼就没救了。

　　我端起酒杯呷了一口，姨父说我喝酒的姿势很优雅，很有盛唐风韵。姨父还说，那个时候长安人喜欢喝三勒浆，是一种波斯甜酒。关于酒，姨父有讲不完的话题。他喜欢酒，因为酒使人自由。姨妈说，巧巧只许喝一杯。我说知道了。姨父说，巧巧学校里有什么新闻？每次来，姨父都这么问。我说有，大新闻，还和我有点关系。

姨妈听了吓一跳，说，你出了什么事？说着把我的脸扳过去，细细端详，生怕我有半点闪失。从我家坐车到A州最少要半天，她负有监护我的责任。我说小小跳楼了。姨妈的手在我的脸上僵住了。我们宿舍的几个女孩子，姨妈姨父都见过，大一的时候，我带她们来过。平时，我也常常提起她们，姨父姨妈都喜欢听。特别是姨父，喜欢了解青年人的生活，表哥每次回来，他也是问个没完。作家嘛。我于是就把那天晚上发生的事情说了。

我说，这事能怪我吗？姨妈搂着我说，不怪你不怪你，发生这么大的事怎么不回来告诉姨妈，吓死了。得给你妈打电话。说着便要去打电话。我说姨妈你别打，我不是好好的吗。姨妈说，万一学校再找你麻烦怎么办？我说我不怕，这事不怪我。姨父说，当然不怪你，也不怪其他人。姨妈说小小这孩子，怎么想的，她父母亲一定哭死了，养这么大容易吗？我说哭也没用，也没听说他们怎么哭，怎么闹，这事怪她自己。

姨父说也不怪她。她是受害者，怎么能怪她呢？他端起杯子，一饮而尽，说，毛病恐怕出在我们的传统上。如果我们从另一个角度来审视"舍生取义""杀身成仁"，我们就会发现一个问题：对个体生命的蔑视。中国人太不爱惜自己的生命，自杀有传统啊，不管是自己要自杀的还是别人让自杀的。我说，我们学校的领导们要是有姨父的观念，就不会那么累了。他们搞得多紧张啊。姨父笑道，我当领导也一样，高明不到哪里去。

姨妈说，你姨父就这样，拿别人的手臂刨石头，不酸。我还是得给你妈打电话,这么大的事,不说不行。我走过去,抢过她手中的话筒说,姨妈你别打,当我没说,行吗?姨妈说,这孩子,怎么能当没说呢?姨父说,让孩子自己做主,要打也得让她自己打。姨妈说,看你把她宠坏了。姨父对我说,坏了吗?我说没有。姨妈便呵呵笑。不打就不打。

姨父说,电话可以不打,但有件事,我得告诉你。我看姨妈向姨父挤眼睛,姨父说,是时候了。我说什么事?姨父说,你爷爷,也是自杀的。

我感到很吃惊,从来没人告诉我。姨父说,你爸爸妈妈委托我,在你读大学期间,找个适当的时机把这件事告诉你。他们说,你和我投缘,谈得来,这事由我来说最合适。姨妈看着我,仿佛有些担心,我向她微笑,表示我已经长大了,特别是经历了小小的事,我能理解许多事。她走过来,情不自禁地在我的脸上亲了一下。姨父说,再给巧巧倒一杯。我说我自己来。姨妈说,我也来一杯。姨父笑着说,每次说到你爷爷的事,她就想喝酒。姨妈说,虽说几十年过去了,一想起来还心跳,我得用酒把心镇住。

姨父说,那是1966年冬天的一个夜晚,天很黑,抬头不见星光,街灯昏黄。我们,你爸妈你姨妈和我,我们是县一中上下届的同学,我高三你姨妈高二,你爸妈是高一。我们都是同一造反组织的,叫"长征"战斗队。我们在学校里写大字报,突然,我们听到我们的对立派"风雷急"造反团的高音喇叭响了,先是唱"东方红",接下去是"捣乱,失败,再捣乱,再失败,直至灭亡——这是帝国主义和世界上一切反动派对待人民事业的逻辑,他们绝不会违背这个逻辑的"。同志们,革命造反派的战友们,告诉大家一个好消息,告诉大家一个好消息:我县最大的走资本主义道路当权派罗肖，从县委大楼跳楼自杀，自绝于人民自绝于党。罗肖对抗"文化大革命"，对抗毛主席的无产阶级革命路线，拒不交代反党反社会主义的滔天罪行，死有余辜。他想用死来逃避革命群众的批判，办不到，永远办不到。我们要发扬鲁迅痛打落水狗的精神，把罗肖批倒批臭，让他永世不得翻身。让我们振臂高呼，伟大的战无不胜的毛泽东思想万岁，毛主席的无产阶级革命路线胜利万岁，毛主席万岁，万岁，万万岁！万岁声还没结束，你爸爸就晕倒了。

他真是自己跳下去的吗？我问。姨妈说，至今还是个谜。我想，他，我爷爷他可能真是自己跳下去的，既然现在小小可以那么轻易地跳下去，我爷爷为什么就不能自己跳下去？

姨父说，是他自己跳下去的。我理解他。他为了证明自己的清白，为了自己的尊严，士可杀不可辱。他常常自认为自己是真正的共产党人，但他的骨子里却很传统很儒家，为了某种东西，他可以轻而易举地舍弃自己的生命。

我说，爷爷不是没读过书吗？姨父说，没读过书不等于就不受传统文化的影响。传统文化的影响是无所不在的。在我看来，越是落后的地方越是落后的人群有时越传统。中国民间习俗中，无处不渗透着我们的传统。所以，那些越是没有文化的女人，所谓唯女子与小人为难养也，越是想当烈女，想为传统献身。她们会为了一个自己也不明白的观念，就投河，就上吊，就跳楼，就吃药，就拿剪刀抹脖子。她们没把生命当回事。

姨父说，我理解他，但不赞成他，从现在的角度来说，更不欣赏他。生是一种偶然，由父母，至祖父母，高祖父母，你想，有多少偶然才能落到你头上成为人。上天既然偶然地生了你，你就要善待生。

你说呢?

我点了点头。他又说,这话不是我的发明,是别人说的,至于是谁,我忘了。我说谁说的并不重要,重要的是对我有启发。他说这就好。当然,不能怪他们,不能怪你爷爷,也不能怪小小。

我说,爷爷平反了吗?姨妈说,平反有什么用?人都死了。平反还是有用的,要不,怎么会说我爸爸是太子党呢?我说。姨父看了我一眼,看来你对你爷爷的死没什么感觉。他是你爷爷。我说,一点感觉也没有。也许是隔得太久了吧。当时还没有我。什么时候说什么话什么时代唱什么歌。那个时候倒干脆,什么责任也不问,自绝于人民自绝于党,干脆利落,不拖泥带水。一切由他自己负责。姨妈有点不认识我似的看着我,我朝她笑了笑。

姨父说,喝酒。我们就把3杯酒一起喝了。姨妈摸着胸口说,奇怪了,被巧巧一说,我也没什么感觉了。姨父说,都与时俱进了。

我在姨妈那里住了一夜,第二天一早拿了钱就走。临走时姨妈反反复复地交代,有什么事就回来说,千万别自己撑着,我说知道了。我又抱住她在她的耳边小声说,那事儿不许告诉我妈。姨妈顺势拍了一下我的屁股,这孩子。我知道她不会告诉我妈,在很多事情上,我妈听她的。

/ 八 /

刚进校门,就有人喊我,说快到梯教30,高教授的讲座就要开始了。我一听便匆匆往西区跑。新近学校为了改进学风,各种讲座不断,有外来的名家,也有本校的教授,很热闹。听说今早在南区还有一个讲座，是北京来的一位文学博士开的，题目叫女权主义视野中的身体写作，很有爆炸性，计划去听的，可惜与高教授的撞车了。我跑到梯教 30 时，青青从座位上站起来，她用笔记本给我占了一个好位子。

　　高教授是我们学校的一个亮点。他在位势论方面的研究在国内甚至国际数学界很有影响，听说美国的《数学评论》和德国的《数学文摘》都介绍过他的论文。这是两家世界最权威的数学杂志，被它们其中一家介绍过就十分了得，何况是两家！他还到过美国日本德国西班牙，出席过国际学术讨论会。他今天讲座的题目也很有诱惑力：拓扑空间与人类的未来。

　　高教授微笑地用手示意我快坐下来，然后开始他的讲座。高教授的平易近人是远近闻名的。他只给我们上过一个学期的常微分方程，却能叫出我们每个同学的名字。其他教授就不行了，就是上一年两年三年，也叫不出一个学生的名字。听说有的并不是真的叫不出来，明明知道也假装叫不出来，以示自己的高深莫测。男生们对高教授另有看法，说高教授只记得漂亮女生的名字，这种说法让我们宿舍 4 位女生都很陶醉，因为高教授不但都能叫出我们的名字，而且下了课还会和我们聊几句与数学无关的话题，比如家在哪里啊，几个兄弟姐妹啊，父母亲做什么工作啊等等，既亲切又不失长者风度。

　　"也许，数学是一种预言。为什么不呢？难道那神秘的，不可理喻的分式，不是人类通往宇宙，走向未来的阶梯？现代科学认识到，数学并不是自然所固有的，而是人类大脑的产物。只有那些具有天赋而又执着追求的人，才有资格进入这一多维乃至无穷维的空间……"

　　高教授用这样诗一般的语言开始了他的讲座。他的讲座很精彩，既条理清晰雄辩有力，又深入浅出妙趣横生。正听得入迷，我被一个意外的声音吓了一跳。我立即意识到,那是窗外英雄花的落地声。我们学校有许多英雄树,也就是木棉树,每到5月,便会开出一片英雄花,把校园的天空染红。红红火火的一朵拳头大的英雄花,从高高的英雄树上掉下来,摔在硬邦邦的水泥地上,叭的一声响,惊心动魄。小小突然从我的心底跳出来。小小听高教授的课,总是坐在最前排,每听到精彩处,都会回头看我们一眼,好像在炫耀着什么,开头我没有感觉,有一次兰兰说,风神什么,他又不是她老爸。闽南话风神就是神气的意思。经兰兰点破,我才发现,小小看高教授的眼神确实有点不对头。当然,学生崇拜老师特别是有成就有名望的老师很正常。

　　讲座结束时,高教授朝我们招招手,我和青青有点受宠若惊,我们走到讲台前,他说怎么不见兰兰,我们说不知道,她昨天还讲要来的。高教授哦的一声,又说,小小的事实在有点可惜,她怎么样了?我们说不知道,听说还在医院里。还在吗?高教授又说。我们说,可能吧,老师没说我们也不敢问。高教授说,这事怎么搞得神神秘秘的,应该让大家知道,好吸取教训。花一样的生命,说没就没了。听说那天晚上她和巧巧有点不愉快?青青说这不关巧巧的事。高教授说,那是当然。自杀自杀就是自己杀自己,与他人无干。高教授毕竟到过美国日本德国西班牙,见识广,眼界不一般,学理科的能和姨父一般见识,难得。我说谢谢老师的理解。他笑了笑,说,其实应该研究的是小小的心理素质,听说她每天都写日记,要是能拿到她的日记本,许多问题就可迎刃而解。我和青青对看了一下。小小写日记从不张扬,连同宿舍的我们都捂得严严实实,高教授怎么会知道?青青说,没听说她写日记,我们都没看过,巧巧看过吗?我说没有。就是有,也拿不到,她的父母亲和弟弟也拿走了。高教授感到意外,说怎么会让他们拿走?我们说,他们已经把小小的东西全拿走了。高教授摇了摇头,连声说可惜可惜。

/ 九 /

从梯教出来,青青说,怎么大家都对小小的日记感兴趣了,真有意思。我说怎么啦?她说毛老师和章书记已经分别找了她和兰兰,打听小小日记本的事,一定有什么名堂。我说他们不是在场吗?青青说他们是在场,可是他们也没有找到小小的日记本。我说是谁说小小写日记的?青青说我没说,她写日记关我们什么事?我想兰兰也不会说。我说我更不会说了。

这就怪了。一定有比我们更了解小小的人。那么这个人是谁呢?

我想,这日记是有人把它藏起来了,因为他害怕。那么可以肯定,藏日记的人就是那个知道她写日记的人,也就是怕她在日记中写到他的人,说不定,这人与她的跳楼有关。

我第一个想到的是毛彬。他和她一定有一种不同寻常的关系。他亲口说过,她是一个非常特别的女孩子。与众不同。但是他也说过,她是个没人敢碰的女孩子。没有人敢碰毛彬就不敢碰吗?别看他外表斯斯文文的,那天晚上我是怎么回来的?他居然做得那么天衣无缝。连我都不明白。也许他就像章书记所暗示的那样,和小小有染,小小把他们的风流韵事写进了她的日记当中。当毛彬想脱身时(很特别的女孩子玩玩可以,结婚可不行,上演的还是现代版始乱终弃的短剧。可以理解),小小拿出她的日记对他说,我要让你后悔一辈子。这种事小小是做得出来的。也许那天晚上小小只是借我而起,实际上,她的跳楼是冲着毛彬来的。我对青青说，那天你整理她的床铺时，枕头下除了剪子，还有别的吗？青青说，你是说她的日记本吗？没有，不可能有，这你是知道的。是的，我知道小小不会把日记本放在枕头下。

章书记也不是好东西，他是不是也和小小有那么一点关系呢？她不是一个很特别的女孩子吗？没有猫不沾腥。章书记是书记也是男人。他虽然在大多数时间显得道貌岸然，但有时看女生的目光也会露出些许不安分，对了，我想起来了，那一次，小小生病，他在我们宿舍里待了很久，我和青青回去时，他显得很尴尬。从那之后，小小便常常在我们面前骂他。我说，青青，你说为什么小小敢骂章书记，深仇大恨似的。青青说，不知道，你又想起什么了？你可别胡思乱想。我笑了笑。如果他们真有点什么，小小一定也写进日记里。难怪呢，他们那么关心她的东西？说不定小小家属到来之前他们先抄了她的东西，拿走了她的日记本。

那么，高教授为什么也关心小小的日记本呢？别看他是个名教授，名教授也是人，也是男人，他关心我们，他记住我们的名字，醉翁之意不在酒，在小小一人，她很特别。男人不坏女人不爱。同样，女人越特别男人越喜欢。高教授是名教授，喜欢几个女生并不为过。中文系艺术系外语系这种事情还少吗？不用说男教师喜欢女学生，还有女教师和男学生睡觉的呢。小小看高教授的眼光不是有点那个吗？我想起来了，有一次小小在梦中大叫，把我们几个吵醒，过后我们回忆她昨晚叫的是什么，我说好像是叫什么人慢走，青青说是别怕，兰兰说，她叫的是眼镜。我们都知道眼镜是高教授的外号。闽南话，慢走、别怕、眼镜，喊起来没多大区别。

这样看来，高教授也好毛彬也好章书记也好，他们关心、寻找小小的日记,都有一点贼喊捉贼的味道。

这事儿变得有点意思了。

/ 十 /

下午,何书记再次找我谈话。这次比上次和风细雨得多,而且脸带微笑,恢复了她的一贯风格。她说,你知道小小有写日记的习惯吗?我说怎么大家都关心这件事,小小写不写日记我实在说不上来,写日记是一件十分私人的事,纯属个人隐私,她从来不告诉我。她说是的,我们不是为了窥探个人的隐私,我们只想进一步了解她自杀的动机。查明白原因对你也有好处。我说我无所谓。我想我的话有点冲,不大给她面子。她显得很有风度很耐心,轻声细语地说,你想一想她是不是有一个本子,她每天,或者经常,在上面记点什么。我说,是有一个本子,有时也看她在上面写什么,但她总是神神秘秘、鬼鬼祟祟的,都是在我们不在的时候写,看到我们进来就迅速合上,锁在抽屉里。

她说,这就对了。那本子有多大,什么封面?我说,好像和课本一样大,厚厚的,天蓝色,硬皮。她提醒我,她会不会有忘了收的时候?我说绝对不会。那天,她说,也就是出事的那天,你看她写过吗?这倒是个问题,我认真地想了一下,好像没有。何书记显得更加和颜悦色,说,有没有这种可能,她们,也就是兰兰和青青,她们拿了她的本子?当然不是故意的,收错了,顺手之间,我们有时会犯这种错。我说这得问她们自己。何书记"哦"了一声,若有所思。我想,她是不是也怀疑我藏了小小的日记?我等她问,她要是问,我就要让她难堪。她终于没有开口。

2. 这事不怪我

走出何书记的办公室，我突然想，当初我爷爷如果有写日记的习惯，那会怎样？红卫兵抄家时一定抄走了，他们一定要在他的日记中寻找他自杀的原因。那日记本一定成了批判的依据。他们一定会在他的日记中找到许多反党反社会主义的罪证。姨父说，"文革"中有以日记定反革命罪的。枪毙一个人，罪证之一就是书写反革命日记。

那么小小的日记落到何书记的手上，会是一个什么样的结局呢？不知怎么的，我自己也很想找到她的日记了。小小整天神经兮兮的，她会像疯狗一样地在她的日记中乱咬人吗？她会咬谁呢？其中一定有高教授，有毛彬，有章书记，还有兰兰青青和我。小小啊小小，你太伟大了。我突然兴奋起来。你让人们吃不好睡不香，你让那些平时很高尚很道德很完美的人坐立不安，你真的太伟大了。

我走在校园里，发现人们对我的眼光有点不对。是的，由于小小的自杀，整个学校到处都弥漫着她的气息，怪怪的。也许这世界本来就怪怪的，只是你没有感觉到而已。

在宿舍楼的楼梯口遇见毛彬和章书记，习惯地叫了声章老师毛老师。他们朝我笑笑，也是怪怪的。回到宿舍，见兰兰和青青的抽屉和衣橱都开着，她们的东西全乱七八糟地扔在床上。我说我在楼梯口碰见章老师和毛老师，是他们来了吗？她们说来了。他们想看一看小小的日记本有没有在我们的抽屉和衣橱里。我说他们想看你们就开给他们看？我们又能怎么样，青青说，看一看就看一看，省得让人怀疑。我嚷道，这太过分了。兰兰说，小声点，我不想再惹事了。我们是来读书的，明年拿了文凭走人，找个好单位，拿钱过日子。多一事不如少一事。我说，谁要想看我的，没门。兰兰说，我们可和你不一样。我说怎么不一样？兰兰不屑地说，这还用我说吗？你爸爸是县委书记，能和我们一个样吗？青青说，兰兰你说什么呀，巧巧你别往心里去。我说我不生气。就是我爸爸是个农民，我也不让他们看。他们凭什么？我们又不犯法，现在是法制社会。要看可以，拿搜查证来。我大声嚷嚷。

兰兰说，我们也不愿意啊。你以为我们没有一点尊严？说着便哭了起来，她哭，青青也跟着哭，弄得我的眼泪也掉了下来。

我指着她们的抽屉和衣橱说，他们是怎么看的？兰兰说，什么看，简直就是翻。想想那两双男人的手在我的衣橱乱摸，我就恶心。青青说，我看他们在兰兰的衣橱里乱搅，我干脆自己拿出来，全都拿出来放在床上。兰兰说，青青拿出来，我也跟着拿出来。我看着她们的内裤和胸罩大声说，这也太侮辱人了。兰兰喜欢红色内裤，胸罩是小号的，青青的内裤是三角的，喜欢绣花的胸罩，这是女孩子的秘密。这一下全都暴露无遗。这两个流氓！我从不怀疑毛彬的想象力，他完全可以想象出她们脱光衣服，只剩下内裤和胸罩的样子。这一下他得意了吧。我们宿舍的4个女生，他一网打尽了，他是个多好的辅导员啊。

学校的确对我客气得多，何书记出面，是想让我拿出小小的日记本，只是她没好意思直说，她有身份有涵养，她比章书记和毛彬更阴险更狡猾更伪善。什么东西！

我说，小小的日记本为什么找我们要？她的父母和弟弟不是把她的东西全拿走了吗？青青和兰兰对看了一下，说，是啊，我们也想不通。兰兰又说，这个小小也真是的，搅得我们不得安宁。

这时我的手机响了一下，一看又是来路不明的短信，还让我出去一下，说有个男生找我有话说。这个毛彬有事说事神秘兮兮的干吗？我把短信按了，不理他。是他想见我，还是他想让一个男生见我？我们学校有规定，男生进不了女生宿舍。这也是我们学校学生思想政治工作的成功之处，听说何书记还向全省高校介绍过这方面的经验。我对她们说，小小的日记说不定早已转移了，她的家属也没拿到，所以他们着急。谁都着急不是？

我这样说着，突然又冒出一个念头：万一落到 A 州《太平洋都市报》的记者手上，可是一条大新闻。想到小小神秘兮兮的日记登在《太平洋都市报》上，我竟然有点兴奋，有点手舞足蹈。我这才发现我这人其实很不地道。她的日记一旦曝光，会有许多人遭殃。也许高教授会名誉扫地当不成博士生导师，章书记括弧里的那可怜的正处级会被括掉，而毛彬，会被处分，会因此而葬送如花似锦的前程。也许还会有人走上与小小一样的道路：跳楼。

我的手机又响了一下，还是来路不明的短信，这个毛彬！我再次把它按掉。

兰兰说，她能转移到哪里去？她对谁都不信任，她就知道她自己。青青说我想也是，会不会她父母亲拿走了日记又说找不到日记，以此来要挟学校，想多要一些钱？兰兰说有可能，人没了，钱最重要。我说会不会小小在外面有朋友，我是说学校之外的男朋友，她把日记给了他或者他拿走了她的日记。兰兰说不会吧。青青说那太可怕了，我们怎么办？是的，我们怎么办？她的日记中不可能没有我们啊。

我的手机再响了一下，我说了句讨厌就按掉了。我说对于小小，什么事都有可能。青青和兰兰本来是边说话边收拾东西的，听了我的话都停下手中的动作。我说我们对她了解多少？我们谁会想到她就那么冲出去，跳下去？兰兰说，别再说了，太可怕了。我常常梦见她冲过去拉门的动作。青青说我也是，我常常梦见她躺在地上的样子。我甚至看见她的血，黑色的。我说，她其实没有流血。兰兰说，好在我没看见。我说,什么事都有可能,她是什么事都做得出来的。这时,青青的手机响了一下。青青打开瞄了一眼,对我说,怪了,是谁呢,怎么知道我的号码?让你看短信。我说不看,没什么事。兰兰说还是看看吧,要不,我也要遭殃了。话没说完兰兰的手机就响了,兰兰看一下递给我。上面是:请你帮个忙,让巧巧看短信。显然是毛彬无疑,他知道我们3个人的手机号。我只好打开短信:事关前途和命运。十万火急。我冷笑了一下,这个毛彬也太恶作剧了吧。既然在楼下,既然还没走,有话干吗不当面说,上来说,你是老师你有特权门卫不敢拦你你能上来,你刚才不是上来了吗,有种你也来翻翻我的抽屉和衣橱试试!

青青和兰兰看着我笑,笑得有些暧昧。我说不是你们想的那样。他们说,不管怎样还是去吧,免得我们也遭殃。

/ 十一 /

我下楼,却不见毛彬。我四处张望。说实在的,我对他有气,但我还是希望能见到他,我还是有点怀念我们在一起喝酒的时光。如果他真想看一看我的抽屉和衣橱,只要他求我,我也会向他打开。在我的深层欲望里,想向他开放的何止是抽屉和衣橱?我了解我自己,正因为了解,我有时很悲哀,很看不起自己。

这时,一个男生向我走来,当然不是中文系的那位。这男生很年轻很帅气,似乎还有点面善。他很有礼貌地向我鞠了个躬,说,实在对不起,你是罗巧巧同学吗?我说,是的,你是谁?刚才是你发的短信吗?他仿佛愣了一下,说短信?没有啊。我在这里等了你好久了,可没有给你发过短信,我不知道你的手机号码。那么你是谁,找我什么事?他说,我们能不能找个僻静的地方谈一谈。请相信,我绝无恶意。他向我靠近一步,一脸真诚。我回首看了一下进进出出的女生们,这里人多眼杂,我不想展览似的和一个陌生男生站立在众目睽睽之中,说,好吧。说着我便转身走人。他很安静地在后面跟着。走到僻静处,我说有什么话你说吧。他有些为难地说,一时半会儿说不清,这样吧,我请你喝茶,行吗,就在你们校门口的"甜卡车",好吗?我再一次把他从头到脚看了一遍,看不出有什么危险,说,好吧。

这"甜卡车"我以前来过,外面很亮,里面很暗,有十几个相对封闭的小包厢,里面有灯,红的、绿的、蓝的、白的、黄的,随你挑,想开哪盏就开哪盏,全开也行。每个包厢内的墙上都钉着一本最新的现代派诗歌刊物,后现代,后死亡,后朦胧,后呐喊,等等。

那男生带我走进一个小包厢,显然是他早订好了的。昏暗中我看桌上已经摆了好几碟点心。我的心动了一下,顺手开了几盏灯,因为是熟地方又在校门口,也不怎么害怕。坐定之后,那男生给我倒了一杯茶,然后给自己倒了一杯,有点尴尬地笑了笑,又向前躬了一下身子,很有礼貌地说,实在对不起,没有事先打招呼,冒昧把你请来,是有件事想求你帮忙。这做派有点日本鬼子,让人恶心。见我不说话,他又说,让我先自我介绍一下,我叫李小一,是李小小的弟弟。我啊的一声,差点站起来走人。他再次向我行鞠躬礼,说,请不要走,我没有其他意思,我只是想请你帮个忙。

我想,这是一个阴谋,一定是个阴谋,是毛彬一手策划的。我说,是毛彬让你来找我的吗?他怎么不来?小一仿佛愣了一下,说,没人让我来,是我自己来的。我直视他的脸,他真诚的表情使我相信他没有说谎。那么,我说,有谁知道你想找我吗?他想了想说,我向章书记和毛老师报告过,他们说不行,学校不让。是我自作主张在楼下等你,实在对不起。我倒抽了一口冷气。这么说,有一双眼睛在看着我,是章书记还是毛彬?如果那短信不是毛彬发的,就是章书记了,这太可怕了。

我对小一说,我说了,我早就说了,小小的事不能怪我,我已经说过好多次了,这是她自己的事情。

小一说,我知道我知道,这事不怪你。我只是想请你帮个忙。姐姐的事给你造成许多麻烦,我在这里代表姐姐向你道歉。他的双手放在腿上,再向我一鞠躬。他一定是日本电影看得太多了。我被他弄得有些不好意思起来,连忙说,不必这样,小小的事,我也很难过的。她还好吗?他含含糊糊地笑了笑。我也笑了笑,说,什么事尽管说,我尽力而为。

小一说,姐姐从小就有写日记的习惯。她不喜欢与别人交流,喜欢自己和自己交流。她相信萨特,他人就是地狱。日记是她的知心朋友,或者说,是另外一个她。除非她愿意,她不许别人窥视她的心灵。小时候,有一次,我偷看了她的日记,其实里面也没写什么,无非是对父母的一些牢骚,她发现了,把我打得要死,她有时是很极端的。上大学之后她还坚持写,写得更勤更多,有一次她不知为什么高兴了,把她的几篇日记抄给我,写你们宿舍生活的,写得真好。我就是从她的日记中认识你的。在她心里,你和她一样。所以我说,这事不怪你。

他的话让我很吃惊,在小小心里我和她一样,什么意思?小小把我当朋友,可我平时怎么也看不出,她处处与人过不去,是一个很难相处的人。我同时很感激她,没有在她的日记里写我的坏话,万一日记落到学校当局的手里我也好洗清自己。我说，没想到小小这么有情。小一说，姐姐就是这样一个人，她的情放在心里，从不外露。我想，不外露不等于没有，反而会更强烈，更丰富。那么她对于男人的情感一定也会在日记中表现出来，这就是所有男人都在关心她的日记的缘故吧。

小一说，很意外的是，我们收拾她的东西时，却竟然找不到她的一本日记，我估计，最少有10本。10本！我又是一惊，这可是一大沓啊。这一大沓砖头一般沉甸甸的日记怎么就不翼而飞了呢？她平时是一本一本地往外拿？还是一起拿出去。她在学校，在 A 州一定有一个她十分信任的人，这个人不会是女的，一定是男的。那么他是谁呢？毛彬？章书记？高教授？还是一个我不认识没见过的男人？

我说，这么多的日记本会到哪里去呢？我们平时倒没有觉得。小一说，我想最大可能是放在你那里。我跳了起来，你怎么能这样武断，凭空诬人清白！

李小一站了起来，向我深深地一鞠躬，实在对不起，请你原谅。我只是这样想，因为在姐姐的心里，与你不分彼此。这简直是强加于人。我说，对不起，我走了。我们没有什么好说的，你要是真认为在我那里，你们让学校来抄好了，让公安局把我抓走好了。我冲出包厢，冲出了"甜卡车"。

/ 十二 /

晚上，我一个人来到竹林，我得散散心，把自己的心绪理一理，要不，我会发疯，说不准也像小小那样，去跳楼。月很亮。银色的月光把竹影剪裁得十分明丽,清秀。我看着地上铺着竹叶的月光,感到十分伤心,孤立无援。他们居然想得出,表面上不让小一找我,暗地里却设计让李小一找到我!我不上当,我绝不上当,尽管我对李小一的印象不错。

对着如水的月光,我突然泪流满脸地对自己说,我没有她的日记,真的。

可学校当局不这样认为,他们似乎认定,小小的日记本全在我这里。他们派章书记和毛彬轮番来做我的工作,让我把小小的日记本交出来。我没有我怎么交?是的,只要我把自己的抽屉和橱子统统打开,和青青兰兰一样,他们就没话可说了,但,我不能这样做。我要保持我的人格。再说了,即使我把人格丢了,让他们来看来查,看不到查不着他们还会说,你早就把东西转移了。

我不能被动挨打,我得主动出击。

我越来越认为,小小的日记在毛彬那里。他找日记完全是一副公事公办的样子,有也好,没有也好。而章书记就不同了,他显得很焦虑很不安,与其说他希望我把日记交出去,不如说他更希望没有那些日记,或者是我把它们毁了烧了。有一次他就暗示过我,他说,我们知道日记在你那里,你或许已经把它们毁了,烧了,这也可以理解,但你得说实话。真的毁了烧了,也不能让你再生出一本日记不是?我想,章书记一定对小小说过什么,做过什么,他害怕小小把他写进日记里。

而毛彬显得胸有成竹,他对小小什么都说了,什么都做了,他也知道小小把他们的事详详尽尽地写在她的日记里了,或许,她高兴时,他们还在一起温习他们的功课,就像看黄色小说或三级片一样地来欣赏他们自己的演出。他不怕，因为这些日记在他的手里。小小把心交给他了，她写一本就交给他一本，一共10本，也许更多。今后，他还可以拿去出版，题目就叫《一个少女的日记》，他可以因此成名，当作家。章书记啊章书记，别看你当书记，你玩不过你的部下，你多可怜啊，你没有小小的日记，你整天提心吊胆，你活该！

好几天不见班长了，每次上课，同学们都先看一下他的位子，然后相互对看一下，让疑问顺着目光流来流去。几天前我就发现他有点反常，静坐，发呆，有时会突然冒出一两句不明不白的话，比如，1加1等于2，1减1等于0，1加1就一定等于2，1减1就一定等于0吗？我想笑，不敢。在我们班，我可以笑任何人，唯独不能笑他，不是因为他是班长，而是因为他特别。他是一个天才。我对青青说，看来班长要出事了，她不信。果然，第二天他就没来上课。问男生，都摇头，是不知道还是不想说弄不清。星期天上午，关于班长，终于有了说法。有人说，他到医院看小小了，还带了一束花。医院说没有小小这个人。他不信，在市立医院住院部的门口吵，闹了半天，人家告诉他，小小早转院了。原来，小小转到了678医院，这是部队的野战医院。他又到678医院，那里有站岗的，不让进。他又在那里大喊大叫。有人故意捣乱，这事马虎不得，事关稳定，稳定压倒一切。后来看他的眼神不对，都说疯了疯了，就把他送到西郊的精神病院去了。

真没想到。这样看来，小小的日记本很可能在班长那里。要不要告诉毛彬，让他们也去开一开班长的抽屉和衣橱？这主意不错。

为毛彬着想，我主动找毛彬，对他说，你们怎么不找班长，他可能知道小小的日记本在哪里。毛彬笑了，说，找那个疯子？笑话。我说，他不是去医院看过小小吗？他们的关系不一般。毛彬说，谁说的？

都是瞎编，胡扯，根本就没那回事。我早对你说了，他只对数学感兴趣。小小更不可能对他感兴趣。我说他人呢？他说上北京去了，科学院数学所有人看上他了。我才不信，天方夜谭。真有这等好事，学校早就喜报频传了。毛彬说，好了，我们今天不谈小小的事，我请你吃饭。我说为什么？他说你找我你关心我我得谢你不是。我说还想把我灌醉了，让人抬回来？我可不会写日记，写了也不会学小小的样子，拿去讨你的欢心。毛彬笑起来，笑得很古怪。他说，巧巧，小小的事你没有什么责任，日记的事也只是一种猜测，有也好没有也好，不是一件什么大事，事情实际上已经过去了。你不要再往心里去。学校实际上也不愿意把事情扩大化。闹大了对谁都不好。

我说小小死了吗？毛彬没想到我会这么问，愣了一下，说，我也不太清楚。我说，为什么不让我们去看她？他说，我也没去过。自从那晚送到医院之后，我就再也没去过。一切由学校处理。这种事学校舍得花钱。我说，这不是钱的问题。我问过她弟弟，他也不说。他又是一愣，说你见过小小的弟弟？这是不允许的。对谁也不能说，懂吗？我是为你好。

我心里想，不就是你安排的吗？嘴上却说我对谁都不会说，就对你一个人说。他说他说了什么，小小的弟弟？我说也是日记本的事。他"哦"了一声，不再说什么。这更证明了日记本一定在他的手里。但是，他为什么要安排李小一去见我？或许真不是他，是章书记。当然不会是何书记了，她是高级干部，不会如此下作。糊了，一切全糊了。我说，吃饭的事就免了，我怕你再给我下套子。他说，你不能把人都想得那么坏，这世界上，好人还是占多数。我说，你也算一个？他说，当然，你，我，我们系的绝大部分师生，我们学校的绝大部分师生都是好人。我想也是，没有哪个人把自己当坏人。我们以前以为蒋介石是坏人，可看了他的传记，特别是看了他的庐山讲话之后，就是那个地不分南北人不分老幼的讲话，觉得他其实也不太坏。连人民公敌都这样子，就更不用说别人了。

我说，小小的日记本在你那里吧，毛老师。毛彬显得害怕极了，说，你不能乱说。我怎么会有她的日记本呢？说实话，连她写不写日记我都不十分清楚。他注视着我，你认为我和她好过是吗？我说岂止好过，是好得不得了，说不定，她就是为了你才跳楼的。毛彬笑了，他十分老练。他刚才只是一时慌乱，现在已经看出我的底气不足，我没有证据，我只是一种猜测。他说，我和你说过的，她是一个很特别的女孩，同时又是一个很可怕的女孩，男人，除了有十分把握的男人，谁都不会去惹她。

我说，谁是有十分把握的男人？难道你不是？章书记不是？你们是领导，你们掌握着我们的命运，我们系900多个学生，哪个不想方设法接近你们、讨好你们？毛彬说，这你就搞错了。你们的命运掌握在你们自己的手里。我们是为你们服务的。官话了不是，我说，你不要给我说官话，你不是把我当朋友吗？他说，有些话不能一味地说都是官话。我说的是实话。在高校，真正有把握，自我感觉好的人不是处长部长们甚至不是校长书记们，而是那些在学术上拿得起来的教授们。

我愣了一下。我突然想起高教授，他不但是教授还是我们学校少有的几个博士生导师之一，听说还是省里的什么委员，他在学术界有着独特的不可替代的地位。毛彬是不是在向我暗示，小小的日记本，有可能在高教授手里？是的，有可能，他不是也向我打探过小小的日记本吗？

但我对毛彬仍然不放心，我说你那天是怎么把我弄回来的？他笑了起来。小事一桩，叫个车，多给点钱。就像花店送花一样，再不好找的地方他们都能送到。我说，我是人，不是花。他说，你也是花呀，是一朵盛开的玫瑰，我怎么就不能让他们像送花一样地把你送回来呢？他还是没有正面回答我的问题。如今的政治辅导员一个个都跟外交官似的，说起话来滴水不漏。也难怪，如今大学生法制意识越来越强，动不动就上告，他们得自己留点后路。他说，吃饭吧，我请你，我是真心的，我喜欢你，你有骨气，有人格。我笑了，他会讨女孩子喜欢，但我不上当。我知道他们，包括那位温文尔雅的何书记，他们对我客气不是因为我有什么骨气和人格，是因为我父亲是县委书记。青青兰兰说得没错，旁观者清，她们有些话很本质，很发人深思。

晚上是星期三，青青和兰兰都做家教去了，宿舍里有点冷清。自从小小出事之后，我就有点害怕冷清。总觉得小小坐在她的床铺上看我，抬起头来，当然什么也不会有，我是一个很有胆量的人，我也不相信有鬼，而且，种种迹象表明，小小还躺在医院里。有一种叫孤独的东西从四周向我包围，向我逼近。想想，还是到姨妈家去散散心，反正也读不成书做不成作业。

/ 十三 /

我在校道上碰到高教授。碰到他的时候我的心咯噔一跳，我知道，这不是偶然相遇，这是有预谋的。高教授不可能在这种时候出现在校道上。我上学3年，从来没有在这个时候在校道上遇见他就是最好的证明。我怕什么？我什么也不怕，小小的日记不在我这里，小小的事与我无关。我倒是要看看，他和小小到底有什么瓜葛。我勇敢地迎上去，爽爽朗朗地说了声，高老师散步啊。

他明明想找我，却装出很意外的样子，散步散步，我每天晚上都散步，随便走走。是巧巧吗？怎么没去自习？哈，此地无银三百两，做贼心虚了吧。我在心里说。我说我也是出来随便走走，头有点昏。他马上就上钩了，迫不及待地说，还是小小的事吗？都过去了，就不要放在心上了，还是学习更重要，别再想了。我说，不想不行啊，人家老是向我要小小的日记本。

日记本！他在一棵棕榈树下站住了。他是大学教授，很有学者风度，他背着手，直挺着腰身。我不知为什么会想起他在美国，在日本，在德国，在西班牙开会的情形。《A 州大学报》上有一篇关于他的报道，说他在会上侃侃而谈，他的英语水平、逻辑力量和出人意料的科学结论让出席会议的那些白皮肤蓝眼睛的外国专家惊叹不已。他什么时候都没有忘记他是一位名教授。日记本，他再重复一句，她果然有一本日记本。我说，不是一本，是很多本，她从小就有写日记的习惯。我说，高老师不是早就知道小小写日记的事吗？高教授说，我原以为，那只是一种传说。当然，如果她写日记，如果能拿到她的日记，我们就能从中了解她的内心，找到她自杀的心理依据。我们不能凭空去揣摩，我主张思想工作也要建立在科学分析的基础上，不是吗？说多了，这不是我的工作。走吧，我们边走边谈。说着他就走出那棵棕榈树。我们校道两边都是棕榈树，去年来了寒流，差点没冻死。

我们就从一棵棕榈树走向另一棵棕榈树。夜很静，很美。远处是教室的灯光，草坪上星星点点地散落着一对对情侣。大都是外面来的。

A州市民很把我们A大当回事，所以把我们校园当公园。偶尔从远处传来一两声英雄花落地的声音，使校园的夜晚更宁静。我说高老师，万一真有小小的日记，一定会给许多人造成许多麻烦。他看了我一眼，说，是吗？我说，比如她把和某个老师，某个同学的交往，毫无保留地写进她的日记里……我还没有说完，他就打断我的话，急切地说，你看过她的日记？你一定看过她的日记，你们同宿舍，她既然每天都写，怎么能瞒过你们。她都写些什么？

　　看样子，日记不大会在他手中，毛彬错了。我说，高老师，她能写什么呢？无非是生活中的小事，我不知道她为什么会对那些琐事感兴趣。我这是钓鱼，手段很不高明，目的很卑鄙。高教授却一点也没有觉察出来。他说，不能小看小事，在许多情况下，细节是决定一切的。我们搞数学的，就更不能忽视细节了。小数点以下的数能忽视吗？不能。你想想，她都写些什么？我说，没什么，真的没什么，很一般，所以我想不起来。他说一般的事是记不住的，这很合理，很正常。不过，我说，她对您，高老师，是很有好感的。我有点恶作剧了。他啊的一声，停下脚步，她写进去了？我说没有，不是在她的日记上看到的，是她说的，她很少说老师的好话，对您是唯一的例外。他仿佛松了一口气，继续往前走。她说您很有魅力，您的魅力来自于您的学识。他摇头说，胡扯。有一次，我说，她还在梦中喊您的名字。什么？他有失风度地张大嘴巴。我说，您放心，那时只有我在宿舍里，只有我一个人听见，我不会告诉别人的。说着，我就走了，把他一个人扔在棕榈树下发呆。一想到一个具有国际知名度的数学家在一棵棕榈树下发呆，我就十分开心。

　　我想，我也写日记吧，把所有人所有事都写进去。有朝一日我死了，把日记留着，也让人们为我紧张为我睡不着。

显而易见，小小的日记不可能在高教授那里。也许在章书记的手里。装得越像的人往往危险性越大。我为什么不敢像对待高教授那样来对待章书记？说到底我还是有点怕他，俗话说不怕官只怕管，他是实实在在地管得着我们的人。我是个俗人。

/ 十四 /

姨父家是去不成了，太晚了，只好回宿舍。青青在宿舍里。我说怎么这么早回来。她说，不教了，教不了了。我说怎么啦？她说，太可怕了。我想，肯定遇上了风流家长，许多同学遇到这样的问题，听说有的同学真和学生的家长好上，有女的也有男的，弄出许多风流韵事。还听说，有人请家教，不是教小孩而是教大人，这大多是有钱的老板，专挑漂亮女生当家教，教着教着就教到床上去了。有一次一个老板的老婆甚至打到艺术系的女生宿舍，成了学校的一大新闻。

我说，兰兰不是说是个老实人家吗？青青的家教是兰兰介绍的。青青说，不是家长的问题，你别往歪处想。我笑了，歪才好，歪打正着，证明我们青青有魅力啊。青青说，兰兰不是个东西。我说怎么啦？她说，其实，我第二次上她家就知道这是她原来教的那一家，我还以为她风格高，让给我。我说不是她让给你的？青青说她是把麻烦转嫁给我。什么麻烦？青青说，那个女孩子和小小一样，动不动就想自杀。

我倒抽了一口冷气，她才多大？青青说13岁。我说你怎么知道她也要自杀？青青叹了一口气说，是她亲口告诉我的，她说，这次再考不进前10名，我就自杀。我说，她是说着玩的吧？就像我对小小说，去死吧。这只是一时的气话，实际上和说着玩没什么本质区别。

青青说，她不是说着玩的，她是认真的。她是这样对我说的，青青，第二次到她家辅导之后她就不管我叫老师了，她母亲说，这样也好，显得亲切，有利于交流和学习反正你们也差不了多少岁，我也不计较，反正我们做家教是为了挣钱不是为了当老师。她说青青，她就这么看着我。青青把眼睛对着我睁得大大的。很可怕。就这么看着，很严肃，很正经，一点也不像说着玩的。她说，这次再考不上前10名，我就去死，从这里，她指着窗门，你想想，她家住的是8楼，从这里，也就是从她家的窗门跳下去。这一下去非死不可。我想起小小躺在水泥地上的情形，浑身发抖。我说你可别吓我，我有心脏病。她说，你们这些大学生真没劲，动不动就拿心脏病来唬人。我说，真真，这是她的名字，考第几名都无所谓，你已经努力了，你在进步不是吗？她说她受不了父母的唠叨，受不了老师和同学古怪的眼神。她说死并没有什么可怕的，她还说，上个学期，她们学校就有一个学生从她们学校"三好楼"的3楼跳下去，因为差1分没考上清华。我说真真，你不能干蠢事，你跳下去，你痛快了，别人怎么办？你的父母亲怎么办？她说我不管。谁让他们整天让我难受，他们活该。她看我有点发抖，笑了，你真有心脏病？我说完全是被你吓的。她说，兰兰和你一样，你们学校的人怎么都这么胆小？我这才想起，原来，兰兰不是在帮我，她是把一个想自杀的发了疯的女生交给我，把一个可怕的包袱甩给我。

我看着青青，无话可说。难道她们都疯了吗？青青又说，我不去了，下个星期真的不去了。我说你是辅导一半跑回来的吗？万一她今天就跳下去，不就是你的责任了吗？青青霎时铁青了脸，说，不会吧，她是讲考不上前10名才跳的。我说，你一走，她更觉得没希望，想想与其进不了前 10 名丢人现眼还不如现在就跳下去。你是跳进黄河也洗不清了。青青说真这样的话,我也从这里跳下去。我突然笑了,我不想笑的,不知怎么地就笑了起来,也许就是人们所说的那种,很神经质地笑了起来,笑得很开心。

青青拉着我的手,说,巧巧,你别笑,你笑得很可怕。我还是笑,开心地笑。青青慌慌张张地拿着一面镜子,你看看,你笑得有多难看。我看到我笑的样子,我从来没有看过自己大笑的样子。以前,我只在镜子里对自己微笑,甜笑,浅笑,羞笑,样子十分可爱。可我从来没有对着镜子大笑,我想,大部分人,除了演员,都没有对着镜子忘乎所以地大笑过。我现在的样子的确有点狰狞,有点癫狂,有点让人恶心。我一下子就止住了自己的笑。镜子里的我恢复正常,我有一张看起来不怎么让人讨厌的脸。以前中文系的那个男生为了讨好我,常常说我的脸很金看。闽南话的金看就是越看越好看。

青青拍拍我的脸,说,你没事吧。我说我没事,我推开她的镜子,我不能再看了,否则我会笑出来,这一下是微笑,是男生们很喜欢的那种浅笑。我说你有事,你的事没完。她一下子就哭了,说怎么办啊巧巧。就在这时,兰兰回来了。

兰兰开门时,仿佛愣了一下,但她马上就跟着哭了起来。我说兰兰,你可把青青坑苦了,你哭什么?她说,我遇到大麻烦了。青青天生是个好人,一听到兰兰遇到大麻烦便止住了自己的泪,关切地说,怎么回事,快说,别哭。兰兰说,他说要是我不答应,他就去自杀。我们说谁,谁又要自杀?兰兰说就是那个人。我冷冷地问,哪个人?兰兰说,他父亲,我家教的那个男孩子的父亲,他爱上我了。

我和青青对看了一下,我们都不相信她的鬼话。我想,她是想用自己所谓的不幸来减轻对青青处境的责任吧？兰兰说，我知道你们不信，我也没有一定让你们相信的意思。我们每个人都为自己活着不是？我为什么一定要你们相信我。我对得起自己的良心。说着，她噜噜噜地到洗澡间洗了脸，就拿起一本书，躺到自己的床上去了。只要不到熄灯时间，她躺在床上一定要看书，这也是她的好习惯。

我想再说点什么，青青动了一下我的手，让我别说。我想，兰兰也许真遇到大麻烦了，这麻烦不是那个男孩子的父亲爱上了她，而是她爱上了那个男孩子的父亲，因为她说过，他是A州数得上的民营企业家，有一栋小别墅，在东郊的桃花山庄，还有一部小轿车，宝马。

我突然有一种感觉，兰兰的一切都是假的，包括小小跳楼的那天晚上，她瘫软在门边，也是她刻意做出来给人看的。

/ 十五 /

这几天过得真平静，没人再来讲小小的事，小小的日记也没人再提起了。青青听了我的话，从医院里打了一张患肝病的条子，到她家教的那个女孩子母亲的单位找她，那个当母亲的一看到那张条子，立即就松开了自己的手，青青说那纸条从她的手指间落到地上的样子有点滑稽，扭扭捏捏地像戏台上装腔作势的媒婆。她从坤包掏出几张票子放在桌上，说谢谢你真的谢谢你你再也不用来了。青青没拿她的钱，不是因为她不喜欢钱，而是因为她的态度让她恶心。我对青青的表现表示赞赏。她有进步，上一次她为了洗清自己，把自己的衣服，连内裤和胸罩都从橱子拿出来，放在男人的眼皮下。

没人提小小的事不等于小小就没事，她依然在医院里躺着，是死是活谁也说不清。学校还是不许我们去看她。她的日记到底在哪里，还是一个谜。为了这个谜，我几天几夜吃不香睡不好。我甚至怀疑小小是否真写过日记。我进而怀疑我所见到的那个自称李小一的人是否真是她的弟弟。自从那一天之后，那个自称是小小弟弟的李小一便消失得无影无踪了。

我得做点什么。可我不知道要做什么。我只是不停地做梦。晚上做，白天也做，中午躺在床上，一合眼，小小就从她的床上爬过来，对我说，巧巧，你和我一样，我们是朋友，不是吗？来吧，来吧。每当这种时候，我的眼皮一跳，就醒了。青青和兰兰都睡得很好，可以听到她们微微的鼾响。我偷偷地睨了一下小小的床铺，空空如也。有时，我会说，小小，别来烦我。不知为什么，我不再那么恨小小了。我甚至有一点点内疚，小小把我当知己，我却对她说，去死吧。

我不停地做梦，我已经习惯了，也不怕了。可昨晚的梦却让我惊出一身冷汗。我梦见我爬过一条很长很长的隧道，我渴望光明，可是当我爬出隧道时，我看到的仍然是一片黑暗，黑暗中一个人朝我走来，在我的面前站定，我说，你是谁？他说我是你的爷爷。听声音，有点像爸爸。我说，我的爷爷早已不在了，他在"文革"中自杀了。他哈哈大笑。我定睛一看，果然不是爷爷是爸爸。好久没见爸爸了。我说爸爸你怎么在这里？他说，孩子，我是来向你告别的。我说去哪里？他指了指前面。前面没有路，前面是断崖，有很浓很浓的雾从深深的山谷向上翻滚。我说，爸爸你不能向前走，那里是悬崖。爸爸哈哈大笑，在他的笑声中，我看到一座高楼在雾中升起，瞬间，爸爸站在栏杆上，那姿态与小小一样。我大声叫，爸爸，别跳。我被自己的叫声惊醒了。黑暗中青青说，巧巧没事吧？我说没事。青青说，做梦了？我说是的。

她说，我也做梦了，正喊着让小小别跳，就听到你的叫声。我说，我也是。兰兰也醒了，说，我也做梦了，梦见小小来取东西。青青说，是不是小小死了，来托梦，要不，我们怎么就一起梦见她呢？她的话说得我毛骨悚然。

第二天，我给爸爸打手机。我说，爸爸你没事吧？那边传出爸爸爽朗的笑声，我能有什么事，怎么想起给爸爸打电话？你没事吧？我说我没事。他说，没事就挂了，我正开会哩。说着就挂了。我不放心，又给姨父打电话，说我家里是不是发生了什么事？姨父说，巧巧做梦了吧。我知道你要做梦的。什么事也没有。

前一阵子，常常听说某县长某书记，双规了，出事了，贪污受贿了，腐败了，跳楼了，自杀了。当时没当回事，现在居然会做这样的梦，都是小小的事闹的。

要是爸爸真有事，他会不会也像爷爷一样，从他的办公楼上跳下去？

/十六/

我没想到小小的事很快就有了了结。那天早上，毛彬问我，下午没课？我说有事，我开始对他感到厌烦，我不想就小小的事和他有任何接触。他说有事也得搁一下，何书记要找你谈话，下午3点在她的办公室。我说又是小小的事？毛彬说我也不知道。

我准时到何书记的办公室，她一见到我，显得十分高兴，拉着我的手说，本来我想到宿舍找你，怕在那里说话不方便，就让你来。坐坐，坐下来再说。她把我拉到沙发上坐下来。我想，她是领导，是厅级干部，对一个学生完全没必要这样，这让人感到有点假。我刚坐下来，她的秘书就把两杯茶放在茶几上。她有专用杯子，我记得她给我们做报告，这杯子就放在讲台上，红的，很显眼，很有特色。我的是一次性杯子，纸的，但上面印着很好看的一朵蔷薇花。

她说，这是绿茶，喝得习惯吗？我说还行。她说，今天让你来，是想告诉你一个好消息，小小没事了，她让我们救活了，她出院了。现在，我们已经派专车把她送回家了。

小小没事了回家了，我感到很惊讶。她微笑地向我点头。是没事了，你安心学习，一切都过去了。我说小小真的没事了？她说，没事了，她活着。事情发生后，我们校党委专门开了一次常委会，统一了一个思想，就是不惜一切代价救活她。这也是我们贯彻以人为本的具体行动。在这件事情上，你的表现很好，你没有让事件扩大化，为校园的稳定做出了贡献。

她亲切地看着我，接下去说，你表现得很好，真的很好。还有，我想告诉你一个秘密，你爷爷和我爸爸是老战友。她见我张嘴说不出话来，便亲切地拍了拍我的肩膀说，我也是最近才知道的，什么也别说，这是我们之间的秘密，我们共同来守住这个秘密，好吗？

我点了点头。我是一个很一般的学生，以前从没引起人家的注意，是小小让我在学校出了名，也许何书记正是在对我进行全面的调查过程中，才了解到我们家的情况。

从何书记的办公室出来，我有点云里雾里的感觉。一切都有点不可思议。老实说，我才不把她的秘密当回事。我的脑海里总是闪着小小的影子，她真的没事了吗？

小小还活着。一个活生生的小小好像已经离我们很远了，我甚至不记得她的模样了。想到这一点我的心尖微微地颤了一下，酸溜溜的。是的，她是一个不合群的女孩，她相貌平平，她我行我素，她神经兮兮，她让人心烦，她令人讨厌，但她大部分时间是安静的，与世无争的。如果，那天晚上，我早一点回来，我不弄出水声，我在她提出抗议的时候就息事宁人地离开洗澡间，悄悄地躺到床上去，那么，一切，一切的一切也许就不会发生。小小，我在心里暗暗地说了声，对不起啊，小小。

我回到宿舍，把小小活着，已经回家了的消息告诉青青和兰兰。青青和兰兰都显得很平静，她们说，活着就好。她活着我们就没事了。我想，大概是因为这事把大家搞得太累了的缘故吧。青青摸了摸小小的床铺，说，她怕是不会回来了，回来也不会和我们住在一起了。我说，我不喜欢再来一个新的。兰兰冷笑一声，谁还会来？谁还敢来？

我想也是。也好，剩下来的一年时间我们可以住得宽敞一些。

不久，我们便听说，我们系章书记要调走了，调到校办工厂去当书记。我说为什么？青青说，那还用说，出了这么大的事，他当书记的能没有一点责任？我想起他的外号，说，这一下他就更活得不像个人了。青青说，他会不会也去自杀，不像个人了，活着还有什么意思。我想象他从楼上跳下去的样子，情不自禁地抖了一下，说，不会吧，他吃的饭比小小吃的盐还多，他过的桥比小小走的路还多，他不会干这种蠢事。青青说，难说，他能比得上江青吗？我突然想到我的爷爷，便一声不吭了。

章书记调走后，我在校道上碰见毛彬，我说毛老师，怎么好几天不见了？他说，以后别再叫我老师，我和你一样是学生。我说别拿我们当学生的穷开心。他说，是真的，我已经考取了高教授的研究生。

2. 这事不怪我

自从小小出事以后，高教授对我特好，这一次，是他到省里为我争来的名额，特招。毛彬考研的事，早有所闻，只是以前听说，他连考了几年，都没考上，这一次，他倒因祸得福了。不过，我还是为他高兴。

那天我到姨妈家取钱，姨父说，学校里有什么新闻？我说，小小的事完结了。接着就把事情一件一件地对他说。他说，我就知道会有这样的结果。我说，你怎么就知道小小不会死？他说，只要当时没有断气，学校就会想尽一切办法让她活下来。以人为本嘛。我说姨父这事我总觉得怪怪的。好像与我无关，好像又不能说无关。我总是想着小小。姨父说可惜不知道小小当时是怎么想的。我说，大家都关心着她的日记，就是找不着。

有一天，我突然收到小小的弟弟李小一的电子邮件，我想我的地址一定是毛彬告诉他的。他说，姐姐还活着，我决定服侍她一辈子。姐姐还坚持每天写日记，只是她已经不能自己写了，她高位截瘫，除了脖子，其他地方都不能动。但她的嘴能说，她说我记。你很难想象，她的日记写得多好，多生动，她是一个天才。姐姐说，她以前的日记本就放在你的橱子里。她还说，你的橱子就是她的橱子，你就是她，另外一个她。

我十分震惊，连忙打开自己的橱子。果然，她的几本日记本都塞在我的一大堆衣服的后面。她是什么时候塞进去的，她怎么塞进去的？难道她偷了我的钥匙？或者是趁我洗澡的时候塞进去的？我这人做事总是大大咧咧的，有时开橱拿了衣服就进洗澡间，洗完澡才出来关橱子，不像青青她们，总是随手关橱。

但是，她为什么要这样做？她没有任何理由这样做啊。退一步说，她信任我，她真的把我当成她，可我毕竟不是她，她不能强加于人啊。

总不至于，她把她的日记本放到我的橱子里，我就变成了她！

青青和兰兰都不在，我把小小的日记本一字摆开，放在桌上。我指着日记本对着小小的床铺说，就当她像平时一样，坐在床沿，两只脚在我的蚊帐顶晃悠：

小小，你把你的日记本放在我这里，你是要向我敞开你的心扉，还是想把我这里当成一个避风港，躲开人们的追逐？不过，有一点你是看准了的，在我这里，你是安全的。

可是，既然你对我如此信任，你为什么会因为我的一句气话而跳楼呢，你这不是害我吗？也许你自己也没想到吧。

要解开这个谜，唯有阅读你的日记。

我对着小小那天蓝色的日记本出神。是的，全是天蓝色的，没有一本例外。小小为什么会在众多的颜色中选择天蓝色？我好像有点明白了，那是天空，那是宇宙，那是一个无比广阔无比深邃的空间，小小在那里自由地飞翔。我突发奇想，如果把小小的日记全部输入电脑，再把有史以来在中国大地上发生的所有自杀事件也输进去，然后按人物，事件，时间，地点，动机，过程，结果，进行分类，量化，排列，组合，分析，比较，归纳，演绎，然后写成一部书。有意思，有点意思。这一定是一部前无古人后无来者的旷世杰作。

我终于没打开小小的日记。我怕在小小的日记里看到一些人的真面目，我也怕看到小小赤裸裸的灵魂，我更怕看到小小眼中的我，看到一个小小认为和她一样的我。我想，这些日记本还是交给姨父吧，让它变成小说，变成一个真真假假，亦真亦假的艺术世界吧。

也许这会好一些。

当我把小小的日记本摆在姨父的书桌上时，姨父啊的一声，兴奋得脸颊发红。连声说怎么来的怎么来的。我说了它们的来历。姨父说了句真没想到,便不再吭声了。

姨父坐下来,伸手抚摸着小小的日记本,像平时抚摸我的头发那样温和,那样轻柔。他把日记本一本本地翻开又一本本地合上,最后说,巧巧,我们还是把日记本寄还给小小吧。尊重一个人,比窥视一个人更重要。

姨父说得有理,我庆幸没有看小小的日记。但我还是有一点担心,我说,姨父,小小说我和她一样,她把我当成她,你说,我会不会像她那样,也……我还没说完,姨妈就搂住我说,别胡思乱想,小小是小小,你是你。这事与你无关。

❸

纳米博

/ 一 /

纳米博是 A 州大学一位女博士的绰号，这位女博士姓金名小小，她得到这个绰号有两个原因，一是因为她叫小小，名字小，个子也小，小巧玲珑，很可爱；二是因为她是纳米专业的博士。

金小小毕业于北京某名牌大学，师从一位在国内很有名气的纳米专家。听说这位专家上个世纪 80 年代在美国留学，是美国一所十分知名的私立大学的博士，又听说，他毕业后在一个世界级的实验室工作了几年，颇有成果，于是这所大学要高薪聘他为终身教授，这薪高到让国内同行愤愤不平，但他谢绝了。他毅然回国。他的事迹曾经在一家大报刊登。那篇报告文学整整占据了当天报纸的一个版面，还配了几幅他的生活照。金小小正是看到这篇报告文学才决定报考他的博士生的。那个时候，金小小 A 大毕业，留校工作已经 10 年了，结了婚，还有一个 5 岁的女孩子。有一天，她觉得应该改变一下自己的生活，她就报名，就认真地去考，就考上了，于是她从东南边远的小城来到了北京，她就成了博士。

在别人看来，她的生活并没有改变的必要，她已经很幸福了，有一份固定的收入，有一个强壮的丈夫，有一个可爱的女儿。但是她总是觉得自己站在一个岔路口，她总是在岔路口徘徊。是这里还是那里，是这样还是那样？她常常从这样的梦境中醒来：在黑色的旷野中，在沟壑四横乌云密布的山谷里，在阴暗的野兽乱窜的森林里，她独自行走。她这里走走，那里看看，她不知道自己要去哪儿，要往哪里走。她找不到出路。她呼喊，她哭泣，她在自己的呼喊和哭泣中醒来。强壮的丈夫抱着她，说又怎么啦？她为自己的彷徨而羞愧。说，没什么，只是一个梦。她的丈夫便起来，给她拿了一粒安眠药，倒了一杯开水，说吃下去。她不想吃，可她还是乖乖地吃了下去，像一个听话的小女孩。

金小小的丈夫叫刘根木，是个汽车司机，和金小小的小巧玲珑正好相反，他人高马大，抱小小就像抱一个小女孩。

那一天，她是在吃了一粒安眠药，睡了一个好觉，醒来之后决定考博的。这已经是 10 年前的事了。她现在是博士是副教授，而且快要当正教授了，因为她已经在国家级学术刊物上发表了 6 篇很有分量的论文，其中有 4 篇被 SCI 和 CI 收录，还有一篇经常被引用。在圈子内，已经相当知名了。她的导师常常提到她，并用她的成绩来教育其他的博士生，也就是她的师弟师妹们。

不幸的是，她最近又常常做梦，做在旷野里，在山谷里，在森林里独自行走的梦。她问自己，难道我还想改变自己的生活？我的生活还有什么好改变的？

金小小的生活很幸福，无忧无虑。金小小在家里不管事，大事小事都让他的丈夫刘根木管着。金小小到北京读书，他说不上高兴，也说不上不高兴，反正小孩放在老家，由他的母亲带着，金小小的工资一分也没少，他开他的车，挣他的钱，自由自在。还省了他不少心，她在家里，他还得照顾她，做饭洗衣打扫卫生，全靠他。她走了，他省心。就是在有些时候，他特别想她，想得厉害的时候，他就花钱找小姐，把憋在体内的荷尔蒙利比多什么的释放到小姐那。找了小姐之后他就不怎么想她了，他觉得自己有点流氓有点可耻有点畜生有点对不起娇小可爱的老婆，就给她打电话，问她要不要吃家乡的萝卜干炒鸡蛋。

　　他老家在山区，山高水冷，没有什么好，就这萝卜比别人好，一条条萝卜种出来和大拇指一般大，像一根根上好的人参，白里透绿，放在阳光下，能看出玉石一样的纹路。冬天，一层盐一层萝卜放在瓮里腌，把瓮口封死，第二年秋天打开来，清香四溢，抓一条放在嘴里咬，咔嚓一声响，口水就流了出来。那个香，那个脆，没法说。再用鸡蛋一炒，那就是神仙菜了。不过那个时候，没人拿鸡蛋来炒着吃，不是人们不懂得吃，是舍不得。一个鸡蛋能换半斤盐，两个鸡蛋能换一条印花手巾。要是有人随随便便把鸡蛋炒来吃，人们就会说他是个讨债鬼。她喜欢吃他老家的萝卜干炒鸡蛋，这个爱好是十几年前就有了的，那个时候她高中毕业，到他的老家上山下乡，插队落户，就住在他的家里，第一天中午，他的母亲就用萝卜干炒鸡蛋给她配饭。她从此喜欢上这道菜，喜欢上这个家。她还喜欢喝甜的黄花鱼汤。这道菜高级一点，奢侈一点，要在家里做着吃，他没说。

　　她在电话里哭了，哭得很伤心，说她不但想吃萝卜干炒鸡蛋，还想躲在他宽阔的怀里睡懒觉。于是他回家拿了一瓮萝卜干，就找了一车到北京的货，把汽车开到北京城。他再给她打电话，她不哭了，她说她在导师的家里，师母请她吃涮羊肉。他说不吃涮羊肉，吃萝卜炒蛋。她惊喜道，你在哪里，他说就在你们校门口。她对师母说，我得走了，我不吃了，我有急事。她到校门口，他果然在那里等她。

他到北京城外，他的车进不了城，他在城外租了间房，做好了萝卜干炒蛋，然后打的到她们学校。她跟他回到他们临时的家。他们先在萝卜干炒蛋特有的香味中做爱，迫不及待，争先恐后，热火朝天。然后才吃饭。就一盘萝卜干炒蛋，她津津有味地吃了3大碗稀饭。然后就躲在他的怀里睡着了。

他们住的那间房子是农民的房子。房东很热情。他们在那里住了半个月，她才依依不舍地把他打发回去，他不回去不行，她读不了书，而且越来越懒。再住下去她的博士学位就泡汤了。于是他就回来。过一阵子，他憋不住了，又去找小姐，找完了小姐又很内疚地给她打电话，问她要不要吃萝卜干炒蛋，她又在电话里哭，他又带一瓮萝卜干和一车货上北京城，租一间农民的房子住半个月。这样来回几次，她也就毕业了。

在家里，金小小万事不管，不知道米一斤多少钱，菜一斤多少钱，肉一斤多少钱，鱼一斤多少钱。有一次，她穿一条新的连衣裙上课，女同事们看到，都说好看，款式新颖，布质柔软，哪里买的，多少钱。她说不知道，是我老公买的，同事们都说，金老师哪辈子修的福啊，找这样的好老公，也帮我们找一个。她便笑，笑得很开心很满足。刘根木不止一次地说，她过的是饭来张口衣来伸手的地主资产阶级的生活。

其实，家里的事金小小不管，也管不了。因为从她挣钱的那个月开始，她就没有管过钱。她的工资全由她的丈夫刘根木管着。开头她感到有点别扭，但几个月下来就习惯了，而且乐得如此，因为，她所需要的，他全为她想到了，比她自己想得还周全。来月事了，她就到壁柜左边第三格去拿安尔乐，每个月都能拿到。要出差开会了，她提起旅行箱就走，里面应有尽有。刘根木当家。这个家好当。因为金小小是副教授，工资加岗位津贴什么的一个月好几千元，加上他自己的工资，日子就过得有点小康。他一般是这样安排生活的，他的工资管日常生活，老婆的工资管基本建设。

金小小博士毕业回来，她的工资存折多了 2000 元，第一个月刘根木没感觉，第二个月发现了，问，她说听说博士们都有，叫博士补贴。他于是很高兴，一个月 2000 元，一年就是 24000 元，10 年 24 万。这博士果然没有白读。为什么说万般皆下品，唯有读书高？高就高在这里。

她现在一个月的收入，是他的两三倍。当初她要去读大学，他还想不通，现在看来有点目光短浅，有点井底之蛙。还是母亲有眼力，说她是读书的料，就让她读吧，不读书，你只能养着她，养她一辈子，读了书，说不准她能养活你。当时他是怕她读了书，飞了。母亲说飞不了，她不是那种想飞就敢飞的人。母亲没文化，可她看问题很本质，能把人看到骨子里去。有了当时的大学，才有今天的博士。那个时候，她下乡在他家，他已经把她睡了，他们都要准备结婚了，她却突然说要去考大学。她家里没钱，她的父亲早就死了，她还有两个弟弟，她下乡之后，她母亲就没办法管她了，她在乡下的生活全靠他家照顾，要考大学，靠的当然也是他家的支持。

金小小果然不是一个忘恩负义的人，在大学里没有闹过风流韵事，留校任教之后的第一件事就是和他一起去领结婚证。几年后他们有了孩子，唯一不尽如人意的是女孩，要是男孩，就十全十美了。不过，刘根木想得开，时代不同了，男女都一样，她不是女的吗，她挣的钱不是比他多吗？

/ 二 /

有一天吃饭的时候，他问她，你到底读的是什么博士，这么值钱。她说是纳米。于是她给他解释什么是纳米技术。她说纳米技术是20世纪90年代出现的一门新兴技术。它是在0.10至100纳米，也就是10亿分之一米尺度的空间内，研究电子、原子和分子运动规律和特性的崭新技术。纳米技术运用相当广泛，比如，德国科学家最近研制出一种碳纳米材料，它的硬度超过钻石。美国科学家研究出一种纳米阀门，可以控制分子的进出。将来用它向细胞输送单个药分子，什么病都好治。

他说，这纳米到底有多大？她说，很小很小，肉眼根本看不见。他说，看不见不就没有了吗？她说，不是没有，是看不见。他说，扯淡，看不见就是没有，你就喜欢那种没有的东西，无影无迹的东西，在梦里想的东西，你永远长不大。她笑了起来。说，有很多事，你不懂。想是能想出许多东西来的，做梦也不是一件坏事。他说，你说怪不怪，就你喜欢的那些无影的东西，还能挣大钱。她说，没有什么大钱，一个月几千元算不得大钱。他说，人心不能太大，这样就足够了。我母亲常常说，知足常乐。我现在很快乐。她说，我也很快乐。

她这一说，他便激动起来，把她手上的筷子碗全拿下，并将她抱起来。她说你疯了，还没吃完饭哩。说着便挣扎着要下来。他不管不顾，把她抱到卧室，扔到床上，她一边扭着身子，一边笑着说，你真是疯了，越老越疯，把窗帘拉上。他不去拉窗帘，却抓住她的双脚，把她拉到床边，同时迅速地完成了他雄壮有力惊心动魄的挺进。她扭着身子，叫着。

她叫了一阵，不叫了，软绵绵地躺在那里，像一条死鱼。他把她抱到饭桌边，说，亲爱的小小呀，我们吃饭吧。她勾着他的脖子说，我要睡觉。他说来吧，我喂你。他把她放在大腿上，像喂3岁的小孩一样地喂她吃饭。

这时，他们家的门铃响了。他们家的门铃很好听。刘根木把她放下来，蹑手蹑脚地走到门边，从猫眼往外看。他看到一个男生的脸。他从背后朝她招手，她就跟过来，也从猫眼往外看。她在他的耳边小声说，他是来交作业的。说着就到里屋穿衣服。他冲着门外喊了声等一下，也跟着她进屋穿衣服。小男生在门口抖了抖身子，他被意外的喊声吓了一跳。

金小小穿好衣服走出来，开了门。男生在门口说，金老师好。她说进来吧。她穿着入时，动作优雅，声音柔美。还有她的脸，白里透红。此时的金小小，娇艳动人，无与伦比。那男生一时间手足无措，扭捏不前。她莞尔一笑，又说进来吧。男生机械地迈动双腿走进来，差一点被低低的门槛绊倒。他趔趄了一下，站住了。她"扑哧"一笑，说作业呢。他红了脸，双手把全班的作业呈上。刘根木接过作业。那个男生慌慌张张地说了声金老师我走了，就转身而去。

关门的时候，刘根木说，这个学生不地道。你得小心点。

丈夫的这句话很危险。过后她一直在回忆那个男生的神态，这种神态，她从来没有见过。她的丈夫不可能有，她的同事也从来没有。

她细细地品味这种神态，暗自得意。一个男学生，一个英俊潇洒的青年人，在她面前满脸通红，慌慌张张地跑了。丈夫称之为不地道。他不地道什么？他想干什么？她心跳起来。她从来没有过这样的心跳。她被她的丈夫娇惯得不懂得心跳，也不知道心跳的滋味。她现在心跳了。她害怕心跳，却十分迷恋心跳。

　　这个男生叫什么名字？她想不起来。她很少记住学生的名字。自从她嫁给刘根木，她就对外界的东西很少关心，她不需要关心。她只记得他是学习委员，不是本地人，因为有一次，她提问，他的回答是一口很流利动听的普通话，她记得她还问，你是哪里人？这样的问题让他很意外，他说是安徽，她还问，安徽哪里？他说是安庆。最近中央电视台戏剧频道总是在播安庆黄梅戏剧团的戏，因为那首"夫妻双双把家还"，搞得每个中国人都能哼几句，树上的鸟儿成双对，夫妻双双把家还。最近播的不是这出，好像是《孟丽君》，那是一出更古老的戏，只是知名度没有《天仙配》高。孟丽君是个奇女子，她为了寻找爱情女扮男装考中状元当了宰相医好了太后的怪病并把皇帝搞得神魂颠倒。谁说中国文学没有想象力？她就是看了这出戏触发了一个灵感，写了一篇论文，这篇论文有一家权威刊物已经通知要发表，还不收版面费。她的灵感都是在一些十分奇特的情况下发生的，那个风流皇帝想在御花园里把孟丽君灌醉，而孟小姐却偷偷地把酒泼在地上。就是她把酒泼到地上的那一刹那间，她来了灵感。碳纳米管，50微米，40微米，30微米，不，是0.5微米。她跳了起来，写她的论文去了。她对那个男生说你的话很好听，弄得全班同学哈哈大笑。她好像问了他的名字，可她没有记住。

　　就是这个她没有记住名字的小男生，让她第一次心跳。仿佛她的心中，她的血液中有另外一个金小小在向她呼唤，这个金小小比纳米还小，可她在某一个空间里，很有能量。她的呼声十分强烈，十分震撼，来啊，快来啊，金小小。她快乐地回答着，我就来，这就来。可是她不知道她要到哪里去。于是她很苦闷很彷徨。她不时地心跳，她每天都做梦。无休止地奔跑，无休止地断裂，无休止的迷茫，无休止的黑暗。

她总是在半夜醒来，在黑暗与清冷的包围中把自己缩成一团，往丈夫的怀里钻。刘根木半醒不醒，他把她的手抓过来，她仿佛听到来啊来啊的呼唤，她迷迷糊糊，她不明白这是另一种呼唤，她分不清，她实际上还没有完全醒。

刘根木忽地把她抱在身上，他把她像小孩一样地摇晃，上下左右，越来越凶猛，越来越剧烈，越来越残酷。她大叫，她癫狂，上天堂下地狱，死去活来。高潮过后是一片空虚。她依稀想起《红楼梦》里的一句话，好一片白茫茫大地，真干净。她在无边的空虚与孤独中哭泣。他还没有尽兴，翻过身把她压在身下。她说，求你了，别动。他说那就刀下留人，饶你不死。他最近看了许多武打片，学会不少台词。她就躲在丈夫的怀里睡着了。

金小小做爱喜欢叫。她的叫不是对快乐的反映，是对爱情空泛的呼唤。她渴望心灵相通的爱情，她的叫声实际上是对肉体快感的一种消解。她大叫之后躲在丈夫的怀里睡着了。她的潜意识告诉她，她什么也没找着。她因为害怕而把自己藏了起来。

因为害怕，金小小躲进了刘根木的怀里睡觉成了习惯，刘根木为此感到自豪。他不知道她真正要躲避的就是他。

/ 三 /

年逾不惑的女博士金小小渴望心跳。

金小小把那个小男生留下来,单独对他进行辅导。

太阳快要落山,实验室静悄悄的。实验楼的对面是一片小树林,树林后面是篮球场。有两个班级在比赛篮球,助威声时起时落。仿佛置身于海边聆听那时起时落的潮声,梦幻一般,童话一般。

金小小的那件连衣裙的领口开得很低,她知道她低头的时候,那个安徽的小男生就能看到她深深的乳沟。她不时地在他的面前低头示范。她手把手地教他。这样,就这样。小男生在她的胸前发抖。她对自己的心说,跳啊,跳啊,快跳啊。

可她没有心跳。

那一天,不是小男生的脸红让她心跳,是丈夫的那句话,这个学生不地道,你得小心点,让她心跳。他不地道,他要干什么,他什么也没干。他不敢。她柔柔地说,你叫什么名字啊?

刘根木早早地收车回家。

自从妻子从北京回来,他就不开货车了,开货车太累,你想人坐在前面,后面拖着一个8吨重的车厢到处跑,累不累?而且现在货车越跑越远,广州深圳上海南京,一个来回七八天八九天,让人受不了。受不了的不单是累,还有那体内的需要。他身体好,一天下来,嘴里喊累啊真累,可是在澡堂里泡一下,灌几瓶啤酒,呼噜呼噜睡一觉,半夜醒来,便有了那种需要,那东西硬邦邦的,没有女人真难受。他不想跑长途，他要守在老婆身边，为她洗衣为她做饭，每天抱着她睡觉。他现在开的是出租车，自己的车，什么时候开什么时候收，全由他自己掌握。

他上市场买了老婆喜欢吃的黄花鱼和自己喜欢吃的牛肉，顺便在楼下的小店里抱了一箱啤酒。他回到家时太阳还没落山，屋子里亮堂堂的。他喜欢黄昏，因为黄昏和他的快乐比较接近。除了萝卜干炒鸡蛋，老婆还喜欢吃甜的黄花鱼汤，这是坐月子养成的习惯。本地女人坐月子要吃甜，什么东西都放红糖。他喜欢吃牛肉当归汤，这东西滋补壮阳。他做了饭做了菜做了汤，老婆还没回来。

刘根木看过压在玻璃板下的课程表，知道她今天上实验课。实验课没个准，有时早有时晚，要看实验的情况而定。他做完了饭菜，就坐下来泡茶，等老婆归来。这是他一天中最清闲的时候。他喝茶，不抽烟，原来抽，后来戒了，就是老婆的一句话。那个时候她怀着他们的女儿，她说怕烟味，一闻到烟味就恶心。她的话还没说完，他就把烟头在烟灰缸里揿灭，从此结束了十几年的烟史。老婆没有让他戒茶，茶是好东西，她也喜欢喝一点。他喝茶有点讲究，有一套好茶具，紫砂壶，喝的全是云雾寻香，这是来自他的家乡的本地名茶，喝起来比安溪的铁观音还顺还香。

老婆的所有活动都在他的掌握之中。其实她除了上课，没有其他活动，她不是喜欢到处乱走的人，她没有朋友，她和同事也没什么来往，这倒不是她为人特别寡合，只是老师们都互不来往，各干各的，表面上客客气气，骨子里互相瞧不起。谁谁发了一篇论文，谁谁拿了一个科研项目，便私下里愤愤不平。那论文其实是东拼西凑的东西，付了多少版面费，那项目其实是走后门拿来的，花了多少钱。金小小

3. 纳米博

从不说别人，别人也不说她。她靠真本事吃饭。

对 A 州大学校园里的情况，刘根木的了解比老婆多得多。他和门房的老头，和实验室的清洁工，和图书馆的勤杂工，甚至和花工水工电工全熟悉。当然，他最熟的还是学校车队的驾驶员。他们有共同语言，一拍即合。在这些司机当中，校党委书记的司机和他最哥们儿。他们的友谊是在骂交警骂腐败的骂声中建立起来的，所以有点铁。有了这样的信息网，刘根木什么不知道？他甚至知道金小小的顶头上司、化学系主任白教授的一个不可告人的秘密。别看这小子是名牌大学的博士，和他一样，嫖过娼。那是几年前的一个夏天，他到武汉参加学术会议期间。被扫黄扫到了，这小子还强辩，说是他的学生。有学生学到老师的床上去的吗？不但罚了钱，还让学校保人。真丢人，斯文扫地，腐败堕落。这事学校只有几个主要头头知道。可是天下没有不透风的墙。他刘根木不是知道了吗？学校保他，因为他是博士是教授，是学校的宝贝。书记的司机说，学校的教授博士不多，所以物以稀为贵。要是学校的教授博士多了，这小子准要倒霉。这小子在学校里神气得很，走路脸朝天。有一次路上遇见，他想和他打招呼，他居然假装没看见。他对老婆说，那个姓白的不是好东西，你不用怕他，他要是敢惹你，我让他不好看。他没有把他的丑事告诉老婆，这种事不能说，有副作用。

刘根木泡了 3 遍茶，还不见老婆的身影。他的心里有点乱糟糟的。他不知道这种乱糟糟的感觉意味着什么。他突然想起电视剧里的一句台词，那是一个女侠，她坐在江边看月亮，她很漂亮，在他看来，她的长相有点像他的老婆，小、巧、娇、柔，有味。她自言自语地说，心烦意乱的，无缘无故的心烦意乱，一定有什么事要发生。

这样想着，刘根木的左眼皮子跳了一下，他知道男左女右，不是好兆头。他打电话回老家，是女儿接的电话，一切正常。难道会是她。实验室里出了什么事？他打她的手机，手机关了。他跳了起来。

　　刘根木在实验楼前的路上碰到那个小男生，那个到家里来送作业、慌慌张张、心怀鬼胎的学生。他叫住他，喂，看到你们金老师了吗？那个学生站在他面前发抖，满脸通红。果然有事。他的拳头捏得紧紧的，但他还是忍住了。他知道打学生要犯大错。这还得感谢那个书记的司机，那个司机告诉他，现在最怕的不是学生不读书，是学生出事，学生一出事，书记就睡不着。刘根木知道校党委书记是正厅级干部，让如此高级的领导干部睡不着，一定事关重大。他扔下这个学生跑上了楼。

　　实验室的女工在清理实验用品。金小小背向大门站在窗前。刘根木松了一口气。从现场情况判断，案情并不严重。最少还有一个第三者。有了第3个人，就什么严重的情况都不会发生。那个清洁女工朝他笑了笑，说，接金老师来了。真是让人羡慕啊。他走到窗前对老婆说，这么晚了，还不回家。萝卜干炒鸡蛋早做好了，鱼汤也凉了。

　　天果然已经晚了，树林变暗了，篮球赛结束了。晚风习习，吹拂着她的刘海。面对这美好的夜色，金小小一脸忧郁。清洁女工又说，金老师，你是哪辈子修来的福分，摊到这样一个好老公啊。刘根木很优雅地挽着妻子的胳膊，很有礼貌地对女工说，那我们就先走了。

　　校道上熙熙攘攘。吃过晚饭的学生们三五成群，叽叽喳喳。有的夹着书，有的空着手，男生傻里傻气，女生花枝招展。其间，刘根木还注意到，有几对男生女生，搂腰搭肩，说说笑笑。刘根木说了句，成何体统。这也是他从电视剧里学来的台词，显得有点正统有点老气横秋。

有学生和金小小打招呼,说金老师好。刘根木很高兴,替金小小说,你们好。他没有看到那个倒霉的小男生。他想,他如果出现在他们的面前,他也要说一声,你好。在这些大学生面前,他要让自己变得很有风度。谁让他是博士的老公呢?正如书记的司机所说的,在A州地面上,就那么几十个博士,而且大都集中在A州大学,你家老婆是那几十个之一,而这几十个当中,女博士不到5个,你家老婆又是这5个之一。你行啊,根木。风水好啊,根木。重视人才重视知识啊,根木。物以稀为贵啊,根木。妻荣夫贵啊,根木。他不能给老婆丢脸。

刘根木对老婆很疼爱也很崇拜。疼爱在行动上,时时表现,崇拜在心里不说,嘴里只说她傻,除了她的纳米,她懂什么?但他明白,凡是他懂的,老婆都能学会。而老婆懂的,他一辈子也学不会。这纳米就让他很纳闷,那么小,看不见。不就是没有了吗?但他悟性高。那天擦桌子的时候,他看到一只昆虫,极小的,比细细的红蚂蚁还小,却跑得很快,他按了好几次,才把它按死,它的死尸是一个看不大清楚的小黑点。它跑这么快,它有许多腿,可是他看不见。老婆说看不见的不等于没有。世界上一定有许多,许许多多看不见的东西,它们有很大的能量。老婆研究的正是这些东西。伟大啊,了不起啊。

而如此伟大了不起的女人却每天都躲在他的怀里睡觉,每天都让他弄得哇哇叫。他感到很自豪。他不能不自豪,这女人是他的,从头到脚,彻头彻尾,全属于他。如今,在本州最高学府的大道上,她小鸟依人似的依偎着他,仿佛一个不谙世事的小女生。那些所谓天之骄子的大学生,要毕恭毕敬地叫她老师。又有人叫金老师好,他大声地说,同学们好。

回到家里，金小小坐在沙发上等吃饭。她打开电视，不停地按遥控器。她心烦意乱，从来没有这么沮丧。刘根木把汤热了，把饭盛了，说，小小，吃饭吧。她说，我不吃。不吃怎么行，我想你是太饿了，饿过了头，就不想吃饭。他走过来拉她的手，她不动。他索性就弯下腰，一手上一手下，将她抱过来。吃，这是你喜欢的甜汤，黄花鱼很新鲜，你喝喝看。她还是不动汤匙。他说，不吃我可要生气了。他的脸色有点不好，她就吃了。

/ 四 /

金小小她有点怕丈夫生气。

其实刘根木也并不是一般人，他当过兵，当年是他们那个大队的民兵营长。她记得下乡几个月后的一天上午，那是一个很安静很美好的上午，阳光懒洋洋地照着院子，院子里有一棵龙眼树。她的女房东欢天喜地地在龙眼树下杀鸡，她买了肉，买了鱼，她杀鸡，她还要杀鸭。她说，儿子要回来了。她知道她有一个儿子在部队当兵，每年都评"五好战士"，还当了班长。他的照片就挂在她家大厅的墙上。那墙上正中是毛主席的像，毛主席的下边就是他的照片和奖状。看照片他很神气，绿军装绿军帽，红五星下面是一张国字脸，浓眉大嘴，只是眼睛有点小。可以想象出，是一个高大威猛的军人。

他果然是一个十分强壮的男人。他一回来就当上了大队党支部委员、民兵营长。他经常到公社开会，还到县里出席过一次党代会。他对女民兵们讲话一套接一套，前面都是毛主席语录。那个时候的农村叫大队，每个大队都有一个民兵营。备战备荒为人民。他们大队民兵营下设3个连，其中一个是女民兵连。金小小是女民兵连里的一个普通战士。当民兵金小小很不怎么样，娇娇小小文文弱弱的金小小每次训练都要拖全连的后腿，而且闹出许多笑话，严格地说，她连扛枪的动作都不合格，就更不用说摸爬滚打了。但她歌唱得好。在刘根木教大家唱我是一个兵的同时，金小小教会了女民兵连唱毛主席的那首七绝，为女民兵题照。飒爽英姿五尺枪，曙光初照演兵场。中华儿女多奇志，不爱红装爱武装。

那个时候女民兵当中有不少偷偷地爱上营长的，可是不久她们便自动退出了，因为营长的母亲放出风声，这个娇弱可爱的城里姑娘，很快就要成为她的儿媳妇了。

在很久以前，他对她发过一次脾气，甩过她一次耳光。他的手掌印在她的脸颊上，几天不散。她不知道他为什么发那么大的火。他们新婚燕尔，他的一个叔伯兄弟来找他他不在，他就留下来等他。他们说说笑笑，她也记不清说了些什么。她不知道他早回来了。他走之后他就甩了她一个耳光，她的脸上热辣辣的，不知道自己犯了什么错。他骂她贱。那个时候她有一种寄人篱下的自卑感，一直到现在，她都有这种感觉。这个家从来就不是她的，是她丈夫的，她也是他的。所以他一生气她就害怕。尽管自从那次之后，他再也没有打过她。尽管那天晚上，他用无数的忏悔和抚爱来安慰她，那种肉体疼痛的感觉一直留在她的心里。

他其实没有生气。他也不知道她有点怕他，他早就把那个耳光忘得一干二净了。他是一个强者，他体格健壮，精力充沛，他能让一个女人快活。在他看来，这是最根本的。不能让女人快乐的男人不是真正的男人。他是一个真正的男人，每个女人都需要真正的男人。

吃过饭，金小小把碗筷一放，就到她的书房里去了。刘根木拿了热毛巾，让她擦嘴，又把一杯云雾寻香放到她的书桌上，然后把门关上。这个时候的金小小，神圣不可侵犯。

刘根木收拾好东西，打开电视，叭叭转到本地三套文化频道，那里正在热播《鹿鼎记》。

一个在里面折腾纳米，一个在外面欣赏金庸。和谐美满，既合时代潮流，又利于振兴中华。

金小小刚刚经历了一次可怕的失败。她渴望心跳，她没有心跳。那个安徽的小男生在她的面前发抖，她没有心跳，她柔柔地说，你叫什么名字啊，也没有心跳。那个小男生突然抱住她，把湿润的嘴唇贴在她裸露的胸脯上，她还是没有心跳。她对自己很失望。

她要的不是他。他是她的上帝。不是说上帝在这里关了门，在那里开了窗。他把她现实生活的大门关了，他给她开了一个窗。她在这个窗里看到另一片天空，一个陌生的让人心跳的世界，可是这个世界里没有她。

那个小男生发疯一样地吻她，当他把她的乳头含在嘴里，拼命地吮吸时，她的心跳了。然而，在心跳的同时，她感到无聊，无聊极了。她知道，这不是她所渴望的那种心跳，这是肉体本能的反应不是心灵撞击的激荡。他和她的丈夫没什么两样。她推开他，平静地说，好了，到此为止。

那个安徽的小男生满脸通红地站在那里，不知所措。她说，你走吧。他便头也不回地逃出实验室，像一只受了惊吓的小老鼠。她听到一阵慌乱的跌跌撞撞的楼梯声。也许他和她丈夫的区别只是在这里。

她迅速地整理好自己的衣服，站到窗前。树林那边哗地一阵欢呼，散了。沉寂了。一阵乌鸦呱呱呱地叫着,越过楼顶,飞入树林。很久没有听到乌鸦叫了。小时候母亲说,听乌鸦叫,要喊跟你去跟你去,意思是倒霉运让你一起带走。她没喊,喊不出来,她已经不是小孩了。按以前的说法,她已过了不惑之年,虽然她并不觉得自己老。她从外表到内心都不老,她知道。她在丈夫的怀里撒娇的时候,她在丈夫的眼睛里看到的,是一个千娇百媚活泼可爱的纤纤少女的影子。她没有像小孩一样地喊,跟你去跟你去。她眼睁睁地看着乌鸦从她的面前飞过,落到林子里。她的厄运来了。

那个安徽小男生不会有什么事吧?这可怜的家伙。是她引诱了他。他没有错,没有。这事不能让任何人知道,她必须保护他。她刚才应该对他好一点,温柔一点。她太自私了,她甚至还记不住他的名字。她不是生他的气,她是生自己的气。她对自己太失望了。

金小小的书桌上摆着一本最新的美国化学杂志,这是一本在世界很有声望很有权威的化学杂志,系里花几千美金订了这本杂志。这又是一本很专业的杂志,实际上这本杂志只有她一个人在阅读。听说,在中国大陆,能看懂这本杂志的不上 100 人。她看得懂,不但看得懂而且很喜欢。这个杂志曾经向她约过稿。她还没有写,她必须准备好了才动笔。她不能随便写,她不能像她系里的那些教授们,动不动就是一篇。几个月来,她一直都在研究这本杂志,这里有她这个方向最前沿的资信,她喜欢把信息叫资信,这是一个台湾同行的说法。在一些问题上,她的确像一个小孩,喜欢新鲜。这也是她的导师,那个在国内十分知名的纳米专家喜欢她的原因。他说,一个童稚的纯真,是一切创新的基础。她的导师写得一手好诗,不是现代诗是古诗,他会背诵几百首唐诗。他总是对她说,你最缺少的不是化学,是文学。对于他的批评,她总是报以天真无邪的微笑。导师说过,这微笑可以抵得上100首唐诗。

在这样一个美好和谐的夜晚,面对这样一本美轮美奂的杂志,金小小一个字也没读进去。不知道过了多少时间,也许是金庸的电视剧已经演完了,刘根木轻轻地打开书房的房门,走了进来。小小,累了吧,吃个苹果吧。他已经把苹果削好了,切成一块一块放在盘子里,并在上面插了几根牙签。

刘根木削苹果有独到的功夫,把水果刀放在苹果上方,用中指不停地拨动苹果,随着苹果的旋转,苹果皮便在刀上延伸。一眨眼,他的左手是削好的苹果,右手是一条长长的苹果皮。这把戏看来简单,可她怎么也学不会,断了皮不说,还会割破手指。几次失败之后,她就不学了。

金小小吃苹果的时候,刘根木开始为她收拾书桌。他十分小心地把那些书和杂志合上摆好。他对那些他称之为"豆牙钩"的外国文字有一种发自内心的敬畏。这敬畏是因为他一个字也看不懂。中国人对高不可攀的东西历来心怀敬畏。子曰,君子三畏,畏天命,畏大人,畏圣人之言。后来又加上畏洋人畏洋文。在这一点上,刘根木很文化也很传统。他又很机智很灵活,他把这种敬畏转化成对老婆发自内心的疼惜。

金小小吃了苹果,说,我要洗澡。刘根木说,水放好了,去洗吧。金小小就去洗澡。洗了澡,刘根木就把她抱到床上,她就乖乖地躺在那里。他忍不住亲了一下她,嘻嘻笑了一下,转身走进卫生间。卫生间的水哗啦啦地响着。他在洗澡。她看着自己光滑细腻洁白的裸体,突然感到很羞耻。她其实和妓女没有什么两样。她是他固定的娼妓,他是她永远的嫖客。如此而已。

　　他们的关系，是在那个遥远的夏天确定下来的。在遥远的山村，作为一个上山下乡的女知青，她孤苦伶仃，无依无靠。他的母亲待她很好，知冷知热，无微不至。他高大强壮，威猛有力。他见过世面，能讲很多有趣的故事，全是在部队里道听途说加上他的胡编乱造，可在那个特殊的年代，这些故事很新鲜，让她很着迷。那是个夏收夏种的大忙季节，整天割稻子，把她割得腰酸背痛，吃饭时，连筷子都提不起来。他母亲对生产队长说，人家是城里姑娘，不能和本村的一般看待。队长分配她抱稻子。抱稻子就是把人们割成一堆一堆的稻子抱到谷桶边，让打谷的男人打。她正好给他当下手，她抱，他打。她发现，他打得很欢。按理说他是大队干部，可以想法子不直接参加劳动而工分照记。大队其他干部就是这样干的，他们视察各生产队夏收进度，在大队部开会，到公社开会。他不，一方面，他从部队回来，还保持着人民军队官兵一致的优良传统，另一方面，他喜欢劳动，因为体力劳动能充分体现他的优势。同是打谷子，别人一般要打五六次才能使稻谷脱干净，他只用3次，最多4次。他打过的稻草经得起人们的检查，几乎到了颗粒归桶的程度。他因此得到党支书的多次表扬，不愧是"五好战士"。他赤膊，短裤，头上戴一顶斗笠。他的肌肉很发达，结实发亮。他的身上还有一股男人的汗酸味。不知是谁说了句，你们看那小两口干得多欢！他们的对面，是一对新婚夫妇，女的打下手抱稻子，男的打谷。也不知道说的是哪一对，人们便起哄。队长说，两对比赛，看谁打得多，看谁打得快。刘根木说比就比。她也说比就比，谁怕谁呀。她说着就红了脸，这等于她在大庭广众之下承认了他们的特殊关系。那天晚上，就在她的房间里，他把她变成一个女人。他很粗暴，她流了很多血。这血让他的母亲欢呼雀跃，因为这血解除了她对这个城市姑娘最后的担忧，她是一个处女。

金小小从来没有认真想过他们的夫妻关系。今天的发现让她很震惊。这个晚上，丈夫要和她做爱她死活不肯。金小小的反抗让刘根木感到很新鲜很刺激很够味。他的力气很大，她根本不是他的对手。他进入她的身体时她第一次没有叫。她不但没有叫，她还哭，泪水从她的眼角流下来，把枕头都渍湿了。

可怜的刘根木毫无察觉，他完全沉浸在自己的快乐之中。他从来就是一个胜利者，占领者，拥有者。侵略者一般不怎么计较占领的是一片什么样的土地。刘根木带着满足的微笑进入了梦乡。

表面上，他们的生活没什么变化。只是金小小夜里常做噩梦，噩梦醒来就心跳。不是她希望的那种心跳，是心慌心悸。心吊在空中摇晃，没着没落。有一天半夜，金小小的心晃得厉害，口干舌燥，大汗淋漓。她觉得自己的心快跳不起来了，就要死了，于是她就哭了出来。丈夫被她的哭声吓醒。怎么回事？她说她要死了。丈夫反倒笑了起来，说，没灾没病，哪有那么快就死。他摸了摸她的身子，果然出了一身冷汗。又做梦了吧。他起来，给她倒了一杯水，并在水里放了糖。喝了就没事了。她就乖乖地把糖水喝了，果然好多了。丈夫就把她的湿衣服脱下来，拿毛巾来擦她的身子，擦着擦着就想要她，她没反抗，由他摆布。她不是不想反抗，她没力气反抗。

/ 五 /

有一天，刘根木在《A 州电视报》上看到一则广告，一家名为环宇纳米纺织科技发展有限公司的公司要聘请一位纳米专家当顾问，顾问费 12 万元一年。刘根木把广告拿给老婆看。金小小的心动了一下。她知道纳米技术运用还有一段很长的路要走，她也知道，纳米器件研制水平和应用程度是一个国家是否进入纳米时代的重要标志。她还知道学校提倡老师与企业联手搞开发，一是可以为学校创造经济效益，二是可以提高学校的知名度和影响力，有利于学校规模的扩大。她自己也想在这方面有所作为。但她不相信本地有这样的企业。她说，这种公司只能在北京上海深圳。刘根木说，管他真假，一年 12 万。顾问，顾问，有顾才问，不顾不问。不拿白不拿。她说本市没有这种能力。他说就是因为没有能力人家才登报找专家，才舍得拿钱。再说了，我们正需要钱。他们的女儿要上重点中学，他母亲来电话，学校要赞助费 5 万元。金小小还是拿不定主意，要不你先去找找，看看这家公司在哪里。他说，这不是写在报纸上，新华中路 888 号，金穗大厦。你先去看一下嘛。他想，也是，如今骗子很多，不看看心里不踏实。

金小小去上课，刘根木把家里收拾一下，便开车出门。他是出租司机，他知道金穗大厦，但他没听说过环宇公司。金穗大厦是本市最高楼，38 层。三八是本地的一句骂人的话，这句话专骂女人。三八，就是神经兮兮，疯疯癫癫的女人。所以这座大楼便有一个外号，叫三八大厦。刘根木想，冲着这个名字，本地人不会在这座大厦开公司，这家公司一定是外地人开的。他在大楼下面十几块金字大招牌里，果然看到一块写着 A 州环宇纳米纺织科技发展有限公司的招牌，金底红字，很惹眼。

环宇公司在第 38 层，占据着东边的半层楼，几十个房间。刘根木从电梯出来，就有两位靓丽的小姐同时对他说，先生你好。他点了点头，拉了拉领子，挺了挺身子。有一刹那间，他有点底气不足，可想到老婆是博士，他的腰杆子就硬了起来。他认真地看了一下站在电梯边的两个小姐，一个眼睛大一些，一个眼睛小一些，但眼睛小的那个脸上有酒窝。脸上有酒窝的小姐说，请问先生您找谁？他说环宇公司。于是她便在前面领路，拐弯进了一间房间。那房间很气派，桌子很大，桌子后面坐着的也是一位小姐。带路的小姐做了一个就是这里的手势，走了。他走进去，对坐着的小姐说，我找总经理。那小姐微笑地说，您有预约吗？他愣了一下，这小姐好像在哪里见过。什么预约？她说，就是预先约定。他说没有。她说对不起，有什么事可以先和我说。他想了想，拿出电视报，指着广告说，这是你们的广告吗？我是来应聘的。您是纳米专家？小姐站了起来。不，我老婆是，我先来看看。小姐笑了起来，说，请稍候。小姐穿过长长的走廊，在另一个拐弯处消失了。

刘根木坐在沙发上，架起二郎腿。他想起来了，这位小姐长得有点像他以前找过的一个小姐。当然不可能是那个婊子。他环视了一下这个房间，伸手摸了摸沙发边上的发财树，真的，不是塑料做的。他又摸了摸花盆里的小石子，一块块小石子白得十分灵巧十分可爱。这家公司有实力。我老婆在这里当顾问，派头。这样想着，就更加觉得老婆的可爱。因为有了她，他也跟着派头了不少。小姐回来，对他说，

3. 纳米博

我们李总有请,请跟我来。

总经理很英俊很有风度。他开门见山地说,听说您的夫人是一位纳米专家。他说是的,她是纳米博士,他说出了她毕业的大学和她导师的名字。并且说她现在是 A 州大学的副教授,不久就会升教授。李总说,没想到没想到,A 州有这样的专家。能见见她吗?现在?就现在。刘根木看了一下手机上的时间,想必她已经下课回家了。那就走吧,他说。小姐说,李总,我也去吗?去。他们下了楼。刘根木说,李总坐我的车。李总说,好啊,你有车。他指了一下停在路边的出租车。本地的出租车全是黄色的。小姐说李总还是坐我们自己的车吧。李总笑了笑。刘根木尴尬地说,也好,我前面带路。小姐开出来的是一辆黑色的奔驰。这更增加了刘根木对这家公司的信任。

刘根木按响了自家的门铃,开门的是金小小。她没有注意到他身后的客人,她开了门就准备转身回到她的书房。丈夫叫住她,说,我把环宇的总经理给你带来了。李总上前一步,很有礼貌地说,事先没有预约,冒昧打扰,实在对不起。同时递上自己的名片。金小小接过名片,说,对不起,我没有名片。姓金,叫小小,是 A 州大学化学系的老师。站在后面的小姐说,金老师您好。金小小笑了笑,说,小姐贵姓。她说,免贵姓毕,毕晓雪,您就叫我小毕,是李总的秘书。金小小的眼光扫了一下名片,知道这位李总叫李亮一。刘根木说,坐坐,都请坐。说着他就去烧水泡茶。坐定之后,李总说,金老师好面熟啊,我们像在哪里见过。金小小这才认真地看了一下这位李总经理,也觉得好像在哪里见过,但想不起来。金小小说,李总的公司是搞纳米的?李总说,严格地说,是想搞纳米的。金小小想,果然是骗人的。

李总说,金老师一定在想,骗人,一个大骗子,是吗?不不,我没这么说。金小小有点不好意思。李总呵呵一笑,金老师是个老实人,不会撒谎。金小小脸红了一下,说,如今国内国外,有一股纳米热,大家都想搞,可以理解。李总说,我就是冲着这一点来的。要是金老师信得过我,我们一起来创业。金小小一脸困惑。

李总说,金老师,我是学中文的,毕业于上个世纪 80 年代的北大中文系,当过报社记者,杂志编辑,写过诗。她偷偷地看了他一下,果然有点李白的风度。有一天,我看到一张图片,那实际上是一幅黑白照片,斜斜的一座高楼占据了半个画面。我突发奇想,我应该去盖房子。于是我就下海,从泥水匠包工头做起。毕小姐插话说,我们李总是一位很成功的房地产开发商,个人资产超过 10 亿元。李总摆了摆手,不让她说下去。最近,我在报纸上看到这样一句话:"可以想象我们的电视机、电脑可以又薄又软,像纸一样地卷起来带着走吗?纳米技术的发展将使这一设想成为现实。"我又突发奇想,我应该去搞纳米。

刘根木泡了茶,一人面前放一杯。毕小姐说谢谢,李总用两只手指在自己的杯前轻轻地点了两下,表示谢谢。这是本地的习惯。他的目光锁定金小小,无暇他顾。

金小小说,为什么是纺织?李总说,我想这要简单些,而且市场更为广阔。我没想到的是,我能遇见一位女博士,那就更对胃口了。试想,在淅淅沥沥的雨中,身着纳米衣服的女士太太小姐们从从容容地在大街上散步,那是一道多么亮丽的风景啊。不是说,经过纳米技术处理的衣服能防水吗?

金小小说,李总真是个诗人啊。说这话的时候,金小小的心跳了一下,脸红了一下。她已经决定和他一起创业了。

李总说,就本质而言,世界就是一首诗。人生也是一首诗。金小

3. 纳米博

小的心又跳了一下。她说,李总不愧是北大中文系的,出口成章。李总说,这么说,金老师同意合作了?金小小郑重地点了点头。

一切都由你来设计来指导,我来投资,李总说。金小小说,我不懂纺织。李总说,我已经把本地的一家很现代化的纺织厂买下来了。毕小姐说,金老师就负责纳米技术的处理。不管布的事,金老师做的是锦上添花。

刘根木说,如果是这样的话,那就不是简单的顾问了。李总说,刘师傅说得对,不是顾问是总工程师,年薪36万。如何?

刘根木不敢相信自己的耳朵,张嘴说不出话来。金小小说,不不,李总,你还没看看我行不行呢。从实验室到车间生产,是一个过程,而且谁也不敢保证能成功。李总说,一年不行两年,两年不行三年,你会成功的。金小小指着自己的鼻子,我会成功,你就这么肯定?李总说,肯定。我向毛主席保证,你一定行。

金小小笑了起来。李总说,不好意思,用了一句过去的语言。金小小说,我喜欢。她的心跳得更快,脸也更红了。

送走李总和毕小姐,刘根木说年薪36万,不会是骗人的吧?金小小说不会。刘根木说这姓李的是不是个江湖骗子。金小小说,他要骗我们什么?他又没拿我们的任何东西。最多不给钱。我无所谓。刘根木想想,也对。我们什么也没少。金小小说,我还是先给导师写一封信。说着便进了她的书房,打开电脑。

36万,36万,要真一年有36万怎么花?刘根木自言自语地说,他呷了一口茶,顺手抓起压在屁股下的电视报,对,买房子。就是这份登着这则广告的电视报,第一版上就登着售房广告:一梯一户,至尊豪宅。复式结构,客厅挑高,230平米大空间。明厨、明卫、明餐厅,动静分明，干湿分离。大客厅、大主卧、大露台、入户私家花园。法式结构，引人入胜。这么好的去处，平时连看都不看。傻逼。骂了傻逼之后，他自个儿就笑了，没钱看个鸟。他用手指弹了弹站在广告上的靓妹，送钱又送房，这报纸办得好。

在回公司的路上，毕小姐对李总说，这金老师有点可爱，有点天真。李总说，你看她有几岁？毕小姐摇摇头，看不出。李总经风雨见世面，阅尽人间春色，难道也看不出？李亮一不说话。

第二天，刘根木接到一个电话，是李总的秘书毕小姐打来的，毕小姐的声音很甜，是刘先生吗？刘根木一时没有反应过来，没人叫他先生，只叫师傅。但他是个聪明人，立即就想到毕小姐，因为她和一个和他睡过觉的婊子长得很像，他后来越想越像。他说，是的，我是刘根木。他的回答很得体。某电视剧有一个镜头，对方说，您是刘市长吗，答，我是刘大伟。毕小姐说，刘先生，金老师有银行的户头吗？刘根木说没有，她有一个存折，学校开工资用的，工商银行。毕小姐说，是这样的，我们李总说，从这个月起，就把金老师的报酬按月打入她的存折。您能不能把她的账号给我？刘根木说你等一下。他放下电话，迅速地拿出金小小的工资存折，把号码念给她，顺带问一句，钱什么时候能打进来。毕小姐说，今天早上10点之前。

其时，刘根木正要出车，接过电话，他把车钥匙扔到沙发上，老子还开什么出租车！他不出车了，他坐在那里泡茶，一边喝茶一边看电视。看了一集金庸，想想得上市场买菜，他把电视关了。刘根木开着自己的的士买了菜，就到市场边的一家工商银行分理处，把本子一刷，乖乖，果然进了2万多元。可他一算，不对啊，说好了一年36万，一个月3万才对啊。他立即打电话过去，毕小姐说，扣了个人所得税的，依法纳税是我们每个公民应有的义务。我们公司是依法纳税信得过单位。刘根木想,乖乖,这税一纳几千元,也够狠!

金小小下课回来,刘根木把存折给她看,她说,真给啊。这个李总够意思。刘根木说,这是你的劳动报酬。金小小笑了笑。刘根木说,你说这钱怎么花?她说不知道。他说买套楼中楼怎么样?她说好啊。还有,他说,以前我们不是每个月给你妈300元吗,现在也提高一点,给1000怎么样?她说,好啊。

金小小到书房,拿出李总的名片,按上面的电子信箱地址给他发了一封信,信只有两个字,谢谢。她本来有很多话要说的,可是,打完谢谢,却一句也说不出来。就此作罢。关了机子,她又好像有很多话要说。可是说什么呢?你是一个诗人,你真是个诗人啊。除了这,她说不出更多的。她重新打开机子,开始了她作为环宇公司总工程师的工作,她不能白拿人家的钱。

金小小用了7天时间写出一套完整的方案,并把这方案寄给了她的导师。

/ 六 /

不久,金小小接到导师的信,说北京要开全国纳米技术应用讨论会,他为她争得一个名额。正式的邀请函随后寄出。他说,这是总结和交流近年来国内纳米科技领域的研究与运用成果的盛会,将会有100多个专家学者和企业家出席,会议期间还有纳米产品展示,对于你们环宇公司可能有所帮助,如果那位李亮一想来,可以让他来旁听。

金小小激动地读着导师的来信,读到最后的文字,她的心竟怦怦地狂跳起来。她本能地回头看了一下，没人。是的，不会有人，刘根木不会在她工作的时候，不敲门就进来。她的信箱刘根木是进不去的，她设置了密码。当然，他也从来没想过要进去。她把导师的信原封不动地转发给李亮一，只在尾处加上一句话，你去吗？

她在不知不觉当中，已经把他当成老朋友了。信发出去，她又有些后悔，是不是太那个了。太孩子气，太任性了。她的心又无端地跳了起来。这种心跳让人激动，让人兴奋，而且甜丝丝的让人陶醉。她知道这就是她所渴望的那种心跳，这就是上帝为她开的那一扇窗，这就是她自己的世界。

造反了，革命了。金小小要红杏出墙了。她没有害怕，没有内疚，没有不安，她对自己说，我是一个多坏的女人啊。她的脸热烘烘的，她跑到镜子前，红扑扑的一张少女的脸。她要唱歌她要唱歌，可她唱出来的竟然是以前最流行的那首歌，大海航行靠舵手，万物生长靠太阳，雨露滋润禾苗壮……鱼儿离不开水，瓜儿离不开秧……这歌多好，多顺口，多真理啊。

刘根木从后面将她抱住，亲吻她的脖子。她说，别闹，人家现在不喜欢。刘根木说，不喜欢还唱歌，唱歌就是喜欢，心情好嘛。你知道你有多久没唱歌了吗？我们结婚以后，你就没唱了。金小小吃了一惊，我有这么久没唱歌了吗？是的，结婚前，你是经常唱歌的。啊，是的。时间过得真快啊。她梦呓一般地说。我以后要唱歌，把歌本拿出来，我以前手抄的那些歌本呢？以前的那些歌多好听啊。迷路时想你有方向，黑夜里想你心里明。多抒情啊。是的是的。刘根木把她抱到床上。

这一回，金小小配合得很好。刘根木站在床边大叫，真爽。

几天后,全国纳米技术运用讨论会的正式邀请函就收到了。大红的,烫金的,还附了一张路线指示图。

金小小说,我要到北京开会了,你看看这通知书,你要把东西给我准备好。刘根木说好的,好的,我就准备,给你再买一个旅行箱,有轮子能拖着走的那种,要红的还是黑的?红的,得快。你跟小孩一样,说什么就是什么,不是还早吗?还有十几天哩。刘根木拿着路线指示图,这会议筹备组想得还很周到。他念道:会议报到地点,北京市门头沟区水闸南路大华宾馆。乘车路线,乘地铁到"苹果园",换乘789路车(票价1元)到"三家店南口"下车,回走右转即到。也可乘地铁到"苹果园"乘出租车到大华宾馆(价格约20元)。我们坐飞机去,打的去,我们有钱,刘根木说。金小小说,你也去?刘根木说,我送你去。她说,不,我自己去。我又不是孩子,还要你送,让人家笑话。你就是孩子,怕你丢了。我在北京读了几年书,怎么就没丢?刘根木笑了,再说吧。

但是,我的课怎么办?金小小想到一个十分重要的问题。外出开会,必须得到系里的同意。我去找白主任。我和你一起去,刘根木说。金小小说,不用,我又不是小孩。刘根木说也好,你先去,要是那小子不同意,我再去。她笑了,他不同意你有什么办法,你又不是校长。刘根木说,我比校长还厉害。

晚上,金小小到白主任家请假。她本来以为白主任会同意她去,因为白主任平时对她很客气。白主任是学校几年前从外省引进的教授,到学校第二年就当上了主任。他当主任还上了电视,作为A州大学引进人才重视人才的一个典型大力宣传。听说白主任在电视里说了学校很多好话,校长书记很高兴。她没想到白主任不同意她去开会。理由是系里没经费，她说经费我自己出，他又说课没人替。她说可以把课程集中一下，回来再补，他说这样做打乱了正常的教学秩序，教务处不会同意。她心里想，那别人是怎么开的会，但她没有说出来，她不好意思说，怕伤了别的老师。

金小小回来时眼眶红红的。刘根木说，我就知道白辉煌不是个东西。白教授的大名叫白辉煌。她本来不知道白主任的大名，是系里其他老师私下里骂人骂出来的。系里的年轻教师对他很有看法，说他没有真本事，说他原来所在的那个省评教授很宽松，还说，他的某篇论文是抄来的。她从来不介入这种评论，也不人云亦云。现在看来，白主任的确有些过分。所以丈夫在骂他不是东西的时候，她的心里有点解恨。刘根木说，你别担心，我去找他，他不敢不同意。金小小说，你可不能硬来，如今是法制社会。刘根木说，这个你放心。金小小不放心，因为白教授又瘦又小，听说还有糖尿病。

刘根木很快就来到白教授家。他们实际上住在同一个教工宿舍区，一个住18号楼一个住25号楼。18号是博士楼,120平米,25号是教授楼,150平米。中国的确已经进步了，重视知识重视人才了。刘根木按响白教授家的门铃。白教授亲自开的门。白教授不认识刘根木，第一句话是请问你找谁？刘根木说我就找你白主任。白教授迟疑之际，刘根木已经在沙发上坐定。他说白主任您坐，我是金小小的爱人。白主任松了一口气。听说你不同意我爱人去北京开会。白主任说不是不同意，是系里有困难。刘根木说别人可以去开会，我爱人也可以去开会。开会是上面通知的，又不是她自己想去。我听说，有人经常坐飞机到处开会，西安成都南京上海，还有武汉，到处跑。刘根木把武汉说得重重的。我还听说，武汉那个地方的会不大好开，学校还专门派人把他接回来。白主任的脸色变得十分苍白。他说金老师一定要去开也不是不行，只是系里还要研究一下。刘根木说，那我就等白主任的好消息。刘根木走的时候对白教授笑了一下，说白主任我是个开车的粗人，有些话说得不得体，请白主任原谅。白主任是教授是处级干部，大人不计小人过。

白教授说，我就喜欢直来直去，你走好。白主任重重地把门关上。刘根木冷笑一声，老东西，要是不识相，老子让你身败名裂。

回来时金小小担心地说，你没把他怎么样吧？刘根木伸出双手，捏了捏拳头说，我是博士家属，我不能没教养对吧。金小小以为他把人家白主任打了，说，你怎么能乱来？刘根木笑了起来，说，我是打了他，可我没打在他的身上，我打在他的心里。这狗东西。她怯生生地说，他同意了？刘根木说，他不敢不同意。

第二天上课的时候，白主任遇到金小小，他很客气地说，金老师，你上北京开会的事，刚才和几位副主任碰了头，大家认为，产学研三结合是我们学校一贯倡导的方向，这又是一个全国性的高级别的会议，能出席这样的会议也是我们系的光荣。系里同意你去。什么时候走啊？到了北京，请代我向你的导师问个好。这个会一定是他让你去的吧，名师出高徒啊。金小小连声道谢。

下课回家，金小小高兴地说，白主任同意了。你用的是什么法子？他说，老公有老公的办法。什么办法，他不说。她心里便有些忐忑，再三问，他还是不说。他知道这种事不能告诉她，只要他不说，她永远不明白。要让她有许多不明白。她有许多不明白，她就得依赖他，听他的。她永远不明白她就永远是他的。

七

一天早上,在环宇公司总经理明亮安静的办公室里,毕小姐对李总说,你看,你去吗,多温柔亲切,多小鸟依人啊。她说的是金小小给李亮一的信。先是谢谢,然后是你去吗,言简意赅,情真意切。热烈祝贺啊李总。这可是你遇到的最高层次的淑女,女博士。窈窕淑女,君子好逑。你可以不遗憾了,不用唉声叹气,不用说知音难觅了,天上掉下个林妹妹了。比林妹妹更好。林妹妹算什么?她有文凭吗?她懂纳米吗?她会外语吗?她只会作那种酸溜溜的诗,说酸溜溜的话,她只会哭鼻子,只会耍小脾气。

李亮一什么话也没说,一脸真诚。他的管理历来是民主的,他还特别提倡批评和自我批评。知无不言,言无不尽,言者无罪,闻者足戒。有则改之,无则加勉。这是我们的事业兴旺发达的表现。

毕小姐说,对不起啊李总,我不该说这些。李总呵呵一笑,说,没事,没事,你有权这么说。你说得好。

李总之所以说她有权这么说,是因为她和李总的关系非同一般。他们不是一般的主顾关系,她不是他一般的秘书。正像很多小说里面写的那样,她是他的小蜜,小情人。他在本地的压寨夫人。毕小姐说,真的对不起,我说得太多了,我不该管你的事。他说你说得好,你很有想象力。真的,从认识你的那一天起,我就认定你很有想象力。毕小姐笑了一下,她笑得很勉强。她有一种预感,她将要失去他的爱,她很无奈。美好的时光将要过去。

他们是在江西南昌的一家酒店认识的。那个时候,她在餐厅当服务员。她刚从老家来,她一无所有,她所有的就是她的姿色和一点小聪明,她能把别人讲过的故事一滴不漏地记下来,并在别的场合下加以发挥。她还特别喜欢记成语,并加以运用。她的工作给她提供了许多学习机会。酒桌上不乏机智幽默、出口成章的文化人,更不缺少阿谀奉承,好话连篇的公务员。他们都是她的好老师。

他们餐厅刚刚推出一道新菜,实际上就是现烫牛肉丸子。那丸子做得很小很脆,扔到桌子上能跳三跳。汤是上好的牛肉汤,听说里面放了一点鸦片壳,特别香。汤开了,抓一把丸子放下去,现烫,现捞,现吃。这道菜有个很土的名字,叫"好运随你捞"。别看这名字土,却很吸引人,也合时代潮流。有专家说,越土越洋,越是有地方特色越具有全国性,越有民族特色就越具有国际性。

说来也是缘分。那天李亮一在这里请客。上这道菜的时候,他对站在一边侍候的毕晓雪说,小姐,这道菜为什么叫"好运随你捞"?毕晓雪看着这位风流倜傥潇洒俊逸的李总,突然来了灵感。她微笑地说:"捞到一个,一帆风顺;捞到两个,好事成双;捞到三个,三阳开泰;捞到四个,四季常青;捞到五个,五谷丰登;捞到六个,六六大顺;捞到七个,七星照耀;捞到八个,八仙过海;捞到九个,天长地久;捞到十个,十全十美。"

在座的一片叫好声。毕晓雪对自己也很惊奇,她不知道为什么自己出口就来,把平时的成语好话全用上了,而且用得如此贴切。在别人叫好的时候,李亮一不动声色地说,要是一个也没捞到呢?她愣了一下,她没想到李总会这样问。客人们跟着起哄说,是啊,要是一个也没捞到怎么办?有了,她笑吟吟地说:"要是一个也没捞到,好啊,无忧无虑！"这一下，李总带头鼓掌。

饭后，客人们走了，李总对她说，请问小姐芳名。她说毕晓雪。他说毕小姐想不想到敝公司来工作啊？毕晓雪说什么工作。他说就当我的秘书，月薪 5000 元，如何？她说好啊。他说一言为定。明天早上，我在敝公司恭候，不见不散。李亮一递给她一张名片，那名片上写的是神州房地产开发总公司。

第二天她去找他。两年后，他把她带到本市。

李亮一对毕晓雪的想象力是满意的，她把金小小比成天上掉下来的林妹妹，后面的几句话更精彩，她有文凭吗，她懂纳米吗，她会外语吗？他受到这想象的启发，他找到了通向金小小的秘密通道。

这一天上午金小小和刘根木都在家。金小小没课，刘根木也不出车。他说，我把服务工作做好了，比什么都重要。金小小却有点心烦意乱。她好不容易才说服了刘根木，不让他跟她上北京。但她还没有接到李总的回信，不知道他要不要一起到北京去。她不能让刘根木知道这件事。她又不能给他打电话。以前，她很少打电话，也懒得打电话，偶尔身体不舒服上不了课，她就对丈夫说，给系办打个电话，说我病了，去不了了。她一切都由丈夫代理，没觉得有什么不方便，还感到自己很幸福。现在她才感到，她就像一个囚犯，她的一切已经在不知不觉当中被丈夫控制了。她甚至连接电话的权利都被剥夺了。每次电话铃响，他都说，我来接，你专心搞你的学问，不要分心。

今天早上，电话铃响了 3 次，金小小的心跳了 3 阵子。第一次是系办打来的，通知星期四下午政治学习的内容，让带一本叫科学发展观的学习材料。刘根木说知道了，他把那本黄皮的学习材料放进她的讲义夹里，同时把讲义夹里的教案拿下来。说是星期四下午，其实就是今天下午。到时，他会准时把她叫起来，让她吃一个苹果，然后告诉她学习内容和所带的材料。第二次电话是老家打来的，刘根木的母亲报告他们的女儿期中考的成绩，语文 99 分，写错了一个字，数学 100 分。在全年段排名第二。第一名一个，并列第二名有两个。刘根木说知道了，让她再接再厉，争取考第一名。期末考要是考了第一，奖励 1000 元。这个电话刘根木准备在吃饭的时候或者她中间休息的时候才告诉她。第 3 个电话是他的一个客户打来的，要包车到省城。他说，对不起，没时间。包车到省城是一笔好生意，来回 1000 元，以前他很喜欢，现在他不挣。他是一个想得开的人，不能什么钱都要。

响了 3 次电话之后，金小小很想问，有没有她的电话，但她没敢问。她怕他起疑心。过去，电话来了，就是她坐在电话边上，她也懒得接。有时，要是她正在看书，她就会对他说，快接呀，烦死了，响个不停。那语气很霸道，很撒娇。过后她也不问谁来的电话，一切都与她没有关系，一切都交给他去处理。这也许叫做贼心虚吧。这么想着，她就有点心跳，有点高兴。

10 点钟的时候，第 4 次电话响起。刘根木拿起话筒。你好，这是金小小家，我是刘根木。他是博士的丈夫，接电话讲究文明。可是话筒里传来的是一阵番仔话。番仔话就是外语。本地话大凡涉洋的名词，都在前面加一个番字。火柴叫番仔火，煤油叫番仔油，洋人使用的工具叫番仔家私。外国说的话叫番仔话。刘根木吓了一跳，他从来没接过这样的电话。但他毕竟见过世面，处变不惊。他冷静地听了好一会儿，终于听到了其中几个很生硬的中文，金小小。他依稀记得小小说过，她有一个美国同学，在北京和她同一个实验室。想必这是她的美国同学的电话。

刘根木推开金小小的书房，说，你的美国同学来电话了。金小小有点不相信，她和那个美国同学关系一般，毕业后就没有来往。她拿起电话用英文说了声你好，我是金小小。接下来的声音让她很惊喜。

那不是越洋电话，那是李亮一的鬼把戏。他告诉她为了不让别人干扰他们的谈话，他只好借助于大不列颠的语言。他这样做是不得已而为之。她说这样很好，这正是她企盼的。她说李先生果然是个诗人，这个点子很有创意，很罗曼蒂克。他说能不能找一个罗曼蒂克的地方，和她共进晚餐。她表示这种事很美好，可操作起来有点困难。正像他所看到的那样，她不是一个自由人。她说以她之见，他也不是个自由人。他说何以见得。她说李总的一切事务都要经过秘书。他说她果然非同一般，一针见血。

他们说话的时候，刘根木一直在看着她。他从来没见过她接电话这么眉飞色舞，他有点吃醋，好在那家伙远在美国。

看来他们要在电话里没完没了地聊下去，好在电话是那边打过来的，不用我们付费。刘根木有点不耐烦，他不能像傻瓜一样地站下去。他得去做饭。

接完电话，金小小不由自主地唱起了歌，唱的还是以前的颂歌。在刚才的电话里，李亮一告诉她，她对那些颂歌情有独钟是有道理的，因为那些颂歌很多都是原来少数民族的情歌改编的，所以情真意切，缠绵悱恻。这让她很高兴。李亮一果然是一个博学多才的家伙。李亮一一派胡言乱语，可金小小却信以为真。

这回她唱的是浏阳河，唱起来果然像情歌。

吃饭的时候刘根木问那个外国番仔有什么事，没完没了地说，用掉多少电话费，他不心疼我还为他心疼。她说也没说什么，几年不见了，说说情况。他说他已经结婚了，有一个小男孩，很可爱，他的妻子也是搞纳米的。他还告诉我一些国外纳米技术发展的动态。没有别的？能有什么别的。对了，我告诉他我要到北京去开会，他说他也很想来。可是来不了。他们公司不会让他来。他问，他们公司给他多少钱，她说她没问，问钱是不礼貌的。但不会少，她想一年最少也有五六万美金。他说，也不多，折合人民币也不过四十几万。他于是很为老婆感到骄傲。

金小小对自己胡说八道的能力很吃惊。原来她也不是什么好东西，说起谎来脸不变色心不跳，一切都正常。想想，她其实小时候就是个说谎天才。那个时候家里穷，母亲好不容易买一点肉，她总是装着不喜欢吃肉的样子，甚至闻到肉味就恶心，把肉让给弟弟吃。她装得很像，母亲一点也看不出来。她已经很久没有说谎了，没有这样明目张胆、肆无忌惮而又大规模地说谎了。为了什么？

这世界上什么人最狡猾？偷情和想偷情的女人最狡猾。金小小笑了起来。

她的笑依然是那么天真无邪，那么纯朴可爱。刘根木情不自禁地亲了一下自己的妻子。金小小擦了一下自己的脸颊，说，讨厌。他说刚才老家来电话，孩子期中考考了第二名。我说要是期末考考上第一名，就奖励她1000元。她说不能老用钱去刺激她。他说，为什么不能用钱？重赏之下必有勇夫。他又用了一句电视剧里的台词，他对自己很满意。

/ 八 /

　　李亮一做事滴水不漏，给金小小打电话的手机是专用的。但他被胜利冲昏了头脑，他在一天内给金小小打了两次越洋电话，这不能不引起刘根木的严重怀疑。

　　当天下午，金小小从系里学习刚进门，电话铃就响了。她知道是谁来的电话，可她却冲着刘根木喊道，电话。仿佛这不是她的事情。她以为她做得天衣无缝，却在刘根木的面前露了馅，因为这有点反常，与往常相比，她过于主动了。平时，她对电话铃声几乎充耳不闻，最少到了第五六声之后他不接她才会发话，而此时，她在响第二声就迫不及待地喊他了。刘根木接电话的时候有些意外，又是越洋电话。不是说没什么事吗？他对她说，又是那个美国佬。她接电话的时候脸红了一下。刘根木不动声色地看她打电话。心里说，不对啊。

　　金小小很快就进入状态。他们在电话里聊得十分愉快。又说到各自的爱好，又说起了唱歌的事。他们都喜欢那个时代的歌。他说歌是心灵的诗，和诗相比，它多了一双翅膀。他又说，在那种特殊的年代，在我们的潜意识里，我们实际上把自己的许多美好的情感和对美对爱的追求与梦想都唱到颂歌里去了。实际上也把我们的青春年华唱进去了。她说是的是的，此时，有许多歌的旋律在她的心里打转，她差一点就唱出声来。她容光焕发，她看了一下站在旁边的刘根木，对他笑了一下。她在不知不觉中对他表示了她的反抗与示威，她没有觉察。

　　他的英语说得很流利，很美国，他可能在美国待过。他说，你很久不唱，现在唱，实际上是对青春的追忆和挽留。当然，完全可以有其他的选择。她说她不喜欢现在的流行歌，她就会唱那个时候的歌。他说，你是不是在唱歌的时候感到自己特别年轻特别青春。她说是的是的。他说这就对了。而且那些歌词总是让你做出特殊的联想。她说对极了。

他说为了帮助她进入角色，他可以推荐一首古诗词，这是伟大领袖 80 年前的作品。那个时候他新婚，为了革命不得不到外地，忙过一天半夜里想起新婚的妻子，就写了一首叫虞美人在枕上的联想。要不要我来念一念，用中文。她看了一下在不远的地方擦桌子的刘根木说，不行，他会听见的。

他说那只好用英文把大意说一下了，开头的一句是这样的，你听好了：堆在枕头上的愁是个什么样子呢？就像在江海上翻滚的波浪。夜太长了睡不着，只好起来把衣服披上，很寂寞地坐在那里，看寒冷的星星。等到明天所有的思念都化为灰烬，剩下来的只有你——离人的倩影。残破的月亮已经向西边流落，这个时候，不流眼泪也不可能了。

他是个诗人，他真的是一个诗人，不是诗人绝不会把诗翻译得这么动人。他说怎么样？她说，我真想你啊。他说我也是。我们找个机会见见面吧。可是他们商量了半天，却找不到合适的时间和地点。

电话打了半个多小时，放下电话的时候，刘根木走过去，看了一下来电显示，说，这数字好像是国内的手机号码。金小小说，不会吧，他人在美国啊。你自己来看看。她说，我看不懂。刘根木说，要不，打过去问问，他如果到了中国，就请他到家里来坐坐，省得浪费电话费。金小小这一下有点心慌了，她看到刘根木按电话号码键，一时乱了方寸,不知如何是好。好在电话一直没人接。刘根木说,我想他一定是到中国来了,这是国内的手机,一定是。金小小说,也许吧,他没说,外国佬都是粗心大意的。再粗心也不能不说他在哪里啊。她说,是啊。她一脸茫然。女人要装起糊涂来,比谁都像。

刘根木说,他说了些什么呢?她说,也没说什么,他说他最近读了一首中国的古诗,很有意思。这就对了,他在中国。他懂中文?她说,他读的是英文版。他说,如果他懂中文,下次就让他说中国话。金小小勉强地笑了一下。

刘根木说,我去买菜,晚上没菜了。要是他再来电话,就问个清楚,如果他在中国,就请他来家里坐坐,这也是起码的礼貌。你说呢?

刘根木一走,金小小就给李亮一打手机,可是没人接。她希望他来电话,可一直到刘根木买菜回来,做完饭,他们一起吃饭,都没电话。

刘根木今天又给她做了黄花鱼汤,甜的。吃过饭,金小小把自己关在书房里几个小时,却一个字也读不进去。睡觉的时候,刘根木把她抱在怀里,她却心猿意马提心吊胆睡不着。刘根木说,怎么不睡?她说睡不着。他说我已经把电话线拔掉了,安心睡吧。她还是睡不着。刘根木抱着她像哄孩子一样地哄她。有一会儿,她好像睡着了,却又被噩梦惊醒。她看到她掉进了一个深深的大坑里,黑洞洞的大坑没有底,她一直往下掉。她看见她的心在空中摇晃。她大叫一声,醒了。他说,怎么,又做梦了?她说我掉到大坑里,我害怕极了,我以为我要死了。他在黑暗中冷笑了一下,说,没事,有我呢。

第二天金小小去上课的时候,刘根木到电信局,要查那个号码,人家不让查。为客户保密是他们的天职。

金小小下课回来之前,到系办给李亮一打了个电话。可是手机还是没人接。她想会不会发生什么意外。病了还是出车祸了？她的心狂跳起来。她给他的公司打电话，接电话的不是毕小姐。她说我找李总。对方说，对不起，李总不在。她说，那就找毕小姐。对方说，毕小姐也不在。

他们几乎是同时到家的，一前一后，金小小没有机会再打电话。金小小有点后悔，她应该到他的公司去看看，他是不是出了什么事情。当然她没有按时回家刘根木会问，但用一个随便什么理由都可以搪塞过去，学生提问，老师聊天。刘根木说，离去北京开会没几天了，飞机票也该买了。她说，那就去买吧。

下午，刘根木去买飞机票的时候，金小小又给李亮一打了几次手机，还是没人接。

李亮一此时正在去南昌的路上。他的生意出了一点麻烦，他必须亲自跑一趟，加以妥善处理。坐在他身边的毕晓雪接到一个短信，说有人找李总和她，并附电话号码。她报告了李亮一。李亮一说，会不会是金小小打来的。她说应该不是，是一个陌生的号码。李亮一这才想起匆忙间把那部专用手机忘在办公室里了。他想金小小一定想到什么约会的好办法，要和他商量。毕晓雪说，离去北京开会的时间只有几天，人家还等着你回复哩。什么会？李亮一想他们的"越洋"电话太浪漫了，居然没有就一些实际问题做认真的探讨。毕晓雪说，你是真糊涂还是装糊涂？就是金小小的那个全国纳米会。李亮一说，那就给她发个邮件，说我们从南昌直接上北京。来得及吗？李亮一说，这是一个难得的机会，不能放弃。毕晓雪当即打开手提电脑，给金小小发邮件，说李总直接从南昌飞北京开纳米会。

金小小什么书也看不下去，她想上网随便看看，顺手打开电子信箱，意外地收到李亮一的信。喜出望外。她这才想起她犯了一个小小的错误，她应该给他打另一部手机。既然秘密通道出了故障，就应该恢复正常的联系办法。她怎么就没想到？人，有时很精，有时很傻。好，非常好，他要到北京，只要他到北京，他们就有机会见面。一想到她将要在北京和他见面，她的心就无端地跳了起来。他要从南昌走，这么说他人在南昌。他到南昌做什么？她立即给他回信，问他在南昌做什么。她知道这信瞒不过他的秘书，也只好这样了。发了邮件，她又嫌太慢，生怕人家没开机，不如打电话快一些。这种事本来很简单，她显得有一点手忙脚乱。她对自己说，先打电话，先打电话，打他的手机，这一部手机。她怕记错号码，就把他的名片找出来。她正对着名片按号码，听到门重重地响了一下，刘根木回来了。

刘根木买了两张飞机票。他决定和她一起去。

一起去，一起去，好啊，那就一起去吧。金小小看着他拿回来的飞机票，喃喃道。刘根木说，你自己去我不放心，真的不放心。你已经很久没有出过远门了，你晚上做梦，睡不好觉，你这样子能让人放心吗？多花一点钱就多花一点钱吧，我想通了。钱是干什么的？钱是人赚的，钱就是要为人服务的。她说，房子呢？你不是想买楼中楼吗？他说，没有人，房子有什么用？他说得句句在理，体贴入微，她没有任何反对的理由。

他说，那个美国佬没有再来电话吗？她说没有。看来出了一点问题。她说什么问题？他说，我不知道是什么问题。一个一直没有来往的外国人突然来电话，你认为很正常吗？她说外国人比较随意，你不了解外国人。他们总是会做出一些让人意外的事。可是他为什么要在中国打电话呢？她说你怎么就肯定他一定在中国？他说，我到电信局查过了,这是国内的手机。"

金小小的脸顿时发白,白得像一张纸。

/ 九 /

金小小提心吊胆、战战兢兢地过了几天。几天后,她像犯人一样地,被丈夫押到了北京大华宾馆。

金小小没有看到李亮一。

开会了。

刘根木在宾馆的标房里看电视。北京电视台正在现场直播全国纳米技术应用讨论会的盛况。刘根木在电视里看到了自己的妻子。金小小坐在第三排正中,高雅端庄,美丽迷人。镜头在她那里停留了足足10秒钟。他看过各种各样的会议报道,从中央到省里到市里,主席台上的领导人都一一照过,一般以大小论时间,职务越高镜头在他的脸上停留的时间越长。妻子不在主席台上,主席台上都是一些著名到他不知道是谁的专家学者和科学院及有关方面的领导。但是,在他的印象中,镜头在他妻子的脸上停留的时间并不亚于主席台上的大人物。

全国全世界都看见他的妻子。她不但是个美人,她首先是一个博士,不是一般的博士,是纳米博士。博士是稀少的,纳米是神秘的。纳米博士就更让人神往了。就是这样一个在电视里风风光光的女人,每天晚上都躺在他的怀里睡觉,在他的怀里撒娇,在他的怀里哭泣。他还可以扒光她的衣服,让她大叫,让她呻吟。让她死去活来,让她神魂颠倒。刘根木突然哈哈大笑,刘根木你真了不起,太了不起了,刘根木。他打开放在桌上的啤酒,咕噜咕噜地,一下子就干了一瓶,好爽啊。镜头转过来,他又看到他美丽迷人的妻子,她在电视里鼓掌,面带微笑。哈哈,她不是在为领导的发言鼓掌,她是在为他鼓掌。她应该为他感到骄傲才是,他强壮有力,他无微不至,他是她无可争辩的保护神。

金小小不让他到会议餐厅去吃饭。他认了。他是一个通情达理的人,他不能不给她留一点面子。他不重形式重内容。在很久之前,他就悟到一个道理,在很多时候,在主席台旁边抽烟的比在主席台上就座的更重要更本质。他坚持一条,她必须和他一起睡觉。在报到的时候,这让她有一些难堪。好在,会议经费充足,房间宽松,负责会议报到的小姐见多识广,见怪不怪,没有怎么为难她就同意了。他过后了解到,其实与会者大都安排单间,其中也不乏携带家眷的专家。而且有些专家的夫人看起来太年轻太细嫩太娇小,难免有小情人之嫌。

刘根木暗自庆幸他来对了。让他娇美的妻子单独一人住在这样一个单间里,实在让人不放心。

李亮一是第3天才到会的,他被南昌的事情耽搁了。他没有带毕晓雪。他和金小小在吃饭的时候碰了头,他们利用小组讨论的时间,给自己安排了一次幽会。

精明的刘根木居然没有发现李亮一的到来。这真是应了古人的一句话:智者千虑,必有一失。

一切都经过李亮一周密的安排。他们从后门走出宾馆,一辆的士无声地开过来,在他们的身边停住,车门无声地打开,他们上车之后,的士又无声地向前滑去。一路上,李亮一一直握着金小小的手,金小小的心跳个不停。他们没有说话。仿佛一说话就会暴露目标。不一会儿,的士在一座大楼前停下来,他们下车,上楼,最后来到一个昏暗的房间。

这是一个小小的包厢,他们面对面地坐下来之后,金小小扑哧一笑,说,我们成了地下党。能告诉我这是什么地方吗?李亮一说,这里叫苹果园,是这一带最好的咖啡厅。真好,她说。还有更好的,他对走进来的小姐说,音乐。于是,从墙壁的某一个角落,响起了一阵优美的歌声。一听到这样的歌声,金小小就心潮澎湃。"麦苗儿青来菜花儿黄,毛主席来到了咱们村庄,千家万户齐欢笑,好像那春雷响四方。"金小小抓住他的手,说,你真好。

小姐在他们的桌子上放了两杯咖啡和几碟甜点,无声地退出去,同时把门带上。房间里显得更加幽雅,安静。有一束红色的光,在他们的头上闪烁。

毛主席来到咱们农庄之后,是社员都是向阳花,毛主席的话儿记在我们的心坎上,毛主席永远和我们在一起,革命熔炉火最红……一首接一首。他们都不说话,静静地听着。那遥远的歌声在他们的心中流淌着,金小小激动地流出了眼泪。金小小说,我是不是有病,一听到那个时候的歌,我就热血沸腾,心潮起伏。我的血管里好像流的是那个时候的血。李亮一把另一只手放在她的手背上,微笑地说,你没病,没有,我也喜欢那个时候的歌。我们都是那个时代走过来的,我们都逃不出那个印记。不过,我说了,那个时候很多歌,实际上都是情歌。她笑了起来。她笑得很天真很灿烂。

这个时候,唱的是一首拥军的歌,解放军同志请你停一停。"早上我走出了帐房,解放军同志你去向何方,请你下马停一停,看看我们的牛羊……"金小小说,记得那个时候,县里来了一个文艺宣传队,演的就是这个节目,一男一女,那个演解放军的有点羞涩。我就是那个时候才突然悟到男女之情的。李亮一说，你的悟性真高啊，那实际上就是一首男女之间的调情的歌啊，还有一首歌，叫洗衣歌，也是借政治调情，公开的调情。金小小说，你胡扯。

李亮一说，对了，我给你带了那首虞美人。金小小说，快拿出来我看看。他说，拿不出。怎么拿不出来，你不是带来了吗？在我的心里。金小小脸红了，心也跳得很厉害。说，你坏，真坏。她说完真坏，脸更红了，她发现她像一个还在青春期的女孩。

他说，我给你把她从心里掏出来好吗？她说，你真是一个诗人。李亮一反过来把她的手抓在自己的手中。她感到很温暖。这个时候，正在唱，看见你们格外亲。

李亮一是个天才的朗诵家。他的声音低沉而富有磁性，把她紧紧地吸住："堆来枕上愁何状，江海翻波浪。夜长天色怎难明，无奈披衣起坐数寒星。晓来百念都灰烬，倦极身无憩。一勾残月向西流，对此不抛眼泪也无由。"

歌还在唱，唱的是，马儿啊，你慢些走，喂慢些走哎，我要把这壮丽的景色看个够……

金小小说，我会死的，真的，要是没有你，我会死的。李亮一说，不会的，你没事，一点事都不会有，因为我会永远在你的身边。

金小小回到宿舍的时候，天已经黑了。她一边敲门，一边唱着歌，她唱的是浏阳河。"浏阳河，绕过了几道弯，几十里水路到湘江，江边有个什么县，出了一个什么人，领导人民得解放……"刘根木开门说，开完了？她说开完了。吃过了？她说吃过了。

看着容光焕发，神采飞扬的妻子，刘根木对自己说，不对啊。今天开的是什么会？大意了，大意失荆州啊。

他说，洗澡吧，开了一天的会，也累了。她说不累，开会有什么累的。她一边洗澡还是一边唱歌，唱的全是过去的歌。他知道那些歌。这一回是珊瑚颂。"一树红花照碧海，一团火焰出水来，珊瑚树红春常在，风波浪里把花开，哎，云来遮，雾来盖，云里雾里放光彩，风吹来浪打来，风吹浪打花常开哎……"

　　心情好啊，看来会开得不错。洗过澡，刘根木说。是的。她把湿漉漉的头发甩到脑后。这个动作很优雅很青春很挑逗。刘根木心中的欲火"刺"的一声，被她点着了。火势凶猛，锐不可当。他以迅雷不及掩耳之势，把她压在床上。不，现在不，人家不。她拼命地反抗。

　　任何反抗都是徒劳的。他突然笑了起来。她的歌声让他想起了那个时候人们常说的一句话：革命不是请客吃饭，不是做文章，不是绘画绣花，不能那样雅致，那样从容不迫，文质彬彬，那样温良恭俭让。革命是暴动，是一个阶级推翻一个阶级的暴烈的行动。

　　终于，他娇小可爱的妻子在他的革命行动中，彻底地失败了，屈服了，哭泣了。刘根木突然来了兴致，说你怎么不唱歌，唱啊，你不唱我可要唱了。我也是过来人，我也会唱。他就唱起来："我们走在大路上，意气风发，斗志昂扬……"

　　第二天吃早饭的时候，刘根木闯进了会议餐厅。他看到金小小和李亮一同桌吃饭，有说有笑。他一下子全都明白了。他不动声色地退了出来。这个姓李的是怎么来的，什么时候来的，怎么没听她说起？她不说起，证明心中有鬼。现在清楚了，那个所谓的越洋电话，就是这位李总。他们都是名牌大学的学生，几句外国话对于他们根本就不算什么。我真是混球一个，傻逼一个，居然让他们在自己的眼皮底下谈情说爱！

接下来的几天，刘根木寸步不离，金小小难以脱身。她愁眉苦脸，不再唱歌了。金小小不唱，刘根木来劲了，你不唱，我唱。"我是一个兵，来自老百姓，打败了日本狗强盗，消灭了蒋匪军。我是一个兵，爱国爱人民……嘿嘿，枪杆握得紧，眼睛看得清，谁敢发动战争，坚决消灭不留情。"金小小说，烦死了，别唱了。

刘根木说，只许你唱不许我唱，只许州官放火，不许百姓点灯？就是不许，金小小蛮横地说。不唱不唱，一切听夫人的。刘根木笑嘻嘻的，再次体现了胜利者的大度与宽容。

会议结束时，照例要会餐。刘根木不便进去。他匆匆吃过快餐，就守在餐厅外面。这个晚宴，气氛热烈。与会代表频频举杯。平时不喝酒的金小小喝得太多了太猛了，把自己喝得酩酊大醉。刘根木在门口，在众目睽睽之下把醉醺醺、软绵绵的夫人扶回房间。与会的专家学者们很受感动，都说，金小小真幸福，有一个体贴入微的好丈夫。现在这样传统的好丈夫已经不多了。

会议结束后，李亮一请金小小再留一天，一起去拜访她的导师，把一些技术性的细节定下来。他的这个要求是当着刘根木的面提出来的，刘根木不等金小小出声，就很爽快地替她答应了下来。他对小小说，拿人家的钱，不为人家办事不行。

/ 十 /

环宇公司的纳米布进入试生产阶段，金小小几乎每天都到工厂，没课去，下了课也去。刘根木开车送她，鞍前马后，端茶送水，服务非常到位。

刘根木心情愉快，金小小的存折已经上升到了6位数。一切都在他的掌控之中。金小小很忧郁，白天她只干活，不说话，晚上她睡不着，做噩梦。她很想改变一下自己的生活，可她没有任何动作。她似乎希望李亮一为她做点什么，可李亮一什么也没做。李亮一总是不在。他很忙，今天飞北京，明天飞南昌。

李亮一不是没有尝试过，但他失败了。有一次，李亮一给金小小家里打电话，一听到刘根木的声音就使出他一口流利的英语。可是他听到刘根木毫不客气地说，别装神弄鬼的，中国人就是中国人，不要为了勾引良家妇女，把自己搞得中国人不像中国人，外国人不像外国人。把他羞得满脸通红。他从此断了给她打电话的念头。金小小有手机，可她的手机在刘根木的手上。他唯一能为她做的是，到影碟店里为她买了一套"红太阳"和"东方红"的老歌，让毕晓雪给她送去。

由于工作关系，刘根木和毕晓雪混得有点熟。工厂有她的临时办公室和接待室。他们有时会在金小小到车间埋头工作的时候，开一点小玩笑。有一次，毕晓雪对刘根木说，金老师喜欢唱歌？他说是的，她喜欢唱老歌。唱那些歌的时候我们都还很年轻。她说你也喜欢唱吗？他说有时也唱一点。她说唱什么？他说，我是一个兵。她呢？她问的是金小小。见了你们格外亲。

毕晓雪说这是你瞎编的吧。他说，不信等会儿让她给你唱一唱。那歌词很够味："山想人来水盼人，盼来了老八路的接班人，你是咱们的亲骨肉，你是咱们的知心人。"我是一个兵，她是老百姓，军民团结一家亲。

毕晓雪笑了起来，看不出刘先生还很有幽默感。刘根木也跟着笑了起来，他在她的面前第一次笑得这么轻松这么放肆。他用有点色眯眯的眼光看着她。她的脸色红艳艳的,这是金小小所没有,也不可能有的。岁月不饶人。电视剧里说到美人,总是用"艳若桃花"4个字,真是传神啊。这是一个风骚的女人。他断言,很风骚。毕晓雪从他的眼光中读出了他的内心活动。这是一个贪得无厌的家伙。吃着碗里的,看着锅里的。男人都一样,李亮一比他好不到哪里去,他不是也明目张胆地在勾引他的老婆吗?她又笑了一下。

刘根木又想起那个他曾经玩过的婊子,她们的确很像。他知道,她不是那个婊子,不可能是。刘根木说,毕小姐的笑很优雅很有风度很有水准。她说,哪能比得上你们家的金博士。那才叫优雅,才叫风度。风度是因人而异的。同样的笑,在博士的脸上是风度,在我们的脸上就不一样了。刘根木说,是什么?我不说。刘根木想,她不是那个婊子,可她还是婊子。她是有钱人养的固定的婊子。

有一天毕晓雪收到金小小的一封信。这信当然不是给她而是给李亮一的,因为她掌握着他的电子信箱。金小小显然知道,这信必须通过她,但她已经不管不顾了。她走投无路了。她在信中对李亮一说,能找个机会见面吗?我很难受,很想和你谈谈,哪怕是和你一起听听那些老歌。

毕晓雪看到这封信的时候心情十分复杂。她的写法让她很吃惊,他们的关系果然非同一般。她不知道在北京发生了什么,但的确发生了一些事。她知道她不可能成为李亮一的唯一。实际上李亮一已经有妻子,他的妻子就住在南昌,她每个月都要往南昌的某一个户头上汇进5万元。这是给他妻儿的生活费。但她毕竟是女人,她不可能看到另一个女人发给他这样真挚急切的文字而无动于衷。

毕晓雪还是把金小小的信打印出来,在李亮一不在的时候,把信放在他的办公桌上。她不想当面和他说,她怕控制不住自己,说出让他生气的话来。李亮一拿着信来找她,他说他需要她的帮助。她说,这种事她实在无能为力,她不会替他去安慰她。不要让她做她做不到的事。他说他让她帮忙就是因为他相信她做得到,而且能做得很好。他说他已经对他们的会面做了周密的安排,但其中有一个十分重要的环节必须得到她的密切配合。她问什么环节?他说,把刘根木引开。天啊,你是让我去勾引他吗,姓刘的可是一个色狼。他说,我不管你用什么手段,只要能把他引开。她说你真舍得?他说,舍不得孩子套不住狼。她哭了起来。他说,别哭,我相信你的智慧。

机会果然很快就出现在他们的面前。

环宇牌纳米布试生产出了问题,刘根木照例开车送妻子到工厂去。这工厂离市区还有一段不小的距离。把妻子送进车间之后,刘根木和往常一样,到休息室泡茶,他总是自带茶叶,他很热情地宣传这种名叫"云雾寻香"的新产品,因为这是他家乡的产品。他虽然进城了,但他曾经在那里当过民兵营长,这是他这一辈子所担任的最高职务,而且那里还有他亲爱的母亲和他的宝贝女儿。

毕小姐笑容可掬地在门口迎接他,她今天打扮得非常靓丽,这种靓丽很合他的口味。她已经很久没有这样打扮了,自从跟了李亮一,她力争使自己的穿着高雅一点,不那么俗。刘根木非常高兴,毕小姐的出现意味着他这个上午不再寂寞。他们坐下来聊天,天南地北,海阔天空。他编故事的天才再次得到淋漓尽致的发挥。毕小姐时而掩嘴巧笑,时而拍手大笑,十分天真可爱。他不时地把她和那个曾经和他有一夜之情的婊子加以对照,发现两者有许多微妙的共同之处,他突然有一个大胆的设想。把她带到某一个没人的地方,扒开她的衣服,看个究竟。他记得那婊子的背上有一颗黑痣。

　　正在他想入非非之际，毕小姐说，不知能不能麻烦刘先生为她跑一趟，她想上街买一点女人用的东西。他问是什么东西。她红着脸，不说。刘根木被她挑逗得浑身发热。但他放心不下自己的老婆。他说，你不是有一辆奔驰吗？她说那不是她的车是老板的车。他说老板的车就是你的车，她娇嗔地说，讨厌。他说你一走老板找你怎么办？她说老板不在，开车出去了。他问去哪里，她说不知道，老板不会向秘书汇报他的行踪。不过他已经出去两天了，估计明天才会回来。

　　刘根木到车间对金小小说他出去一下，如果他回来晚了，她就自己打的回去。饭和汤已经准备好了，等他回去炒菜就行了。金小小很奇怪地看了他一眼，什么也没说。

　　毕晓雪坐上刘根木的的士向城里驶去。她在车里给李亮一发短信，鱼已上钩。刘根木得意忘形，没有注意到这个细节。

　　刘根木刚走，车间里的一个技术员就把自己的手机递给金小小，说是李总的电话。李亮一讲的是英语，他让她10分钟之后到某一棵大榕树下等他。她知道那棵大榕树，那棵榕树在工厂对面的街心花园边。那里原来有一座庙，道路拓宽时，把庙拆了，当地农民很不高兴，到现在还在与政府打官司，弄得那棵榕树名气很大，没有一个本地人不知道它。

　　金小小走出工厂就看到那棵榕树下停着一辆黑色的奔驰车，她飞快地向那车子跑去。车门无声地朝她打开。她一进车门就向他扑了过去，抱住他拼命地亲吻。他说你疯了，这是在大街上。她说我不管。

　　他只好由着她，让她亲个够。疯狂过后，她有点不好意思，说，我是不是让你受惊了。他说我经风雨见世面，处变不惊。她打了他一下，说你坏。她说我实在管不住自己，我都快要憋死了你知道吗？他说知道，要是不知道，他怎么会做出这样科学而周密的安排。

他把她带到一个她从来没有到过的地方。他们进了一个气派非凡的大门，但她看不到围墙。前面是一片树林。好大的一片树林啊，一眼望不到头。全是高大笔直的树。他说你知道这是什么树吗？她摇头。他说，相思树。她说骗人，相思树不是这个样子的，相思树全是矮矮弯弯的。他把车停在树林边，从后备厢里拖出一个大包。他拉着她的手，说，来吧，我们进去。

他们在树林里找到一块草地，真是绿茵茵的草地啊。她从来没有见过这么平坦细嫩翠绿的草地。他说，这些草全是从国外引进的。他从包里拿出许多东西，有一个小录音机，有一些点心和几瓶可乐。还有一样东西她没有想到，一条红色的毯子。他对她说，来，我们把它铺好。他们一人一边拉开，把毯子铺在绿茵茵的草地上。

他们躺在红色的毯子上听音乐。她透过树叶看天空，天空蓝得让人心碎。小小的录音机装着一个大世界。它把一个时代的歌声撒在树林里。那个时代用现在有些人的话语，叫激情燃烧的岁月。

金小小最先听到的是那首小时候常常挂在嘴上的小燕子。"小燕子穿花衣，年年春天来这里，我问燕子为啥来，燕子说，这里的春天最美丽。"她闭上眼睛。不知什么时候，才旦卓玛那甜美的歌声从空中飘来，"啊……喜马拉雅山啊，再高也有顶啊，雅鲁藏布江啊，再长也有源啊，藏族人民再苦啊，再苦也有边啊，共产党来了，苦变甜啊，共产党来了苦变甜啊……"她说，我就喜欢这个才旦卓玛。心底的情愫都让她翻出来了，酸酸甜甜，甜甜酸酸，永远说不清。他的手悄悄地伸过去一按，还是才旦卓玛。"唱支山歌给党听，我把党来比母亲，母亲只生了我的身，党的光辉照我心。旧社会，鞭子抽我身，母亲只会泪淋淋。共产党，号召我闹革命，夺过鞭子揍敌人……"换一首，换一首。她闭着眼睛说。他随便伸手一按，同时把她揽进怀里。"月儿明风儿静，树叶遮窗棂啊，蛐蛐儿叫铮铮……摇篮轻摆动啊，娘的宝宝闭上眼睛。"去你的，她在他的怀里说，不许占人家的便宜。他笑了起来，说我也是随便按的。要不你自己来。她伸手乱摸，他抓住她的手指，把它放在键盘上，她按了一下。接下来的是一阵吱吱声。你不行吧，还是我来。不，我来。她又按了一下。跳出来的是个男中音："喀喇昆仑冰雪封，哨卡设在云雾中，山当书桌月当灯，盖着蓝天铺着地，哎……只要想起你……"李亮一突然一按，把歌声按掉。金小小说，别这样，别这样。不要欺侮我，不要。我只是想散散心，我只是想和你一起听听歌。快别这样。金小小乱蹬乱踢。

　　李亮一放开她，坐了起来。金小小也坐起来，抱着自己的双腿大哭。

　　李亮一说，对不起。真的十分对不起，我一时控制不住自己。她说，没什么，你得给我时间，我不是不愿意，只是，只是不是时候。他常常这样，你知道吗？他，常常这样。我受够了。我真的受够了。

　　李亮一说，你就没有想到离开他，重新创造新生活？金小小很伤心地摇着头，她知道，她没有勇气离开他。李亮一说，我明白。李亮一突然明白了，她被埋没了的青春的心可以在现在重新萌动，她的躯体由于惯性，回不来了。

　　李亮一想到很久以前读过的鲁迅的一篇文章，说有一个奴才总是抱怨屋里太暗，闷死人。可是当有人要打破那屋子的时候，他却大叫，快来人啊，有人要砸窗了。他对自己的联想感到不可思议。他对她无可奈何地笑了一下。

金小小回家时,刘根木已经回家了。他正在做饭。他给自己做了滋补壮阳的牛肉当归汤,给妻子做了她喜欢吃的萝卜干炒鸡蛋和红糖黄花鱼汤。他嘴里唱着歌,唱的是那首二十几年前他在部队里几乎每天都唱的歌,打靶归来。那首歌很阳光很跳跃很欢快:"日落西山红霞飞,战士打靶把营归,把营归。胸前的红花映彩霞,愉快的歌声满天飞,米索拉米索,拉索米多来,愉快的歌声满天飞。"刘根木偷着乐,打洞和打靶差不多。

金小小看着他做的一桌菜,没有一点食欲。他温柔地说,饿了吧,你先喝点汤吃点菜,我这就好。她说,你自己吃吧,我头昏。刘根木跟过来摸她的头,不热,他说没事,吃过饭我再抱你睡一会儿觉就不昏了。他现在很想把老婆抱在怀里好好地疼惜一下。玩归玩,老婆是根本的。这个道理他懂。

/ 十一 /

金小小心力交瘁,终于病倒了。

金小小是在实验室里病倒的,其时她正在辅导学生做实验。那个时候的情形有点像那天下午。太阳快落山了,篮球场那边传来一阵阵哄叫声,分不清是喝彩还是喝倒彩,是鼓励还是起哄。现代学生,精力过剩,思想活跃,很难用一个是和不是来分辨。也很难做出非此即彼的判断。时代前进了,今非昔比了。实验室里很安静。大部分学生已经走了。她也想走,她一直感到不舒服。可她坚持着,她必须对剩下来的学生负责,哪怕是一个,她也不能走。

她是倒在实验台下的。第一个发现老师异常的是那个安徽小男生。他一直在观察她，他对身边的女生说，金老师好像病了，她的脸色那么苍白，她不停地擦汗，那一定是虚汗。那女生说，你做不出实验结果，倒关心起"纳米博"的脸来了。那个女生在暗暗地爱着这个安徽小男生，上实验课她主动要求和他在一个组，把实验做得很细很慢，为的是多和他待在一起。她对金小小有点忌妒，这个安徽小男生总是没完没了地在她面前提起她。她私下里不叫她金老师，只叫她"纳米博"，"纳米博"这个绰号让绰约多姿的金老师显得有点滑稽可笑。那个安徽小男生看金老师的时候，她的目光一直停留在他的脸上。她并不知道他们曾经发生过什么，但女人的直觉告诉她不能掉以轻心。

他们正说着，金小小就倒了下来。她倒得很缓慢很优雅，她仿佛想抓住什么，中途又放弃了，她的心里似乎还很清醒，她知道实验台上的任何东西都抓不得。她躺在地板上的样子很安静，像睡着了一般。只是她的脸色十分苍白，白得吓人。那个安徽小男生第一个冲过去，在冲过去的同时，对那个女生说，快打120。那个女生掏出手机，手却在发抖，总是按错号码。同学们围过来，手忙脚乱。有的说快把金老师扶起来，有的说，不能动，让她平躺着。说不能动的学生有点医学知识，凡是心脏病发作的病人，不能乱动。在学生们手忙脚乱的时候，那个实验室的清洁女工给刘根木打了个电话。

刘根木和120救护车一同到达。他们把金小小送进了医院。

金小小的病很奇怪，心悸心慌，头晕目眩，吃不下，睡不着，医生却查不出什么原因。医生说，可能是更年期综合症，多多注意休息，症状也许会有所缓解。她在医院里住了一个月，出院了。

在金小小住院期间，学校领导和系领导都去探望她，送了红包还说了很多安慰和勉励的话，让她很感动。世界很美好。尤为让人难忘的是白主任白辉煌，他亲自去了两趟，还和守在病床前的刘根木聊了很久，很投机。他们不但不计前嫌，好像已经成为朋友了。走时，白主任紧紧地拉着刘根木说，金老师是我们系的骨干教师，你一定要好好照顾她，让她早日康复。她不但是你的妻子，更重要的是，她是一个很有发展潜力的专业人才，是国家和人民的宝贵财富。刘根木说，一定不辜负组织上的关心，一定让她养好病，尽快出院，为学校为国家工作。他们都说得很真诚，金小小听得很感动。

接下来的日子过得很平静。

谁也没想到金小小会突然去世。她是倒在讲台下面的地板上断气的，她断气的时候脸上还带着近乎天真的微笑。

金小小出院在家里休息了一个月，感觉好多了。刘根木对妻子的关心一如既往，无微不至。他细心呵护，小心翼翼，连房事也免了。凭良心说，这对于强壮如牛的刘根木来说是一件很不容易的事。也真难为了他。他对她说，我对你，真像是芋叶奉露珠啊。这是一句本地话，是对男人呵护女人的形象比喻。她笑了笑。对于这一点，她从不表示异议。

那天刘根木太大意了。

他去看了房子，新楼盘，就是广告里说的那种一户一梯，至尊豪宅，230平米的法式楼中楼。他们已经具备了购房能力。他是和书记的司机一起去看的，那位司机对他说，要是你真把这房子买下来，你就是Ａ大第一，比校长书记还牛。他们看了房子还一起喝了酒。

他回来的时候对妻子说，我决定买房子。他把从售房部拿回来的一堆彩色的图片摆在金小小的面前。那些图片具有很强的吸引力和冲击力，谁看了都会动心。金小小说，我们的钱够吗？他说，钱的事你不用担心。她说，那就买吧。

她又说，以后咱们一人睡一间房，不许你再来烦我。刘根木说，一个礼拜一次也不行？她说不行。一个月一次。不行。刘根木笑了起来，说，听你的。不过，今天不能放过你，已经两个月了。她说我不是病了吗？他说，你的病不是好了吗？金小小没有再说话，她闻到他嘴里的酒气。今天晚上在劫难逃。

第二天早上金小小觉得有点胸闷，吃过饭脸色变得更加苍白，浑身乏力。刘根木说，早上不去了吧。她说不行，这是这个学期最后的两节课。刘根木用车子把她送到教学楼下。他没想到，她上去了就再也没有走下来。

金小小的突然去世在学校引起很大的轰动。她不但是学校5个女博士之一，她还将是学校的10个博士兼教授之一。博士金贵，教授金贵，博士兼教授更金贵。再过3个月，她评教授的年限就到了，以她的硬件论，她上教授完全没问题。她是倒在讲台下的，她是人民教师的楷模。在她的追悼会上，白主任的悼词几次被全系师生的哭声打断。学校党委专门发了文件，号召全校老师向金小小同志学习。《A州大学报》上还刊登了一组文章，专门悼念这位为教育事业鞠躬尽瘁死而后已的女博士。其中有一篇文章是那个安徽的小男生和他的女朋友写的，题目叫《我们的"纳米博"》，文章情感真挚，细节感人，文笔生动，凡是读过这篇文章的人，无不感叹吁吁。

金小小的突然辞世让环宇公司蒙受巨大的经济损失。已经接近尾声的纳米布由于失去技术支撑而被迫中断试生产。总经理李亮一不得不把眼光投向北京，去寻找新的合作伙伴。他没有表现出太大的悲伤，他这一辈子经历的事情太多了，有很强的心理承受能力。对于他来说，只有一点小小的遗憾，他的秘书毕晓雪在遵照他的吩咐，以环宇纳米纺织科技发展有限公司的名誉给金博士送完花圈之后不知去向。他得再物色一位新秘书。显然，在如此浮躁的社会中，要找到一位才色俱佳的女秘书并非易事。

　　刘根木在哭了七天七夜之后，突然不哭了。他想通了，这是命，哭也白哭。他要过好自己的生活，同时把女儿培养好。他决定把女儿接到城里来，由他亲自教管。他相信，金小小的女儿一定和金小小一样出色，十几二十年后，一定也是个女博士。当然这个将来的女博士不姓金，她姓刘，名金。

　　妻子去世后，刘根木变得不喜欢与人交往，不怎么出门。他从妻子的书房里找到两碟 VCD，都是上个世纪 60 年代的老歌，每天放，有时放得很大声，让邻居们很无奈。

　　据和他私交比较密切的 A 大书记的司机私下里对人说，刘根木不会再讨老婆，因为他不行了。

④
高教授的私人生活

高教授是一个天才，数学方面的天才，他在他研究的那个数学领域里有着极为重要的不可替代的地位。但他一直是墙内开花墙外香，在他所任教的这所高等学校里，人们一直不知道他的重要性。这也许和这所学校很不出名有点关系。这是一所地方高校，名不出本省。直到有一次，他们学校的一位副校长到外地出差，走了几所名校，而这几所名校的校长又恰巧都是知名的数学家，他们一见到这位副校长，便问，高岐山最近如何？副校长说还行，他其实并不怎么了解高教授，不了解也就谈不上重视高教授。而对方却说，回去一定代我向高岐山问个好。他回到学校里把这事一说，人们才知道，原来高教授在国内数学界的地位其实是十分崇高的，高教授从此成了学校的名人。

当然，学校原先还是知道高教授的，只是不知道他如此重要。有一次，在学校实行岗位津贴的时候，他向学校提了一条意见，说教授和教授其实是不一样的，应分等，论水平和贡献给钱。人们不但不接受他的意见，还暗地里笑话他，小学校里难道还有名教授？还分什么等级！有教授就谢天谢地了。

和大多数的天才一样，高教授的生活并不怎么幸福。高教授生活不大幸福的主要原因是他的妻子不是一个知识分子,不但不是知识分子,而且根本就是无知识,无知识就没有文化,不识字,连自己的名字都不认得,其实她原本就没有名字,从小就叫"怀抟仔","怀抟仔"是闽南话,意思是"想抛弃的不想要的孩子",闽南人说起来很顺口,很有味道,但用规范的汉语写起来知识分子看不太懂。这也是没有办法的事,谁让她就叫这个名字呢。这个不是名字的名字其实还是有点文化的。她生下来时十分可爱,父母亲爱得不得了,又怕她养不活,便叫了这样一个名字:"怀抟仔"——连父母都不要的孩子,鬼还要吗?鬼也不要就活下来了,死不了。她不但没有文化,思维还有点问题,不明理,或认死理,用文化人的说法叫不可理喻。当然,这不是高教授的错。这个错误是高教授的母亲一手造成的。当初读大学时,高教授谈了一个对象,是他们那所著名高校中文系的系花。读大学时高教授的天才已经显露,他的老师,也就是当今国内数学界非常有名的那位前几年差一点就上院士的数学家曾断言,高岐山必成大器。他还用了一句名诗来形容当时高岐山所表现出来的数学天分:"小荷才露尖尖角"。于是高岐山成了许多女生追求的目标。中文系的那位系花是他在众多的追求者中运用排列组合、黄金分割等方法选择的对象。听说他们的关系已经发展到拥抱接吻差一点就那个了的地步。就在这个非常关键也非常激情燃烧的时候,高教授的母亲出现了。她说,你必须回来和你的表妹结婚。否则,她就吊死在校门口,为了表示她的决心,还用闽南话强调了一次,"死给你们校长看"。高教授的父亲在他3岁时就去世了,母亲守着他过了二十几年,母亲的话极有分量。再说高教授是一个孝子,他不能不听母亲的话。悲剧就从那个时候开始了。很有文化的他娶了没有文化的老婆。没有文化的妻子他倒可以忍受，在某种意义上说，这种妻子更有利于事业的发展，要是娶了中文系的那位系花，他就不可能那么专心搞专业了。闽南话说，"烧饭损物配，水某厚功课"，意思是说，饭太热吃的菜多，老婆太漂亮，惹的事多。听说那位系花嫁人之后，已经给她的丈夫戴了3顶绿帽子。当然，这可能是因为她没有嫁给高教授的缘故，爱情失落，破罐子破摔。听说，别人告诉高教授校花的风流韵事，高教授说，要是她跟我结婚，就不是那个样子。高教授因为婚姻不如意，更是一门心思放在专业上，这很合有一失必有一得的哲理。坏事在一定程度上变成了好事。

  不幸的是好事不会永远好下去，有时又会变成坏事。高教授生了一个悫儿子。悫是闽南话，悫就是傻。有人说，这是近亲结婚所致。高教授和他的妻子是姨表亲，从科学上来说有道理，但中国自古就有近亲结婚的习俗，也没怎么听说都生傻孩子，高教授的妻子虽然不识字，却知道《红楼梦》，她说，宝玉和宝钗不就是表姐弟吗？也没听说他们的孩子悫。人家说，《红楼梦》是戏文里的事，和她对话的人也同她一样，只知道戏不知道小说，连小说这个名词都十分模糊，她们只知道"说古"，也就是说故事。她喜欢听"古"，但不知道小说，更不知道红楼梦原来就是小说。戏文里的事在她看来是真实的反映，要是无影事，人家就不会编。无影事是闽南话，就是没有的事。她相信"古"里的事和相信戏文里的事都是真的，甚至于聊斋里的事，她都信以为真。闽南话说，聊斋说鬼话，就是没有的事，她却说，没有的事古早人是说不出来的，你敢说没有鬼？被她问到的人没有一个敢拍着胸膛说，我敢保证没有鬼。古早人也是闽南话，从字面上可以看出意思来，就是古时候的人。总之她不认为她的儿子傻是因为近亲结婚，而且在她看来，她的儿子并不傻，她说，我们老高那么聪明，怎么会生出个怹孩子呢？人家说，你怹啊。她说，我，跟我有什么关系？他是我们老高的种。什么种子出什么秧，和田没关系。

　　不能说高夫人说的全没道理。他们的儿子并不是一下子就傻的，小时候有一阵子十分聪明。在别的孩子刚学会叫妈妈时，他们的孩子已经懂得数数，从 1 数到 10。当别的孩子只会从 1 数到 10 的时候，他已经懂得 1 加 1 等于 2 了。以后，在小学和中学，他一直是他们班里的数学尖子，还得过一次全市中学生数学大赛的金奖。他的不幸源于一次恋爱，其实那个女孩子也不怎么样，要容貌没容貌，要身材没身材，要家境没家境，也不知道他看上她什么。但她对儿子的选择表示理解，她对人说，那个查某囡仔肥肥白白，像一粒"就核子荔枝"，笑起来更得人惜。她说的全是闽南话，好在听的也大都是闽南人，听得懂。查某囡仔就是女孩子，"就核子荔枝"就是核子很小的荔枝，用核子很小的荔枝来形容这种类型的女孩子其实是十分生动的。对于他们的恋爱，高教授和他的妻子一样，一开始就持宽容甚至于纵容的态度，他们不反对他们一起出去，一起回来，他们常常留她在家里吃饭，高夫人还给她买过一副打折的胸罩。事情发生在一个夏季的夜晚，那是一个十分美好的夜晚，因为高教授刚刚搬进学校分给他的新房，这是学校最后一批福利房，三室两厅，双卫双凉台，级别与校级领导相同。他们的儿子有一个单独的房间，这房间足有 15 平米，外带一个大凉台。那个时候风很大，东南风，十分爽快，儿子和那个"就核子荔枝"在凉台上说笑，说了一会儿便没有声息，没有声息之后便是一阵轻响。高教授此时正关在自己的书房里，在数学的王国中遨游，他并不知道与他一墙之隔的房间里发生了什么。而他的妻子却坐在客厅里美美地笑着，她有一种农民式的狡黠，她从那一阵轻响中听出儿子的动作和未来儿媳的娇喘。那画面在她看来十分动人，十分美好。可是，就在她沉醉于即将当内妈也就是北方人说的奶奶的遐想中时，一声尖叫，将她惊醒。紧接着，那女孩子披头散发地拉开房门，冲了出来，扑到她的怀里，手指着房里，语无伦次，他，他，他……当母亲的冲进房里，她看到儿子直挺挺地躺在床上，嘴角上吐着白沫。她走近一看，儿子的眼神散了。于是她也尖叫了一声。

出事的时候正是高教授灵感飞扬的时候，第一声尖叫传来，他的眉头皱了一下，第二声尖叫传来时，他拍案而起，岂有此理！他走到儿子的房门口，高声骂，你找死是不是，你知道不知道，你鬼一样的叫声，吓掉的是什么？是一个非常重要的思路，一个天才的设想，一个重大的突破。高教授给人的印象是温文尔雅的，但对老婆却一贯粗声粗气，有时还骂过粗话。老婆从不计较。在老婆的眼中，他是一尊神，财神，每个月拿回家的钱，足足让村里的农民一家过一年。每次丈夫叫骂时，她总是低头一声不吭地听着，不回嘴。这一次不同，还没等他骂完，她就大叫起来，你看看，看看，不得了了，死人了。高教授这才发现有些不对头，走近一看，自己的脚便软了。

高教授坐在床边对妻子说，快打电话叫救护车。叫车做什么？到医院。你魔神了是不是。魔神是闽南骂人的话，意思是疯子。结婚二十几年，妻子第一次这么大胆。她说，你想让全校人都知道是不是，都知道了，孩子今后怎么做人，你今后怎么做人？高教授一时没了主意，又很伤自尊心，生气地说，你能你说怎么办？高夫人看了一眼在门边发抖的女孩子，说，只有靠她了。她把她拉到自己的怀里，说，他这是病，这病只有你能医。女孩子惊恐地看着她。她微笑地说，是的，只有你能医。高教授看到妻子的微笑，十分惊讶，也十分佩服，从此改变了他在家里说话算数的地位。从此在这个家里妻子说话算数。高夫人用她那只粗糙的手抚摸着女孩子的脸说，你去和他做，把事做完。什么事？刚才你们做一半的事。先抚摸他，再把那事做完，他就好了。女孩子把头摇得和挂在树上的柚子一样，高教授很怕她的头掉下来。说，算了，别再把她吓疯了。夫人看女孩子的眼神有些散乱，也就不再坚持，说，你回去吧。女孩子获救似的抓起自己的衣服，胡乱地往身上套。夫人帮她把衣服穿上。高教授说，我送你回去吧。高教授把那女孩子送到她家门口，一路上说了许多安慰的话，到门口时，那女孩子的眼神基本恢复正常，离别时还说了句谢谢你高叔叔。高教授这才放心地回家。回家时，他看到儿子在母亲的怀里，眼神已经不那么可怕了。

儿子从此退学在家，病时好时坏，发病时，高夫人便对丈夫说，你出去，让我来。等高教授回来时，儿子便好了。不久，不管白天还是晚上，傻儿子都吵着要和母亲睡。为了儿子，高教授便与妻子分居两室。好在新房子房间多，空间上不存在问题。

高教授的幸福生活从此结束。但高教授的学术成就却越来越辉煌，因为他更加一心一意地扑在专业上。有一年，他连续在美国的《数学通报》上发表了两篇很有分量的论文，在国内数学界引起了一阵不小的轰动。

儿子长大了，总不能天天在家里待着，得有一份工作，有一份工资。妻子把这个问题提到议事日程，天天讲，月月讲，讲得高教授的耳朵都快生茧了，他只好去找领导，领导很尊重高教授，正好校办工厂需要人，就答应了，儿子便进了工厂当工人，只是是个集体工，当时高教授也没有集体工全民工的概念，反正有工资拿什么工都一样。

后来，改革了，集体工都下了岗，儿子便又回到家里。其实工厂早就想下他的岗，因为他根本就不能坚持正常的工作，一上班就朝女工的身上看，时不时还做一些猥琐的动作，吓走了好几个女孩子。因为碍着领导的面子，厂里才没有让他下岗。一有机会，当然首先下岗的就是他了。这时，领导也没有话说，改革嘛，很正常。

儿子下岗在家，天天缠着母亲要这要那的，搞得家不像家。妻子便又天天让高教授想办法。有时话说得很难听，要是有一天你死了怎么办？他自己得有个收入，能养活自己。高教授想想也是，话难听，但理就是这个理，当父母的不能养他一辈子，得让他有个工作才能自立。高教授又去找领导，领导很为难，他不能把那层纸捅破了，怕伤了教授的自尊心。一个正常人尚且要下岗，何况是个精神病患者。但领导就是领导，他也不说不行，只是让他去找人事处长想办法。于是高教授就来找人事处长。人事处长是一个老好人，口碑不错。人事处长脸带微笑地听了高教授的陈述，表示一定想办法找一个合适的岗位。于是高教授三天两头到人事处问一次，找到了没有。这一下可苦了人事处长，如今校办企业不景气，有文凭的正常人都找不到合适的岗位，还轮得到他？人事处长每次都说再找找再找找，他不忍心让高教授太伤心，太失望，作为人事处长，他知道教授对于学校的重要性，他平时有句口头禅，再怎么样难都不能难教授。这当然不是他的创造，他不可能有创造，他是一个平庸的人，他只会按章办事，他之所以口碑不错，不是因为他有能力，而是因为他心地善良。就这样一直拖到那一年的年底。有一天，人事处长接到市残联的一份文件，要学校交一份钱，工资的百分之几，作为供养全市残疾人的基金。这是立了法的，省长签了字的，不做不行的。处长眼睛一亮，有了。与其把钱交给市残联，不如自己多养一个残疾人。他于是就请高教授有空到处里来一下。有一天下午，高教授来了，他下了课来的，手上还有白白的粉笔灰。高教授一见面就说，找到岗位了？处长说，岗位没找到，不过，有个办法，能使他不上班又有钱拿，而且能拿一辈子。高教授说，哪有那么好的事。处长说，就看你愿意不愿意了。愿意当然愿意。处长看教授说得很真诚，就把他的意思说了，只要孩子到有关部门办个残疾证，学校就能按规定发给他生活费。高教授听完愣愣的，一句话也没说就走了。人事处长在他的背后说了句对不起，这事就当我没说。他知道说这种事很伤当父母的自尊心。但他也是出自于一片好心。

　　高教授回家没有提起人事处长说的事情。每次妻子问起找工作的事，他就说，还没找到。这样又拖了几个月，到夏天，妻子忍不住了，说，我去找领导，不是照顾教授吗，连这点小事都办不到，还叫什么照顾！高教授只好把人事处长的意思说了。高夫人不听则已，一听便破口大骂，夭寿仔处长，短命仔处长，挨枪仔处长，把我们的儿子当忿仔，青瞑无眼睛！不得好死！他也不想想，他是个什么东西，没有教授，他这个处长还当得了吗？他自己才是残疾人！神经有问题，存心与教授过不去！我去找校长评评这个理！不安排工作，还凭空诬人清白，长天白日讲白贼话！高教授一声不吭。她反反复复地骂了一个钟头，突然不骂了，抱着傻儿子哭个不停。哭过之后，说办了证真的有钱拿？教授点点头说，人事处长不会随便说话。

　　办证得先到医院开证明，可医院的证明不是那么好开的。医生说，得把病人带来。近来儿子没有发病，而且天天玩电脑，在计算机方面表现出很高的智商，高教授怕到医院遭受刺激，病情发作。但医生坚持一定要带病人，这是原则。万般无奈，只好让妻子带他去。一到医院，儿子就发病，当着医生的面，就去扯母亲的衣服，摸母亲的奶。高夫人红着脸对医生说，你信了吧，欢喜了吧！非得让我当众出丑才肯出证明，你们的良心到哪里去了，狗吃了？医生一边道歉，一边把证明开给她。有了证明，那本残疾证很快就办下来了。对着那本残疾证，高夫人哭得很伤心。从此，儿子就是残疾人了，可千万不能让外人知道啊，知道了，儿子今后怎么找对象，怎么成家？她坚信，只要让儿子成个家，儿子的病就会好。

高教授什么也没说，他拿着残疾证到人事处，把它轻轻地放在处长的桌上。处长默默地把证收起来，说，高教授你放心，我亲自去办，对什么人也不说。第二个月，高教授的儿子拿到了生活费，比一般下岗工人的多得多。高夫人拿过钱说，这个处长倒像个好人。接下来高夫人开始为儿子张罗找对象，给他成个家他就会好的，她对高教授说。高教授什么也没说，他知道，除非也找一个傻子，谁家的女孩子愿意当他的儿媳呢？

儿子的事算是基本解决了，有着落每月有钱拿，就是他死了，儿子也不至于饿死。这么想着，高教授突然就感到人生没什么意思起来。原来十分美好的数学空间一下子失去了魅力，他一看数字就烦，一看到公式就发火，什么东西！有一天晚上，他看到儿子扯母亲的衣服，当母亲的幽幽地看了他一眼，把房门关上。他突然大叫一声，干你老母！把门一摔，走了。

高教授在大街上踯躅。天晚了，灯亮了，他还在街上徘徊。在一家发廊门口，一位小姐拦住他，先生洗头吗？他说洗。于是跟着那位小姐进了发廊。发廊里还有几位小姐，几个？他第一次对数字感到模糊。灯光很柔和，人成了影子。洗完头，小姐说洗脚吗？他说洗。小

4. 高教授的私人生活

姐帮他脱了鞋。他没想到洗脚是这样的洗法，小姐的手很柔软，很舒服。小姐一边洗还一边和他说话，他也不知道世间还有如此生动的话题，一边说他便一边笑，笑得很开心。洗完脚小姐说按摩吗？他说按。请跟我上楼。小姐很有礼貌。他就穿着拖鞋跟她上楼。楼上有好几张床，每张床都用一块白布隔着，他不知为什么会想到开平方根，不禁笑了一下，这世界有点古怪，我怎么就来了呢？来了就来了吧。小姐说把上衣脱了，他就把上衣脱了，脱衣服时他感到一阵新鲜，从来没有人这么叫他脱衣服的。小姐把他的衣服挂在墙上，然后说请你躺下，他就躺下。灯很暗，按摩真舒服，全身放松，不由你不放松。小姐功夫真好啊，哪学的？北京，小姐微笑着。原来昏暗中的微笑这么美好。他不知不觉地闭上眼睛睡着了。

高教授醒时，看到一个女人站在他的面前。这个女人有点眼熟，在哪里见过却想不起来了。他说我在哪里啊？说得很小声，有些自言自语。在我家里。那女人坐在他的床头，柔声道。你是谁？那女人微笑着，真的认不得了，真的变化那么大吗？是你，秋月真是你吗？高教授说着爬了起来。她果然是几十年前中文系的那位校花。是我，就是我。她搂着他说。我怎么到你家了？你进了我的店，睡着了，我就让她们把你抬上来。真是你吗？高教授的声音有些发抖。秋月说，要是不顺心就哭出来，哭出来会舒服一些。高教授果真就哭了出来，而且哭得很大声，有点惊心动魄。不知什么时候，他们双双躺在她的床上。哭过之后，高教授果然感到舒服多了。然后他躺在她的怀里不停地说，把这几十年的不幸，全都说了出来，说得很仔细，一点也没有保留，连同一些细微的感受。他以为他对许多事情很麻木，现在才发现，其实不然，他很敏感，他什么都放在心上。他太苦了太不幸了。

秋月一声不响地听着，不停地用她那柔软细嫩的手抚摸着他的身子。

他突然不说了。她的手放在他的下身，他叫了一声。他已经很久没有这样挺拔坚硬了，很久很久了，自从儿子发病的那个晚上，他就失去了这方面的兴趣与功能，他不是一个男人了。他啊啊地叫着，跳起来压到她的身上。

他从来没有这么畅快。他的脑子里一片蔚蓝。许多符号在蔚蓝的天空中飞翔，像无数只快乐的小鸟。啊啊啊，他不停地叫着，他看到一组符号很整齐地排列在空中。他跳了起来，喊道，笔笔笔。秋月一跃而起，迅速地把纸和笔递到他手上，同时打开床头灯。他就蹲在床边，唰唰唰地写着，一会儿，把纸写满了，她又递上一张。一切都在无声中进行。等他写满3张纸时，他把笔扔了，大叫天啊天啊，终于成功了。

他把她抱回床上，都是你的功劳，都是你的功劳。她在他的身下幽幽地说，我早知道你是一个天才。他们再一次进入状态。这一次比方才更激烈更疯狂。

等一切都趋于平静之后，他问她的生活。她说没什么好说的。她不愿意说，他也就不再问了。他们相拥着，很快就睡着了。天亮的时候她说，我可以为你的儿子找一个合适的对象。他说算了，不要把人家的女孩子坑了。她说，萝卜青菜各有所爱，不存在坑与被坑的问题。

几天后，秋月果真给他的傻儿子找到一个对象。这女孩子叫小菊，从湘西来。秋月把情况都向她说了。她说，不就是有点傻吗？能过日子就行。见面的时候，小菊喜欢得不得了，原来他一点都不傻，还挺帅的。她对秋月说，老板你是故意吓我的吧，考验我？秋月说，他平时不傻，发起病来就傻，但是，结了婚，可能会好。

高夫人自然更加满意，这个小菊比原来的那个"就核子荔枝"好多了，清秀机灵嘴又甜，一看就得人惜。她听说她答应做她的儿媳妇，抱住她哭了起来，这使小菊十分感动。婚礼很快就举行了。小菊没有提什么要求，她家穷，姐妹多，能在沿海城市找个好婆家，母亲很满足。她把结婚照寄回家，同时给家里寄去5000元，这是老板给的，她起先不收，秋月说，你就当这是你的娘家，这是你的嫁妆。她感动地叫了一声妈。秋月抱着她哭，说今后你就这么叫，以后我就是你的妈。

　　婚礼很热闹，这是高夫人的主意。把全系的老师都请来，把人事处长请来，把分管的副校长也请来了。本来副校长是不来的，因为纪委有规定，但这次破例。那是个欢天喜地的夜晚。儿子的表现十分出色，一点也看不出傻，真是如夫人所说的，结了婚病就好了。一切担心都是多余的。

　　儿子结婚的那天晚上，高教授完成了有生以来自己最满意的一篇论文。写完论文，已经是第二天凌晨4点多了，他一点睡意也没有，到凉台舒展一下手臂。夜色很好。他想起小时候的许多事情，家乡的小河，河里的鹅卵石和水草，河边的翠竹和荔枝。夏天，也是这么安静的夜晚，他提着一只鱼笼，在河里打鱼，是打鱼，鱼的这种打法，全世界独一无二。用一把锤子，在一块看准了的鹅卵石上敲打几下，然后把鹅卵石掀开，鱼便浮在水面，顺手一抓，放到笼子里，鱼是在睡梦中被震晕的，笼子也放在水里，一会儿，鱼便又活了过来，在笼子里打转。可怜的小鱼，这种鱼极清甜，放在开水里一烫，用筷子从头夹起来，一抖，肉全掉进碗里，一根小刺都没有。

　　高夫人也还没睡，她睡不着。她一直把耳朵贴在墙上，听隔壁的动静。儿子房间的声音很响，还能听到儿媳快乐的叫声。一切都好，好极了。她放心了，平躺在床上哭。她不知道自己为什么哭。哭了一阵，她悄悄地爬起来。儿子那边一点声息也没有，睡着了。丈夫那边还亮着灯。她轻轻地推开丈夫的房门，丈夫一点反应也没有。她在门边站了很久，她不敢进去，她已经没有资格进去了，自从儿子发病的那个晚上。这不是她的错，她是母亲，她有责任挽救自己的孩子。但她知道丈夫的感受，夫妻间的事早就完了。这个家，对于她，只是一个躯壳一个责任一个名誉。她看到丈夫从桌边站起来，她知道他写完了，她想走过去，对他说一句对不起，这是她从电视里学到的最时兴的话，她觉得只有这句话能表达她此时想表达的意思。在她以往的闽南话词汇中，她找不到适当的词。但她没有勇气，因为这一句对不起必须用普通话说出来，她感到别扭，感到不好意思。她知道，她一旦用普通话说出这一句话，这句话便会变味，因而失去她原有的真诚。她悄悄地回到自己的房间，房间里冷冷清清的。她无端地想到死。她第一次感到活着没意思。但她很快就否定了自己的想法，有一个快乐诱惑着她，她想抱孙子。她就在抱孙子的遐想中进入了梦乡。

　　日子过得飞快，一年后，高夫人果然抱上了孙子。就在她抱上孙子的这一天，高教授接到某著名高校聘请他担任该校兼职博士生导师的聘书。谁说福无双至？今天，对于高家不就双喜临门了吗？一家人欢天喜地。秋月也过来祝贺，她是以亲家母的身份来的，这一年多，她常常出入高家，高教授也常常到她那里，他们的来往名正言顺，无可厚非。有时，高教授到秋月那里，整夜不归，高夫人也不说什么。秋月抱着刚刚出生的孩子，说，叫外婆，叫外婆。高夫人笑弯了腰。一家人笑了一阵，高教授对秋月说，你到书房来一下。他们到了书房，书房里都是书，中文书，外文书，秋月从书架上抽出一本英文书，这是她几十年前送给他的惠特曼的《草叶集》，翻开打折的那一页，用中文念道："我爱你，我不久就要死去；我曾经旅行了遥遥的长途，只是为了来看你，和你亲近，因为除非见到了你，我不能死去，因为我怕以后会失去了你。"她念得很轻很轻，几乎是自言自语。念完，她将书合上，问，你常常念它吗？他说，所以我把它打了折。他拿出那张聘书。她说，我从来就没把你看错。说完她又突然狂笑起来，可惜我已经不是原来的那个我了。他再一次想问她这些年是怎么过来的，可是话到嘴边，又咽了回去。

日子真的过得飞快，一转眼，又是一年过去了。高教授的孙子已经会走路，也会说话了。自然说的都是普通话。高夫人几次想教他说闽南话，都被儿子打断，妈，你也太老土了，现在是什么时候，还说那种话。孙子的话是全家的娱乐，一见面，大家都争着说，叫我叫我，叫一声亲一次。有一次，孙子不知为什么冲着高夫人叫妈妈，叫得高夫人脸色铁青，好在那个时候家里没人，都上班去了。

有一天，高教授回家时，家里冷冷清清的，孙子和小菊都不见了，只有妻子坐在厅里哭。他知道出事了，真的出事了。几天来，他就感到家里的气氛有些不对头，他想会出事的，会出事的，果然就出事了。问妻子妻子什么也不说。他只好到秋月家问秋月。秋月说，小菊看见了。看见什么？你儿子旧病复发了。高教授就瘫软在沙发上。秋月坐在他的身边，温柔地说，就在我这儿住下来吧。高教授从此住到了秋月家。可是，不久，不幸的事又发生了。一天他上完课回来，看到秋月家门口停着一辆警车，秋月涉嫌容留妇女卖淫，被拘捕了。

也就是这一天，在遥远的美国，在一个优美的海滨城市，一个国际数学大会在那里隆重召开，会上，到会数学家一致推举中国数学家高岐山为该学会理事会理事,听说这是该学会自成立以来第一位中国籍理事,同时他的公式被正式命名为高氏公式。

好消息传到学校,学校却找不到高教授。高教授失踪了。

— ❺ —
宗教授的政治生涯

　　某市政府换届，上面规定要有民主党派代表进入政府，于是省里来人到宗教授任教的大学对宗教授进行考核。过了春节，市里开人大会，大街小巷都有红布条热烈庆祝，市民们抬头看标语，很欢喜的样子。人大会照例在人民会场开，照例是政府工作报告，照例是讨论，照例是选举。选举之前照例是候选人情况介绍。代表们对宗教授的情况特别感兴趣，因为他与众不同，民主人士，又是文学博士、教授，还出过几本书，书是代表们的习惯说法，简介里不叫书，叫专著，叫书太俗，如今哪个阿狗阿猫不出几本书，只要有钱就行。专著就不同了，是有学问的人的书，专家学者写的书。选举结果，宗教授得票最多，他便当上了本市本届政府的副市长。

　　宗教授是研究苏东坡的专家，他的《苏东坡传》在全国小有名气，人们常常把它与朱东润的《张居正传》相提并论，可见是一部既有学术品位，又有文学色彩的著作。他所在的这所地方高校因他而出了不少名。有一次，他到成都参加一个全国性的苏东坡讨论会，人们问他，宗教授在哪里高就？他说出了他任教的学校名称，人们都一脸茫然，再问这所大学在哪里？他又说出了他所在的这座小城的名字，人们又是一阵困惑。他说，这是一座美丽的沿海城市，就在厦门边上，人们这才说，厦门，知道知道，在台湾对面。于是人们说，好在有了宗教授，要不然，我们还不知道有这么一座城市。

于是宗教授有点高兴，又有一点失落，他生在这座城市，长在这座城市，对这座城市有很深的感情，当初，也就是在苏东坡生活的那个时代，厦门还不知道在哪里，这座城市就已经很知名了，就有海滨邹鲁之称了。当然，在近代，她落后了，特别是改革开放以后，由于种种原因，与周边城市相比，大大地落后了。面对同行的恭维，他无可奈何地笑了笑。

他的那种失落本来已经随着时间的推移而淡化了，最近却因为他当选副市长而突然浓烈起来，前一阵子有些风声，也知道省里来了考核组，但正式当选时他还是感到有些思想准备不足。他并不想当这个副市长，坐在主席台上，他跟着别人鼓掌，脑子里无端地跳出苏东坡的诗句：蚕欲老，麦半黄。前山后山雨浪浪！农夫辍耒女废筐，白衣仙人在高堂。台下的掌声如雨，转头看窗外，果然下雨，心中一片茫然。后来，市委书记找他谈话，他说他是个学者，还是搞自己的本行好，书记笑着说，你不是研究苏东坡的专家吗？苏东坡不是也当过杭州的市长吗？西湖上不是留下苏堤吗？为官一任，造福一方，知识分子当官有这个好传统，你就好好干吧。听书记这么说，宗教授的心动了一下，苏东坡以龙图阁学士充浙西路兵马钤辖知杭州军州事的时候54岁，他今年也正好54岁。当然他只是心动一下而已，并没有飘飘然的感觉，不说文学成就和地位，就是官职，也不能相比，苏先生是正职而且兼着地方军事长官，他是副职，更何况，本市的地位根本不能与杭州相比。市里分工时，本来说好他分管文教的，后来变成分管城建，这可有点儿赶鸭子上架了。

宗教授到市里上班的第一天,便出了一点意外。那天他像平常上第一节课一样,早早起来,动动身子,甩甩手,漱口洗脸,吃完饭便夹起皮包往外走,走到门口折回来,把里面的教案拿起来放在桌上,想想,又放回去,要不放回去里面太空,不大像个包。他对自己苦笑了一下。他走在大街上,感觉还不错,昨夜下雨,树上还挂着水珠子。只是过桥的时候眉头皱了一下,桥下的水太黑,依稀还有点臭味,或许现在没有,是去年夏天留下来的错觉。过了路口便有一辆白色的小轿车在宗教授的后面跟着,到公园门口,车吱的一声滑到前面停住,从车上走下一位斯斯文文的年轻人。年轻人在他的面前恭恭敬敬地说,宗市长,我是您的司机小刘,请您上车。宗教授说我们去哪里?小刘说上班。宗教授说这么近还坐什么车,我不坐。小刘有些为难,说,您不坐就是我的失职。宗教授说我不坐车与你何关?他说我的工作就是给您开车,您不坐车我不就失业了吗?我不坐别人坐你失什么业?这是您的专车。宗教授有些吃惊,我还有专车。他不知道说什么好。小刘说,给您开车是我的工作,就像您以前给学生上课是您的工作一样,您得支持我的工作。宗教授想一想,有道理,便上了车。小刘很高兴,说您以后就在家里等,我的车到了楼下,按一下喇叭,您听到喇叭声再下来。

以后每天宗教授就坐车上班。宗教授住在学校的宿舍区,老师们天天听到喇叭声有些刺耳,看到白色的奔驰车有些刺眼,背后便有些说法。宗教授开头也不习惯,碰到去上课去买菜去跑步做操的老师,便有些不自然,打招呼不是,不打招呼也不是,干脆就假装没看见,低头躲进车里。他的本意是想打招呼的,可是人们都变了,眼神变了，变得让你不知如何开口。有一次他主动和一位老师打招呼，那位老师居然慌里慌张的，说不出话来。又有一次，他和一位历史系的教授打招呼，那位教授居然连眼皮都没动一下，一副清高状，让他很无奈。宗教授的妻子原来在老家农村小学当代课教师，后来照顾调到学校，在一个系办公室当办事员，有一次学校通知开会，是她接的电话，4点半开的会4点通知，她说，这么晚了人都走了叫我怎么通知，你们自己通知吧。她就这德行，以前人们只是一笑了之，如今教授的夫人们子女们大都有一点小脾气，就像警察的家属们一样，人们习惯了。可现在不同了，学校里有了议论，说宗某人的老婆过去哪敢这么狂。一人得道，鸡犬升天了。

  宗教授不知道人们背后说他什么，他一门心思想做出一点政绩。自古以来新官上任总要烧几把火，他就想着这火往哪里烧。有一天晚上，他饭后散步经过学校附近的那座桥，他在桥上站了一会儿，于是就有了灵感。小时候，这里的水全是清的，绿的。那个时候，本城是一座水城。城在北，河在南，河水从南面进入壕沟，在城内穿行，船可以驶到城中心一个叫百里弦歌的地方，听说那个地方明清时期十分繁华，单从这地名就可以多少体会到一点脂粉味，听说解放前还留着一座怡春楼，楼里还有几个烟花女，解放了，妓女改造成了自食其力的劳动者，楼也因道路拓宽拆了。现在那里是一片草坪，草坪中间是一座现代派的雕塑，让年轻人想入非非。有人把这雕塑与这地方的历史联系起来，便生出许多现代小段子，在公仆们的酒桌上流传，很助酒兴。他想让桥下的水变清，让河水像以前那样在市内穿行，让到本城旅游的游客可以坐在船上观赏本城的名胜：唐代的寺院，宋代的文庙，明代的石坊，清代的民居，还有数不清的老榕树。这想法让他很激动，他决定去找书记谈谈。书记正好在家。书记对他的想法表示极为赞赏，说，很好，我们共同来把这件事情做起来，你先找市城建局的同志商量一下，让他们找专家，调查论证，搞一个方案。这件事情我们争取在任内把它做完，给人民一座现代化的水城。临别时，书记把他送到楼下，拍着他的肩膀说，宗教授，不愧是苏东坡的专家啊。书记指的自然是苏东坡的苏堤，他小声说，惭愧惭愧。走在路上，宗教授从心里喜欢上这位书记。书记还不到50岁，来本市之前是一个很开放地方的市长。听说书记毕业于复旦大学新闻系，先做记者后当秘书，由于长得帅，当秘书时人们常常把他当首长，闹出许多笑话。他的帅不是讨女孩子喜欢的那种轻飘飘的帅法，而是类似古代的富贵相的那种帅法。这种帅法，女孩子不敢喜欢。他是本省一颗政治明星，有传闻，他将荣调省城，安排更重要的岗位。

第二天一早宗教授就到市城建局。事先没有通知，局长不在，接待他的是个女的，宗教授不知如何称呼，学校里的习惯大都叫老师，听说机关里对有职务的人都称职务，对第一把手私下里也称老板，与市场经济接轨，没有职务的还称同志，保留社会主义特色。看她年轻的样子想必还没有什么职务，就在心里称她同志吧。那女同志一见面就叫他宗老师，并自我介绍说，她是这里的办公室主任，12年前毕业于本城最高学府的中文系，宗教授教过她古代文学。宗教授看了她一会儿说，你是许文英。许主任跳了起来，拍手道，宗老师还记得我，太好了。宗教授笑了，记得她到过他家里一次，是和一个男生一起去的，因为他们的毕业论文写的是同一个题目《浅谈苏东坡诗中的佛教思想》，他让他们来一下，商量是否换个题目，他们却一定要写同一个。写出来果然各有特色，他都给他们评了优等。宗教授问，那个和你写同题毕业论文的男生呢？许文英说，我们早分手了，他在深圳。是还没有结婚就分手还是结了婚再分手？宗教授没有问，只是笑了笑说，你改行当主任了，好，很好。许文英说，好什么呀，混日子罢了，还是老师好。于是他们就走进局接待室，许文英说局长下基层到县里去了，让不让他赶回来，宗教授想了想说，让他回来一下也好，事情有点急。许文英就打局长的手机，说宗市长来了，正好局长还没有出发，说马上就过来。不一会儿，局长就来了，局长姓张名本立，是80年代初上海同济大学的毕业生。他听说要搞水城，便说，方案早就有了，主要是资金问题。说着，便让规划科拿出规划方案。宗教授一看，一共有4个方案。张局长说，请宗市长选择一个方案，当然，也可以综合这些方案再搞一个新方案。张局长态度很平淡。宗教授多少有一点失落感，他原以为这个主意是他的创意，没想到人家已经有了4个方案。市委书记是不知道还是知道了不说？他翻了一下，这4个方案最早的是1982年，最晚的是1998年，都是书记到位之前的事了。张局长说，几任市长都搞规划，也都只是规划而已。宗教授想起市委书记的话，说，这一次一定会把规划变成现实。张局长笑了笑，没再说什么。

宗教授把4个规划抱回家，用了几天的时间，他选择了第4个方案，因为这个方案最接近他儿时对家乡旖旎的记忆。看签名，这个规划的主要设计者是上海同济大学一位在全国很有影响的教授，许文英说，这是张局长的老师。市委很快就通过了这个方案。张局长知道这个消息后，和许文英一起到宗教授的办公室，不由分说地把教授拉到东郊的玫瑰园。司机小刘要去开车，宗教授向他挥挥手，放你的假，我坐张局长的车。张局长一反常态，兴高采烈，说，宗市长，我们今晚一醉方休。他变魔术一般地把3瓶茅台放在桌上，打开其中的一瓶说，这是藏了10年的真货，你闻闻。宗教授一闻，果然不同凡响。玫瑰园没有玫瑰也没有园，是一家私营酒店，老板姓陈名变三。陈老板听说市长局长大驾光临，特批5折优惠，并过来敬了酒。张局长对陈老板说，变三，按惯例，钱照算，关了门你走人，不要管我们，我们要自由。陈老板抱拳说了声失陪，也就走了。宗教授说这人有意思。张局长说老同学，所以随便点。他们就在那里自由自在地喝酒。那房间外有一个大凉台，窗外是一片荔枝树林，很安静，很清新。

3瓶酒喝完，月上中天。3个人都醉了。张局长趴在桌上打呼噜，宗教授指着他对许文英说，你看，你们局长醉了，不是我的对手。许文英说老师，你也醉了，看你的眼睛，全写着一个醉字。宗教授说，不，是你自己的眼睛醉了。许文英笑了起来。宗教授有些迷糊地想，这笑声，这笑容，似曾相识。他对她说，你像一个人，极像。许文英说像谁？宗教授说不告诉你。许文英说老师一定要告诉我。宗教授说我也想不起来。他的确想不起她像谁。也许像古时候的一个什么人吧，也许就是苏东坡的侍妾王朝云吧。这么想着，宗教授就自己笑了起来，一边笑一边吟起苏东坡的诗：不似杨枝别乐天，恰如通德伴伶玄。阿奴络秀不同老，天女维摩总解禅。经卷药炉新活计，舞衫歌扇旧因缘。丹成逐我三山去，不作巫阳云雨仙。这是诗人为朝云而作。许文英说老师又回到苏东坡的世界里去了。宗教授嘻嘻地笑着，你像谁我不告诉你。许文英不知为什么就羞红了脸。张局长突然站起来说，我没醉，说完又趴了下去。许文英说，张局长醉了，从来没这么醉过，他是太高兴了。宗老师，别理他，我送您回家。回家，也好，回家。宗教授站起来，又吟道：半醉半醒问诸黎，竹刺藤梢步步迷。但寻牛矢觅归路，家在牛栏西复西。许文英笑着扶着他下了楼。她对司机说,你送局长回去,宗市长交给我。宗教授也说,我没醉,一点都没醉,我们走回去,家在牛栏西复西。风吹过来,清凉清凉的。许文英说好爽啊宗老师我送你回家吧,宗教授嘻嘻地笑着,还是那句诗,家在牛栏西复西。这诗句很生动很民间。

城市改造是一个浩大的工程,市里成立水城改造工程指挥部,由宗副市长任总指挥,张局长任副总兼办公室主任,指挥部办公室就设在城建局。这是个系列工程,东郊的污水处理厂,城区的污水管道铺设,城南的引水工程,城内壕沟的改道与拓宽,绿地,文化广场,沿河的小区建设,等等,等等。宗教授几乎天天在城建局上班,忙得不亦乐乎。

城市改建需要巨额资金。市委书记在这个问题上表现出超人的胆魄,企业集资,市民捐款,银行贷款,吸引外资,规划新区转卖土地。最后一招是新招,有点冒险性,官员们叫打擦边球。规划新区地价升值,转手出卖,一亩地可得几十万,是一项可观的收入。虽说取之于民用之于民,整个过程有点复杂,有点微妙。宗教授不善此道,他不管筹钱,他只管花钱。

指挥部设在城建局,城建局办公室主任许文英成了宗副市长实际上的秘书。有一天视察污水处理厂工地回来的路上,许文英指着路边一片红色的住宅楼说,我就住在那片小区,宗老师要不要顺便去看看,关心一下群众的生活。这小区叫苹果园,不知道为什么会叫这个名字,苹果不是这里的特产。也许是开发商特别喜欢吃苹果,也许是一时心血来潮,也许只取这建筑的颜色,熟了的苹果,红得可爱。污水处理厂工程进展顺利,可望提前半年竣工,宗教授今天心情特好,说,你怎么不早说，我们经过这么多次，到现在才说，早就应该去看一下了，小刘你说是吗？小刘一边点头，一边在许文英的指示下，把车开进小区，开到许文英的楼下。司机小刘有个好习惯，从不跟领导进门，只在车内等。许文英就领着宗老师上楼。

　　三室两厅，装修也十分到位，以乳白色为基调，配以淡绿轻红，纯洁柔和而又不失热情。客厅里的几丛夏威夷椰子，更是清爽宜人。宗教授一进门就叫好，好好好。许文英领着他四处观看。宗教授说，人呢？许文英说我啊，我就是人。宗教授说其他人，"呢"字还没有出口就自己作答，还没下班还没下班不是还早吗。许文英说，没有其他人，就我一个，所谓自己吃饱了全家不饿。宗老师真是官僚啊，连我是单身贵族都不知道。宗教授愣了一下，说，真有点贵族的气派。他想问怎么就一个人呢，那个和她写同题论文的男生是结了婚再分手还是没有结婚就分手，如果是还没有结婚就分手，她是一直没有结婚呢还是和别人结了婚又分手。宗教授还没有开口，许文英就说，结过婚，又离了，至于什么人，她没说，宗教授也就不好问下去。

　　在书房里，宗教授看到许多有关苏东坡的书，有各种版本的全集和选集，有近人丁传靖辑的《宋人轶事汇编》，也有今人颜中其编注的《苏东坡轶事汇编》，还有林语堂和各种苏东坡的传记、评传，当然，也有他的大作《苏东坡传》。还有《资治通鉴》和《宋史》。宗教授说，你是个苏东坡的专家了。许文英红了脸，说我哪里是专家，充其量只是个苏东坡迷罢了。宗教授说，当今学界尚且混乱不堪，社会上有你这样的迷也是一道亮丽的风景。许文英说，读了4年中文系，也就剩下这一点爱好了。说着，她便从书架上抽出老师的那本著作，请老师签名。宗教授就在扉页写上：与文英共勉，宗逸之。许文英在一边说，时间时间。宗教授就再写上日期。许文英拿起书在嘴上亲了一下,朝他调皮地笑了笑,才把书放回书架。宗教授摇了摇头说,像个孩子。这么说着又把她看了一下,许文英便红了脸。

在客厅的沙发上坐下。沙发的对面是一副《东坡盘陀像》,还有苏辙的赞语:乐哉子瞻,在水中砥,野衣黄冠,非世所羁。这是北宋画家苏东坡的老友李伯的作品,当然是赝品,但很精美。宗教授对着画说,文英啊文英,你比我还苏东坡啊。许文英说,老师,你说我像谁?宗教授说我没说你像谁。她说说了,那天晚上。他说哪天晚上,她说就是在玫瑰园喝酒的那个晚上,他说他想不起来了。许文英说老师再想想嘛,我像谁?宗教授还是想不起来。许文英说,老师,你说我像不像王朝云。宗教授心里一惊,这孩子怎么会这么想?许文英说,我想我有一点像。宗教授说,王朝云又没有留下画像,怎么就说你自己像她?许文英说她想象中就像。于是宗教授就想起一段文字:子瞻在惠州,与朝云闲坐。时青女初至,落木萧萧,凄然有悲秋之意。命朝云把大白,唱"花退残红"。朝云歌喉将啭,泪满衣襟,子瞻诘其故,曰:"奴所不能歌者,'枝上柳绵吹又少,天涯何处无芳草'也。"子瞻幡然大笑曰:"吾方悲秋,汝又伤春矣。"遂罢。朝云不久抱疾而亡,子瞻终身不复听此词。宗教授说,不,你一点也不像。许文英说,宗老师,您别看我表面上很开朗,实际上不是那么回事。听声音有些凄凉。再看她的脸,眼帘上居然还挂着泪珠子。宗教授突然有了怜香惜玉的冲动,想过去为她拭泪,但他克制了自己,站起来说,我看我们走吧,不要让小刘等太久。

回到家里,老婆用这样一句话来欢迎他,你死到哪里去了,手机也不开,害得我把电话打得心急火热的,没良心的夭寿仔。宗教授幽幽地看了她一眼，一声不吭。俗话说，恶妻孽子无法可治。摊到这样的老婆有什么办法呢？杀了她？不敢。打她？费力。回敬她，也和她一样的恶声恶语？有失斯文。最好的办法是不理她。不理她也不行，她还说，你聋了哑了还是死了？刚才来了个人，说是什么经理，现在经理满天飞，谁知是真是假，送来了这张破东西。送什么不好，送这破画，能值几个钱？不能吃不能用，占位子。以前没人送东西，现在不时有人上门，顺手带点东西，烟啦，酒啦，茶啦，脑白金啦，水果啦，老婆都收，不收白不收，这些不是负担，老头子不抽烟不喝酒，也不怎么喝茶，她便拿去送人，做人情，说，这是人家送的，你留着吃吧。闽南话所有东西都能吃，吃酒吃茶吃水果，抽烟也叫吃烟。搞得亲戚朋友都知道他们家有许多人来送礼。亲戚朋友白拿了东西心里不感激，反正这也是别人的，不拿白不拿，拿了之后又加了一层疑问，当个副市长，人家难道就送这些东西？钱啊卡啊也不少吧。人家送点烟酒，宗教授也不当一回大事，上门拜访，顺手带点见面礼，自古有之，不必大惊小怪。他也不管这些东西到哪去了，反正有与没有是一个样的，更不知道人们对他的议论，就是知道了，他也无所谓，他有一个原则，钱一律不收。

　　今天送来的是一幅画。宗教授在老婆的骂声中把画展开，这是一幅东坡采药图，看来送画的人对他是了解的，费了心思的，这叫投其所好。画是好画，从署名看，是名画，自然不是古画，是当代名家之作，这位画家，很有名气，新近报纸电视一直在吹捧他，说是古典主义与现代派结合的大师，在巴黎伦敦纽约办过十几次个人画展，作品被多国博物馆、纪念馆及英国女皇、摩纳哥王子收藏。他的画在市场上的价格一直上扬，听说最高的卖到100万元。这画当然不是他本人送的，因为他与他素不相识，这是有人买来送给他的。画是好画，从画面上看，画的是苏东坡在海南的岁月。画家的人生正如日中天，怎么会对这个时候的苏东坡感兴趣呢？他的脑海里突然闪过黄庭坚的诗句：泽彭千载人，东坡百世士。出处虽不同，风味仍相似。东坡不老。他想。这是画家想不朽吧。那么，这是哪位经理送的？一定是那位玫瑰园的老板陈变三了，张局长的老同学，如今是玫瑰房产开发公司的总经理了。这次城市改造，有几家房地产商异军突起，陈变三是其中之一。当初市里决定扶持几家资质好的公司，帮助市里进行土地运作，市委书记让他帮助找一家，他是哪一家都不熟悉，就让张本立找，张本立就找了他的这位老同学，他也就同意了。这是他的报答吧。宗教授笑了笑。老婆见他看着画笑，更火了，说一张破画就笑，我什么时候拿去烧火看你还笑，没出息。宗教授知道老婆可不是说着玩的，以前在乡下时，她往灶里烧过许多东西，有字画也有书籍。按说，她也有一点文化，在乡里当小学的代课教师，不至于到烧书烧画的地步，可她就是这样，不顺心的时候，什么都敢烧，他说她，她反倒说他，人死了，这些东西有什么用？现在不用怕她烧，因为没有灶，烧的是液化气。现在她虽然不烧书，但最恨他买书，每次他买书回来，她都要借故骂一通。宗教授把画卷起来，放在桌上。老婆说，扔床下，我看了心烦。宗教授说，你烧了算了。她说别以为我不敢。正说着，电话铃响了。她说，快去接，整天都是你的电话，烦死了。宗教授拿起话筒，是儿子的电话。他们的儿子在北大读书，读的是法学。听说是儿子的电话，老婆就抢过去，是阿明啊，妈很好，你爸他也很好。没钱了吧，妈就给你寄去，在外面读书身体最要紧，不要心疼钱，我不是说了吗，我们家不缺钱。不是要钱，哦。她把话筒递给宗教授，恶声恶气地说，找你说话的，别说太久，电话费很贵的。宗教授接过话筒，便和儿子聊起来。儿子喜欢找老子聊天。这次聊的是他读聊斋的体会，他说读了聊斋才深深地体会到什么是黑暗，什么是腐败，什么是无法无天。他很为儿子感到骄傲，如今年轻人读聊斋读出司法腐败的不多。他记得有一次在学校的厕所里，听一个学生与另一个学生的对话，一个说他昨晚画地图了，另一个说我也画了，为什么，读聊斋啊，梦见美丽多情的狐狸精来找我，长得和我们班的1号极像。另一个说，我也是，可她长得像3号。说着便大笑，不是一般的笑，是那种所谓的淫笑。他这才悟到，画地图者，遗精之戏称也。和儿子聊完天，宗教授的心情好极了，冲着在厨房里一边做饭一边骂人的老婆笑了笑，顺口唱道：花褪残红青杏小，燕子飞时，绿水人家绕。枝上柳绵吹又少，天涯何处无芳草！墙里秋千墙外道，墙外行人，墙里佳人笑。唱到这里突然打住，他想起王朝云，想起许文英，把相隔近千年的两个女子放到一起来想，未免荒唐。但她们的确有点像。说像没道理，只是感觉像。这种感觉刚才却被许文英说出来，难免有些心跳。久违了，这心跳。不像个副市长，不像个教授，倒像个古代的风流才子，像个风流才子又有什么不好？他自嘲地笑了笑，又调皮地看了看厨房，有一种莫名的报复的快感。

　　城市改造工程进展得十分顺利，人们一边抱怨到处掀马路挖水沟，编出许多小段子来挖苦市政当局，比如"政府无能，马路挖不停，当官的无营（闲），小秘换不停，中央来了一个人，说，惩治腐败不能停。"一边又用惊奇的目光看着本市面貌的变化，在许多人还没有弄清楚污水处理厂是什么东西的时候，一座崭新的现代化的污水处理厂已经屹立在东郊。一片片绿地扑面而来，一群群高楼拔地而起。这期间也出了点小麻烦,买地卖地的事,价钱没弄好,资金到位不及时,郊区的农民不满意,到市政府门口坐了两次,有一次还打出一幅标语:还我山河。有点不伦不类。听说有人在背后煽动,听说某村几位老太太坐在推土机上不让铲地,又听说中央某首长发了脾气。但很快也就风平浪静了。市委书记不但有能力有魄力,省里又有人。如今上面没人的人也不敢到下面来当第一把手。农民静坐时,市里开了一个紧急办公会议,在会上,宗教授说了一句话,后来这句话被书记在不同的场合下反复引用。宗教授并不认为他的这句话有多经典,他只是有感而发,如果做文章当属随笔。他说,农民对土地的感情可以理解,但目光短浅,行为不理智,只能引导,不能迁就。书记在引用他的这句话时,省去了目光一句,又把只能改为要善于。这足见书记的水平。当然书记的水平不仅仅体现在引用宗副市长的话,而在于他引用宗副市长的话这件事本身。宗副市长是什么人?民主人士,在全国有影响的专家教授,他的话,在许多时候比别人更管用。

其实宗教授的话有些书生气,一点也不本质。宗教授的话由于被书记推崇,在小城几乎家喻户晓,只是到了老百姓那里,成了另一个版本。街谈巷议,都说宗市长不懂得做生意,胡扯。

有一天下午南郊河口村的农民吃奶泄在看电视,看着看着突然指着电视屏幕大叫就是他就是他,于是几个在他家闲坐的农民就围过来看,就是他。此时,宗副市长正在电视里会见著名台湾企业家。电视里那个不怎么漂亮的女播音员说,这位台湾人想在本市投资,建几个古香古色的旅游码头和几个各具特色的文化广场,总投资3000万美金云云。吃奶泄愤愤地说,别看他斯斯文文的,也是贪官一个。有人说,人家可是个教授。吃奶泄马上反驳,教授怎么样,教授就不是人?于是有人呼应,是啊,如今官场,再好的人进去也会变坏。又有人说,不会吧,这么快就变?总有一两个好的吧。吃奶泄说,不信你们看看。吃奶泄说着就转身进了屋,从里面拿出一个十分精致的茶叶罐,举过头,这就是证明。众人有些惊讶,吃奶泄便有些得意地说起缘由。吃奶泄大名蔡和兴,这个社里都姓蔡,闽南话社里就是村子。蔡和兴小时候吃不得奶,不管是人奶牛奶羊奶,一吃就拉肚子,所以得了这么一个外号,这外号还有一层意思,就是此人有些好吃懒做,好花钱,闽南话这种人叫"阿泄仔"。吃奶泄与宗教授的夫人有点面线亲,面线亲就是牵来牵去的亲戚,要说清楚得加几个"的"字,吃奶泄的表舅的亲家的大舅子的表妹的表姐。亲戚亲戚有走就亲,吃奶泄的表舅的老婆也就是吃奶泄的表妗与宗教授的夫人是"姐妹仔群",也就是走得很亲近的朋友,朋友加上面线亲,宗夫人便常常把别人送的好烟好酒好茶送过来。表舅舍不得吃,便拿来送给吃奶泄,让他见见世面。这茶,一罐多少钱知道吗,240元。哗哗,把这几百元的东西随便送人,可见家里多得不得了。难道就是东西,听说送钱的更多。钱好送啊,薄薄的一个信封就是上千元。于是大家都说,腐败腐败,说得咬牙切齿。市里炒土地,开发商富得流油,当官的就没份?要是没有好处,他为什么在学校里教授当得好好的要出来?听说学校里当教授一年也有七八万收入,想出来,一定比这个数多得多。又是"吃钱仔老爷"一个,天下乌鸦一般黑。吃钱仔老爷者,闽南话贪官之谓也。

当然,这些议论宗教授是不知道的,他一心扑在工作上,根本不会去想人们怎么说他,就是想知道也无从知道,人们不会告诉他。他是副市长,是本地的上层人物,接近的都是一些有文化有能力有成就的上等人，他坐汽车，从家里到政府，从政府到宾馆到餐厅，他连他过去的同事和学生都难得相见。他什么都不知道，不知道也好，省心。当然，议论归议论，还是有人给他送这样那样的东西，好烟好酒好茶还是吃不完，他的老婆还是拿去送人，吃奶泄还是会拿到一些好烟好酒好茶，拿到了还是吃照吃，骂照骂。

时间过得真快，转眼3年过去了。这3年，小城的百姓骂腐败，骂贪官，越骂越起劲，街头巷尾，关于市政当局的小段子越来越多。有一天，市民们突然发现，市面上到处是标语，天空中到处飘着大气球，气球上也挂着各色各样的标语，一个前所未有的，史无前例的小城国际旅游节就要开幕了。

小城改造工程终于完成了。市委决定举办国际旅游节，这又是市委书记的大手笔。国际旅游节办得十分成功，国家旅游局副局长来了，省委副书记副省长来了，几十个国家和地区的旅游代表团来了，联合国教科文组织的观察员也来了。接见会见会谈签字，市长们忙得笑嘻嘻。晚上是宴会，宴会之后是请贵宾们乘船游览市区各景点。宴会在樊楼的大餐厅里举行。樊楼坐落在市中心的文庙广场，因为文庙是宋代建筑，所以文庙广场是一片仿宋建筑群。这个点子是宗教授出的，壕沟经过城内所有的名胜古迹，每到一处，都有一个与古迹同时代建筑风格的码头和一个那个时代建筑风格的小建筑群。以文庙广场最大，一是因为它正好在市中心，二是因为主管城建的宗副市长力主。到了文庙广场，你就仿佛到了大宋都城开封。不叫东京叫开封，因为老百姓喜欢包公，不是包龙图打坐开封府吗，有点反腐的味道。大到码头酒楼，小到勾栏亭台，一色大宋风格。为了这事，宗教授专门带着一班人到开封学习，在开封的清明上河园住了一个星期。开封的清明上河园是依据张择端的清明上河图打造的,很发悠古之情的。是夜,樊楼灯火通明,每个过道,每个阁子,都挂着珠帘绣额,烛光晃耀,灯品新奇。那天喝的是本地酒厂的新酿,取个宋朝的酒名叫蔷薇露。宗教授跟在书记的后面,一阁一阁,一桌一桌地向贵宾们敬酒。酒是黄酒,低度,一如宋人习惯。敬酒的时候,宗教授的脑子里突然冒出这样的诗句:梁园歌舞足风流,美酒如刀解新愁。忆得少年多乐事,夜深灯火上樊楼。这是靖康之变后,一个福建老乡对汴京的痛苦回忆。现在冒出这样的诗句有点不对头,这是不祥之兆。但他不在意。很少人会在最辉煌的时候想到不幸。

宴后,主宾从码头下船,游览小城夜色。宗教授回望樊楼,檐上灯光,宛若金龙腾翔。清风习习,他打了一个酒嗝,醇香与醉意一起涌上来,眼前的景色变得越发妙不可言。他与书记同船。船也是仿宋船。临上船前,书记悄悄地拉了一下他的手,他便与书记走到同一只游船上,并且感到很亲切很温暖。书记是天才的政治家,越是这种场合,他越是应付自如,有大将风度。宗教授站在一边看,很佩服。在学校里,他也和教授们一样,看不起政界人士,不学无术。可到了地方,他才知道教授们有点酸,什么论文什么专著比得了一个县一个市几十万、几百万人的大文章?比得了这气势非凡造福后人的城市改造工程?在外宾和首长们忙着应付摄影记者的时候,书记悄悄地走到宗教授的身边,此时,宗教授正凭栏远眺,沉醉在美妙的夜色之中。书记说,宗副,你知道我现在在想什么吗?他摇了摇头,表示不知道。我想退休,真想退下来什么也不干,看看书,或许向你学一学,读一读苏东坡。说着,便吟起苏东坡的一首满庭芳:蜗角虚名,蝇头微利,算来著甚乾忙。事皆前定,谁弱又谁强。且趁闲身未老,须放我、些子疏狂。百年里，浑教是醉，三万六千场。还没吟完，省委副书记向他招手，他向他苦笑了一下，走了。宗教授十分震惊。他万万没想到市委书记此时此刻会说出这样的话，吟出这样的词。一阵清风夹带着无限凄凉袭来，酒涌上来，他的身子摇晃了一下，醉了，想笑也想哭。

接下来的一切都是影子。散乱的影子加上散乱的声音。他只知道有人扶他下船，有人扶他上车，有人扶他上楼，有人扶他进屋，有人扶他上床。在这过程中，他不停地说，不用不用我自己来我自己来。然后便什么也记不清了。

半夜醒来，灯光朦胧，宗教授发现他的床前站着一位亭亭玉立的少女。少女说，宗副，您终于醒了，上洗手间吧。他说，你是谁？我在哪儿？少女说，我叫柳闻莺。她没有回答他在哪儿的问题。他爬起来，发现自己穿着一身宽宽松松的睡衣。再看那少女，也穿着宽宽松松的睡衣。宗教授有些糊涂，说，我要回家。闻莺说，这就是你的家。这是陈老板给您买的第二个家。那么你呢？少女笑了笑，我是您的服务员。宗教授看着这个服务员，脑子里就冒出苏东坡的《临江仙》：昨夜渡江何处宿，望中疑是秦淮。月明谁起笛中哀？多情王谢女，相逐过江来。云雨未成还又散，思量好事难谐。凭陵急桨两相催。想伊归去后，应似我情怀。他说，你会唱歌吗？少女含笑说，会，唱什么？宗教授说随便。少女就唱，唱的是当下很流行的情歌，他不知道她唱什么，只觉得不快乐，很忧伤。宗教授于是在她的歌声中再次进入梦乡。睡梦中的宗教授不断叫文英文英，叫得柳闻莺春心荡漾。

轰轰烈烈的小城国际旅游节过后不久，市委书记到省里学习。书记到省里，下面便有了传言，说实际上不是学习，是被双规了。双规者，在规定的时间规定的地点说清问题之谓也。说在这次城市改建中，书记如何违法，如何接受贿赂，多少多少，数字大得惊人。先是在市委机关传，以后便传到民间。说，其实上面早就要下手了，只是怕影响城市改建工程。又说，整个班子全烂了，现在抓的是书记，接下来就是市长副市长，一个也跑不了。还说，从北京来的消息，这次省里也保不了书记了，因为问题实在太严重了。许文英听到了一些传闻，问宗老师，到底市里出了什么事？宗教授说我也说不清楚。说着，他便给书记打手机，回答是，对不起，用户不在服务区内。整个政府机关大院内人心惶惶。

小城的老百姓却显得很兴奋，很激动。街头巷尾，茶余饭后，眼光发绿，手舞足蹈，口沫四溅。腐败，贪官，恶有恶报。一个故事，好几个版本，具体生动，痛快淋漓。

一个月后，在一个风和日丽的上午，宗教授也被叫到省里去了，这叫"双指"，就是在指定的时间和地点内说清问题。因为宗教授是党外人士，不叫双规。党内外有别，历来如此，也不是什么新鲜事。

果然出大事了。

城建局长张立本涉嫌贪污受贿被逮捕了，与他同时被宣布逮捕的还有陈变三等几个公司的老总。没有市委书记的确切消息，传说就越来越奇了。

又是一个月过去了。在中秋节前的那天晚上，宗教授回来了。他变得很瘦，不爱说话也不接电话。老婆说，你在省城的时候来了几个人，把那幅画拿走了，还拿走了几样东西。他嗯了一声。又说再也没人来送东西了，也好，省得我还往外送。他又嗯了一声。老婆生气了，你哑了？死人一样的。要老是这样，你就不要回来，省得我看了生气。宗教授就站起来往外走。宗教授来到壕沟边，对着绿色的河水出神。这就是以前的臭水沟。他站得太久了，好心人在远远的地方看着他，怕他想不开。此时，他又想起了苏东坡。苏先生在痛苦与无奈中也曾想过随水而去：夜阑风静縠纹平，小舟从此逝，江海寄余生。但是苏东波就是苏东坡，当知府老爷慌里慌张地派人四处找他的时候，他睡觉去了，鼻鼾如雷，犹未醒也。宗教授回头，笑望着站在远处的好心人。人们吓了一跳，以为他疯了，慌慌张张地往后退，然后摇着头散开了。对于弱者的同情是一回事，而对于疯子就另当别论了。就在这时，宗教授看到许文英，她向他走来。他又惊又喜，说文英你没事？她说没事，和他一样，进去，又出来了。出来就没事了。到你那里去坐坐？好啊。于是他们就拦了一辆的士到她那里去。进了门宗教授说，到这里的感觉真好。许文英说，感觉好就常来。常来？是的，常来。宗老师，你就把这里当成你的家。许文英看着他，眼睛里有一潭深深的水。

很快，对宗教授的处理意见下来了，由于他态度好，问题也说清楚了，该交的交了，该退的退了，免于起诉，免去副市长职务，或者回学校任教，或者到县里当科技副县长。宗教授说，还是回学校教书吧。除了教书他还能做什么？老婆反对他回学校教书，觉得很没面子，她说，好马不吃回头草，就是死也要死在外头。她整天骂，骂烦了他就往外走，到壕沟边看看水，到许文英那里坐坐。

宗教授回学校教书，他以为人们会不理他，没想到第一天他走在校道上，就有许多人和他打招呼，宗教授回来了。上课啊，上课。好像他到外地开了一次学术会议刚回来。

日子就这样过下去。教书之外，宗教授还写了许多随笔，他不再正儿八经地研究苏东坡了，也不写论文和专著了。许文英把他的随笔寄出去，居然都发表出来了，还都是一些很有影响的报刊杂志。有一天，儿子从北京打电话回来，说他硕士就要毕业了，毕业之后想到国外深造，宗教授说，去吧去吧，走得越远越好。

6

夏教授的学术生涯

波音747穿过云层，缓缓降落在本市新建的国际机场。这是北京直飞本市的0988次班机，两天一班。6个小时前，夏教授和他的助手典娜刚刚从瑞典的斯德哥尔摩飞回北京，他们到那里出席一个国际性环境保护会议。夏教授在北京机场给学校打了一个电话，他想学校领导会到机场迎接，兴许市委市政府的领导也会来，这毕竟是本市有史以来第一次出席这样高级别高规格的会议。他看了看手表，飞机准时到达，他从容地解开安全带，刚想站起来，典娜说，老师，我来。他的助手是个25岁的女孩，国内某名牌大学环境科学系毕业的硕士研究生。她站起来，打开行李架的门，取出两只手提箱。她的动作利索而优雅。他很欣赏她的干练，也很欣赏她的文雅，当然，还有她的美丽和善解人意。她取下手提箱之后对他微微地笑了一下，这一笑足以解他旅途上的所有疲劳。

机场很漂亮。现代化真好。当然，代价是惨重的，不是说机场，而是说现代化。科学发明了许多怪物，把原有的物质破坏了，把环境污染了，把生态破坏了，把人类赖以生存的地球破坏了。有一句话说，人一思考，上帝就发笑。如果真是这样，上帝实在笑得太草率了，为什么让人类思考，他们想来想去，不是互相掠夺杀戮，就是破坏地球，尽管名目繁多，理论林立，都逃脱不了4个字：目光短浅。试看小小寰球，满目疮痍。10年前，为了拯救地球，他毅然转向，放弃原来的有机化学专业，转向环境科学。这没有什么好大惊小怪的，如今许多环保专家都是化学家转过来的，正如许多计算机教授是从数学教授转过来的一样。潮流使然。经过3年的研究，他完成了一部著作，题为《绿色的思考》，洋洋洒洒30万字，由国内一家权威出版社出版，出版之后在国内学界引起注意，从而奠定了他在环保及生态学术领域的不可动摇的地位。他的这部学术著作是他的助手在研究生学习期间导师指定的必读书之一，毕业之后，她便来到他的身边。这当然是他写作这部学术著作时所没有想到的。但他至今对自己的这部著作十分满意。立意高远，思路清晰，逻辑严密，语言生动。仰望苍穹，俯瞰大地，反观人寰。书后列出的中外文参考文献达124种之多，足见学术含量之不可忽视。女助手当初见面的第一句话就说，老师我喜欢您的书。她说喜欢时一脸灿烂，让人难以忘怀。

　　夏教授和助手典娜走下飞机，他随时准备挥动手臂，向人们致意，可一直没有机会。学校没来人，市里也没来人。他们冷冷清清地走出机场，典娜向一部红色的的士招招手，的士无声地停在他们身边。夏教授说，还是坐机场的中巴吧，给学校省点钱。典娜便向的士司机说了声对不起，跑到售票口去买票。

　　在车上，夏教授说了声真累啊，便闭上眼睛养神。典娜朝老师笑了笑，说了声真是的真累，也闭上眼睛。一闭上眼睛，典娜的脑海里便浮动着刚刚逝去的北欧风光，一丝微笑溢出嘴角。她没想到参加工作不久便有这样的机会。好，好。这是她刚来报到时，夏教授对她说的话，也是她的导师听说她想到夏教授所在的学校时说的话。她的导师说好之后便给夏教授打了电话。她的导师是国内著名的环保生态学专家，同时带着6个博士生和6个硕士生。师兄师姐们背地里叫他老板。老板常常带着博士生在国内转来转去，有一次还把一个博士生带到德国，她暗地里十分羡慕。这一下，她可以告诉他们，她走得比他们更远，也让他们羡慕一回。他们在宾馆下车，宾馆离学校还有一段距离，夏教授说，不打的，坐三轮。于是他们就坐三轮。路过一片草地，夏教授说，其实，种树更好一些。典娜点了点头，她点头时的神态很可爱。夏教授又说，种树还是种草，大有文章可做。典娜又可爱地点了点头，点头之后，顺手把一缕秀发捋到脑后。路过一座庙，庙前有一株大榕树，夏教授的心动了一下，他知道这是灵感。搞文学创作要灵感，搞科研更要灵感。他没有再和助手说什么，因为灵感是神秘的，既不可意会也不可言传。

　　第二天，典娜到财务处报销差旅费时，遇到了一点麻烦。财务要看会议的通知，看了通知又让她找系主任签字，系主任签完字，又要分管的副校长签字。她找到分管副校长，副校长说，先放着，我们得研究一下。她说，夏老师说，按规定，参加国际会议是可以报销的。副校长看了她一眼，什么也没说。她只好告退，研究就研究吧。等了一个礼拜，副校长不但没有签字，学校里还有了风言风语，说那其实不是真正的国际会议，无非是台湾的一家公司，也不是大公司，是个二流公司，为了做广告，请几个人到外面去走一走，有大陆的，有港台的，听说还有一个是日本的，有点国际，所以就叫国际会议。典娜想起瑞典的情形，心里有点虚，也就不敢再去找副校长。夏教授没再问起报销的事，她也不好意思说。钱是她垫的，说钱不大好。但毕竟不是小钱，她难受了几天，忍不住给邀请他们出去的那家公司打电话，回答是，说好了，在那里的费用公司出，来回路费个人出。说好了的。她也就不敢再说什么了。更何况接下来的事情很多没法再想报销的事。

　　夏教授所在的 A 州大学是一所发展中的省属高校，在拿到硕士学位授予权的同时，在校学生数突破了万人关，成了万人大学。双喜临门，前景诱人。但对于夏教授来说，未必就是好事，因为如果没有硕士点，教授是学校最高的教职，而如今有了硕士点，硕士生导师才是最高。夏教授的性格就是要最高，他有自知之明，他不能在全国最高全省最高，但在本市本校的最高他还是要力争的。当硕导得先有硕士点，他有些后悔没有未雨绸缪，但亡羊补牢也还为时不晚。他先找到国务院学位委员会和教育部颁发的授予博士、硕士学位和培养研究生的学科专业目录，确定申报名称为环境科学，分3个研究方向，叫两个副教授分领两个方向，自己一个方向。自己这个方向叫环境的文化内涵，学科带头人自然是他自己，然后配几个副教授博士硕士，形成一个看起来十分合理的梯队。典娜理所当然也在其中，这有利于青年教师的成长。填表时他发现，自己的科研成果还不尽如人意，正好手头上有一篇刚刚写成的论文，便给某知名教授也就是典娜的导师寄上。这篇论文写得相当有新意。做论文他历来主张人无我有，人有我新，人新我奇，这论文看题目就知道很不一般：佛教慈悲心理与环境生态学。想人之未想，写人之未写，当然这与他原来的有机化学专业风马牛不相及，不相及有什么关系？这说明他的研究面宽广，知识渊博，思想开拓。典娜的导师很忙，来不及细看，就把这篇论文转给他的一个学生，也就是典娜的师兄。这位师兄如今在国内一家十分权威的环保杂志当编辑部主任。于是夏教授就让典娜去找她的师兄。这有点让典娜为难，因为当初，这位师兄曾经追求过典娜，被她婉言拒绝。事情有点难办，典娜又不敢明说，只好用拖的办法，希望拖一拖夏教授会忘记。夏教授常常说他近来很健忘，刚刚说过的话刚刚做过的事马上就忘得一干二净，她不知道这只是一个成熟男人的狡猾，信以为真。有一天早上，夏教授说，典娜你帮我想想，我最近写的那篇东西丢到哪里去了。夏教授喜欢把很严肃很庄重很有分量的论文说成是东西，以示随意和潇洒。偏偏典娜对他这种表述方式很着迷，他口中的东西，常常使她想起她挂在钥匙上的小兔子和吊在窗门上的风铃，大有举重若轻的亲切感。典娜说，老师您真是健忘啊，那篇论文在我师兄那里哩。夏教授"哦"的一声，我是让你寄出去的吧，你看看我这记性。典娜说，我马上给他打电话。夏教授说，要不，你出一趟差，到北京跑一跑。典娜想起出国的飞机票还没有报销，便有点犹豫。夏教授没有看出她的犹豫，他只顺着自己的思路说下去，你的师兄是编委，举足轻重，我们特事特办。当然，这不能算走后门，关键是看质量。什么是走后门？走后门是那种没有水平通过关系硬挤上去的行为，你说是吗？典娜说是的是的。那就好，明天就走。那东西最好能在10月份出来，在申报硕士点之前放到评委们的手上。这很重要，这不是我们个人的事，事关学校上点的事，发展的事。对于我们这样刚刚起步的学校，多上一个点就多一份重量，多一份地位。典娜说是的是的，我明天就走。

　　典娜飞到北京，她的师兄到机场去接她。这是她没有想到的，她上飞机前给他打了个电话，说有点事想求他帮忙。她和他已经好几年没有联系了。她看到他时有些心跳，有些慌乱，她怕他旧话重提，因为她不喜欢他。说来奇怪，师兄不管从哪个角度看都十分优秀，她就是不喜欢，说不出理由，她也曾强迫自己喜欢，事先做了许多准备，一见面就没了感觉。几年不见，师兄还是那么潇洒那么有风度，他接过她手中的手提箱，两人并肩走出机场，一边走师兄一边说，你这箱子很到位，她说是为到瑞典特地买的，花了好几百元哩。师兄说你有出息了，她心里很受用。师兄问她是住到他家还是住宾馆？她说你都有家了，他说刚结的婚你不知道，她说不知道，说着便有些放心又有些失落。她说还是住宾馆吧，不要让嫂子有什么想法，说着便自己红了脸。

　　夏教授把助手打发到北京之后，自己也没闲着，他找到学校分管科研的副校长，建议把他的学科作为一个点向省里申报。副校长是从化学系主任提上来的，对他很了解。他说就你们那点东西，能行吗？副校长就是副校长，说话有水平，不说实力说东西，不说你说你们，最后加上一个"吗"字，既表明自己的态度，又不伤面子，而且有一点幽默。夏教授笑着说，事在人为嘛，再说，多上一个点也是学校发展的需要，对谁都有好处不是？这话说得很本质。问题不在实力在需要，在好处。他和他都需要。那天党委会上，书记笑着对他说，能上几个点，就看你了。书记从不随便说话，他的每一句话都很耐人寻味。校长明年退休，几个副校长都想上，上谁？书记说了，不看别的，看政绩。几个副职年龄都差不多，职称学历也不相上下，能力水平难说，唯一能分高低的是政绩。多上几个点当然是他的政绩。也就是说，多上一个点他就多一分转正的希望。副校长看着夏教授，这小子厉害啊。多上一个点对学校是需要，对个人是好处。副校长看夏教授时，夏教授的眼睛也没有离开他的脸。他知道副校长在想什么，他看到副校长的眼睛眯了起来，知道火候到了，说，校长，你看这个点上不上，副校长说既然你们主动请缨，那就上吧。夏教授没有马上做出反应，副校长接下去说，申报经费你们打个报告。夏教授说校长您说打多少合适？夏教授明知故问，他无非是想得到确认。副校长说，5万。夏教授说才5万？副校长说都5万。夏教授没有再说下去，他知道，有的点不止5万，他没有说下去，为的是给领导留一点面子。他知道有些事要认真，有些事不能太认真。把夏教授送出门，副校长自嘲地笑了笑，自言自语地说，夏时令也能当硕导，笑话。夏时令是夏教授的大名。夏时令因为出生较晚，只有名，没有字也没有号。

典娜的师兄也不问她有什么事要他帮忙，只是带着她到处走走看看，长城故宫地下宫殿颐和园圆明园。说来惭愧，她生在南方长在南方，上大学读研究生也在南方，上次到瑞典，北京也只是路过连机场都没出。第5天，她不得不把此行的目的说了。师兄说，文章拿来看看再说。典娜说导师不是转给你了吗？师兄说不知搁哪儿了。好在典娜心细，又带了一份，就把文章给师兄。看了文章，师兄说，这种文章可上可不上。典娜有些着急，说，你就不能想个办法上。他说，要是你的文章，我就想办法，重写也要让它上。她说，他的和我的一样重。师兄说，既然这么说，那就把你的名字也署上。她说千万使不得。师兄说你不好说我来说。说着，师兄就用手机给夏教授打电话，没想到夏教授很爽快地答应了，条件是必须在10月份之前出来。回到学校，典娜对夏教授说，那完全是师兄的馊主意。夏教授说，我新近想了一个题目，没时间写，你来写怎么样？她有点受宠若惊，说，怎么能用您的创意。他反问，你不是我的助手吗？就这样，典娜埋头苦干，论文拿出来了，题目是《论宗祠林的文化内涵与生态意义》。为了写这篇文章，夏教授带她走了几个地方，看了几处宗祠后面的风水林，大都林木森森，鸟语花香，有一处还是远近闻名的热带雨林。夏教授看了典娜的文章，提出几点意见，典娜感到夏教授的意见很有启迪，便认真做了修改。改完之后，夏教授表示满意。还是寄给她的师兄。当然署的是两个人的名，夏教授在前她在后。师兄很讲义气，把它推荐给另一家也是十分叫得响的刊物，就是人们常说的核心期刊的那种，也说好10月前发出来。夏教授对典娜说，给你师兄寄点审稿费。她说寄多少？夏教授说2000。典娜吓一跳，但还是寄了。寄了就寄了，师兄也没说什么。过了一阵子，夏教授让典娜到科研处拿一张表，又到财务处拿一张表。夏教授说，把所有没有报销的发票和单据都填上，用我们的项目报经费，我们有经费。典娜想问多少，不敢问。夏教授又拿出一些发票和车票，大都是买书和打的的，好几千元，也一起填上。典娜体会夏教授所说的所有的意思，把到瑞典的机票也填上去。到财务处典娜还有些心虚，但财务二话没说，给报了。典娜心里很佩服夏教授，也很感激夏教授。

　　国庆黄金周的时候，典娜去了一趟杭州，她的同学们在那里为他们的导师祝贺七十大寿，夏教授让她带上一幅画，作为贺礼。画在贺宴上当众展开，是一幅松鹤图，古朴之风迎面而来，导师十分喜欢，导师喜欢大家都说好，说画好意好情好，之后又说典娜运气好，跟了一位很有成就又很有人情味的教授当助手。典娜的心里美滋滋的，这画是以她和夏教授的名誉送的，画上面写着。这画是A州一位当红画家的作品，听说这位画家得过1次国际大奖，2次全国金奖，3次银奖。他的画在香港一幅要卖十几万港币。但他跟夏教授的私交不错，只收了3000元。寿宴之后导师特地把典娜留下来，她扶着导师到宾馆的房间，又给导师泡上一杯铁观音，这也是事先夏教授为她准备好了的，夏教授想得真周到。导师说，你坐，典娜就坐下来。导师说，看来，你在时令那里还不错。典娜愣了一下，才回过神来，想起时令就是夏教授。连忙说是的是的不错，很不错。导师说，这样我就放心了。原先我最不放心的就是你。导师的话让典娜感到十分温暖，就像听到父亲的话一样。接着导师又问起你们最近忙什么，典娜说有个课题在做，但主要是忙硕士点的事。便把申报硕士点的困难说了。这些都是来之前夏教授对她说的，他说，如果你的导师问起你就这样说。当然没问看情况，有机会就说没机会说也白说。典娜一边说一边想，夏教授真是料事如神啊，他怎么知道导师会问起这个事。导师听了她的话说，申硕是好事，不做则已要做就得把它做成，你回去告诉时令，必要时可以去找林蔚如，她是我的师妹，也就是你的师姑了。说着，老人开心地笑了一下。典娜听夏教授说过，林蔚如是省里硕士点专家评审小组组长，没想到还是导师的师妹，以前可没听说过啊。导师说，你不要告诉他们，导师指了指房门，他们就是她的那些师兄师姐们，他们一点也不知情啊，说着，老人又笑了，这一次笑得更开心。典娜也乐了，调皮地说，老师，林老师不仅仅是老师的师妹吧。导师说，过去的事，不说了不说了，到此为止。典娜就红着脸笑，笑得很开心。导师拉了拉她的手又摸了摸她的头发，说，这孩子，哪里学的鬼机灵。

　　从杭州回来，典娜把林蔚如的事对夏教授说了，夏教授说，那好啊，我们去找她。夏教授没有表现出惊喜和意外，好像他早就知道了似的。典娜又想，不可能，连师兄师姐们都不知道的事夏教授怎么会知道呢。过几天，夏教授让典娜去一趟省城，到林蔚如家拜访，夏教授强调不说点的事，只是拜访。典娜便乘车到省城。林蔚如是省农林大学的教授，博士生导师。林教授的家在农大校园内的一片树林里。

这树林里有许多这样的小别墅，一色的不锈钢围栏，二层楼，白墙红瓦，醒目怡人。楼与楼之间，有鹅卵石铺成的小道。典娜在小道上遇见一个年轻人，这年轻人很帅，身上跳荡着树叶筛下来的太阳的光斑。典娜说，请问林蔚如林教授的家在哪一栋？那年轻人不回答，只看她，看得她很不自在。在她快要生气的时候，他说，我带你去。说着便转身在前面走，她犹豫了一下，跟了上去。他问她从哪里来，她说了又问你呢？他说他是这个学校的教师。这么说着，他就放慢了脚步，她就跟上去，两个人并排走。她偷偷地看了他一眼，不料他正在看她，她的脸红了一下。他们在一栋别墅前停了下来，年轻人一边开门一边朝里喊，妈，有人找。她红着脸说，你是林老师的儿子怎么不早说。年轻人笑了笑，她说，不行，你得说你叫什么，不能这样欺侮人。年轻人说我叫高坡你呢？典娜。高坡说，逃往雅典娜。他说的是一部外国电影名。典娜笑了起来。这时，林教授从楼上下来，典娜便甜甜地叫了声林姨。林教授说你是什么人呀？她说出了导师的名字，我是他的研究生，他让我来看看您。林教授哦的一声，便亲切地拉着她的手说，他好吗，你的导师，典娜说很好，我们刚刚在杭州给他做了七十大寿。林教授拉着典娜在沙发上坐下来，问了许多她导师的事，她问典娜就说，说到有趣处，她便和她一起笑，笑得很开心。高坡也跟着笑。林教授突然对儿子说，你笑什么，没你的事，你不是要上课吗。高坡抬手看表，喊了声糟了，拔腿就跑。林教授说，你看他，还跟孩子似的。接下来林教授就问典娜哪里人，家里还有什么人等等。不知不觉就过了一个多小时，典娜要走，林教授不让走，一定要留她吃饭。她又带她上楼四处看看，到了高坡的房间，房间整理得整整齐齐，清清爽爽，典娜心里想，这个高坡倒还干净。这么想着就脸红了，这与她有什么关系。吃饭时,高坡回来了。这顿饭吃得很愉快。吃了饭,又喝了茶,典娜才告辞。高坡把她送到校门外,临别,他看着她说常来。她嗯了一声便走了。上车的时候,她不知不觉地摸了摸自己的脸,脸热烘烘的。

离省里评审硕士点的时间越来越近了。学校开了几次会,无非是让各系各个点多做工作,又追加了一些经费。有了钱大家便四处活动。于是便有种种传言,有说某评委只收信封不收东西的,有说某评委又收东西又收信封的,有说某评委又住院了的,有说某评委拒腐蚀永不沾,谁送礼谁倒霉的等等,等等。典娜问夏教授说,信封是什么意思?夏教授说,听说信封是装钱的。又听说,所有的评委中,就是林蔚如最难办,刀枪不入,更不用说糖衣炮弹了。这期间,典娜与高坡建立了现代化的联系,电子信箱天天开,Q来Q去,有时一天来回好几次。他还叫她逃往雅典娜,她就叫他黄土高坡。后来为了节省时间,大家都用一个字,娜和坡。一到了那坡,两个人不小心就都滑了进去,坠入深渊而不能自拔。夏教授对电子信箱的事一点也不知情,他带典娜上了几次省城,拜访了几位评委,也跟着别人送了点东西和信封,没有什么新意。做这些事,夏教授也不背着典娜,只是表现出很无可奈何的样子,让典娜很同情,别人都这样,我们不做也不行。每次到省城,夏教授都说,典娜,去看看你的师姑。但每次都反复交代,不说申报硕士点的事。他也不和她一起去,他说,去了林老反而会把我们看轻了。有一次,典娜在林老师那里聊天,3个人聊得很开心,高坡说,干脆你就别走了,调我们学校来算了。典娜说不行,最少现在不行,我们忙着哩。林老师便问忙什么,她说忙申报硕士点的事,林老师问哪个点,典娜便说出那个点的名称,林老师说,你是夏时令的助手？她说是啊。林老师说怎么没听你说过，典娜说没想到要说，好像告诉过高坡的。林老师看了一下儿子高坡，高坡笑了笑，把话扯到别处。林老师也没有再说什么。典娜有些失望，又不敢重新提起。她知道夏教授希望她这么做，只是没有明说。

过后她把这事向夏教授说了，夏教授只是笑了笑，什么也没说。她又有些迷糊，或许夏教授没有这样的意思，是她多心了。

省里传来消息，申硕的事最近要开会。夏教授的情绪便有些反常，时时表现出烦躁和不安。当然只是在家里，在学校一切正常，典娜一点也没有感觉出来，夏教授在她面前还是有说有笑，时不时还来点小幽默。在家里他本来也想保持一切正常，可他做不到。他对自己说了无数次，这没什么，没什么，要有大将风度大将风度。很久以前看过一部电影，片名和内容记不清了，只记得一个细节，陈毅元帅坐在树下下围棋，炮弹掉在近处，震落了头上的树叶，人们十分紧张，都劝他快点走，他却说，这盘棋下完再走嘛，慌嘛子？他说的是四川话，所以印象很深记得很牢。这才叫大将风度。可他还是烦躁还是不安，还是在家里走来走去，一会儿翻书，一会儿开电视，一会儿站在窗前出神。他的妻子看了他一眼说，又有什么好事要光临我们家了吧？他说好事当然是好事。要是上了，我就是硕导，硕士生导师。妻子笑了一下说，那我就是硕导夫人了，怎么不是博导呢，博导更好听。慢慢来嘛。妻子说其实有也好没有也好，不必那么在乎。他说你身不在其中当然可以不在乎。妻子笑了笑，不再说什么。妻子是他大学的同班同学，毕业之后他到大学她到中学，她很快就评了中教一级，也就是中级，以后又晋升高级，也就相当于大学的副教授了。而他却在评副教授时遇到了一些麻烦，主要是发表的论文数量不够，省里的要求是在 CN 号刊物上发表学术论文 5 篇以上。他努力再努力也只有 4 篇。妻子说，要不我的一篇你拿去试试，于是他就拿了妻子写的一篇论文署上自己的名字，找到学校学报编辑部，请求在评职称之前登出来。编辑部的同志很同情很支持，评职称需要嘛，可以理解，再说 5 篇就差一篇，上不了真冤，也就在评职称之前把它登出来了。他的副教授也就评上去了。过后，他在本市最好的水仙酒家请编辑部主任吃了一顿饭，还送给他一副非常精美的宜兴紫砂壶茶具。当上副教授之后他更加努力，想当教授，曾经有过几次连续一个星期泡在实验室不出来的经历，在学校传为美谈。但写出来的文章上不了国家级的刊物。评教授要求最少要有 3 篇国家级的论文，他是一篇也上不了。妻子说，算了，不是人人都能当教授，副教授也不错了，也算高级知识分子了。他想，也是。过了一段轻松的日子之后，看到人家评上教授，心里又很不是滋味。有一次他在一本闲书上看到这么一句话，说是上帝在这里关了门，却在那里开了窗，豁然开朗。我为什么要在一棵树上吊死呢，评不上化学的教授，就不能评其他的教授？几年后，他果然成了环境科学的教授，连他的妻子都惊叹不已，说没想到真的没想到啊。他说，世界在变，没想到的事多着哩。是的，他要让她再一次没想到，他就要当硕导了。

在家里烦了几天，各种各样的消息便从省城传过来，先说上了，又说还没最后定，还得过省学位委员会一关，这是最后一关。以后又说，这一关终于过了，但文件还没下，要等分管的副省长签发，而分管的副省长到美国考察去了，得一个月之后才回来。盼星星盼月亮盼了半个月，又从省城传来消息，恐怕是批不下来了，因为有人告状，不是告到省里而是告到北京。但不知告的是什么。这期间，典娜利用双休日上了一趟省城，回来说，林老师那里很平静，好像没有告状的事。一个月下来，夏教授瘦了一圈。妻子说，不会有什么问题吧，感到哪里不舒服了吗？他说，哪里都不舒服。妻子说，要不，上一趟医院吧，不是说教授可以享受厅级待遇，医疗费百分百报销吗？夏教授说，没事，一点事都没有，我自己知道。妻子就说，凡事看开些，有教授已经不错了，你不是说，你中学里的好几个同学如今下岗在家靠待业金生活吗？知足常乐啊。他说，道理我懂，就是想上。

　　就这样在各种各样的消息中熬了两个月，文件下来了，批了。

　　夏教授从此成了硕士生导师。成了硕士生导师的夏教授很努力，他知道，在一般情况下，11年后，他们可以申报博士点，11年之后他还不到60岁，他有希望成为博士生导师，当上博导，就能工作到65岁，说不定，努力一下，还能成为院士。生活一片光明。唯一遗憾的是，典娜走了，典娜要和林老的儿子结婚。她说，婚后要考他导师的博士生，以后争取出几部著作，也和夏老师一样当教授，当硕导，将来当博导。典娜走了，带走了她那迷人的微笑，也带走了她的干练与优雅。典娜走后的一段时间内，夏教授时不时会闻到似有似无的少女身上的芬芳，他下意识地吸了一下鼻子，又什么都没有了，于是便有了一阵阵无名的惆怅与凄凉。典娜很重感情，常常来电话，问老师和师母好，还为夏教授联系了一个课题，这是她导师的一个国家项目的子课题，做得好，可以出一本书，当然不是一般的书，是一本有分量的专著。

　　有一天，夏教授在电脑前写作时感到有一点不适，先是头晕，然后是呕吐，他开头并不怎么在意，以后，同样的症状又出现了好几次，他只好上医院。医院的医生很重视，很认真，他毕竟不是一般人，他是硕士生导师。硕士生导师在大地方不算什么，可在本市，是最高级别的知识分子。查了几次，都查不出病因。夏教授的病引起学校的高度重视，也引起市领导的高度重视，经过慎重考虑，决定送夏教授到上海的大医院检查。夏教授在上海住了一个多月，也没有查出什么病，只好回来。症状还是那个症状，头晕，呕吐，时好时坏。夏教授是很有事业心的，他带病也要把课题做完。为了写书，他得看许多书。有一天，他看到一篇文章，是关于环境激素，文章里有一段这样的话：最近报刊揭露出60年代越南抗美救国战争期间，美军在南越林区投下了7500万升称为橙剂的枯叶剂——2，4，5—T（2，4，5—三氯苯氧乙酸），由于生产橙剂时会同时生产大量二噁英杂质，给受害地区造成高浓度二噁英污染。30年过去了，这块土地上生活的人们为此付出了沉重的代价，出现了大批死胎、流产、无脑儿、无脚、无腿、大头、小头以及腭裂等可怕的畸形儿，18岁成年人的智商相当于一名幼儿，这一严重环境污染问题甚至可能延续几代人，如果加上前述的50年来人类精子数目减少，隐睾及乳癌患者增加等由环境激素污染所造成的危及人类健康的问题是不能不令人深深担忧的。

　　夏教授读着这段话，不知为什么就读出一身冷汗来。环境污染真是无处不在啊，说不定我这病也是由于环境污染所致。这样想着，又出了一身冷汗。